**Vous rêvez d**
**d'un prix littéraire**

C'est l'aventure que vous proposent
les éditions POINTS avec leur
**Prix du Meilleur Polar des lecteurs de POINTS !**

De janvier à octobre 2013, un jury composé de 40 lecteurs
et de 20 professionnels recevra à domicile 9 romans policiers, thrillers et romans noirs récemment publiés par les
éditions Points et votera pour élire le meilleur d'entre eux.

*Les Lieux infidèles*, **de l'auteur irlandaise Tana French,
a remporté le prix en 2012.**

Pour rejoindre le jury, déposez votre candidature sur
**www.prixdumeilleurpolar.com.** Les inscriptions sont
ouvertes jusqu'au 10 mars 2013.

Le Prix du Meilleur Polar des lecteurs de POINTS,
c'est un prix littéraire dont vous, lectrices et lecteurs,
désignez le lauréat en toute liberté.

Plus d'information sur
**www.prixdumeilleurpolar.com**

Dominique Sylvain est née en 1957 en Lorraine. Elle débute en tant que journaliste, puis part vivre au Japon, où elle écrit son premier polar *Baka!*, qui met en scène l'enquêtrice Louise Morvan. Elle a obtenu, en 2005, le Grand Prix des lectrices de *Elle*, catégorie polar, pour son huitième roman *Passage du Désir*, qui signe l'acte de naissance d'un formidable et improbable duo d'enquêtrices, l'ex-commissaire Lola Jost, armée de sa gouaille et de ses kilos, et sa comparse Ingrid Diesel, l'Américaine amoureuse de Paris.

*Cobra* renoue avec *Vox*, prix Sang d'encre 2000, également disponible en Points Thriller.

# Dominique Sylvain

# COBRA

ROMAN

*Viviane Hamy*

TEXTE INTÉGRAL

ISBN 978-2-7578-1190-0
(ISBN 2-87858-157-1, 1ʳᵉ publication)

© Éditions Viviane Hamy, 2002

Le Code de la propriété intellectuelle interdit les copies ou reproductions destinées à une utilisation collective. Toute représentation ou reproduction intégrale ou partielle faite par quelque procédé que ce soit, sans le consentement de l'auteur ou de ses ayants cause, est illicite et constitue une contrefaçon sanctionnée par les articles L. 335-2 et suivants du Code de la propriété intellectuelle.

*À Monique et Jean Guillemot, mes parents.*

*Tous étaient effrayés, alors la dou-zième, qui avait encore un vœu à faire, s'avança, et comme elle ne pouvait pas annuler le mauvais sort, mais seulement l'adoucir, elle dit : « Ce n'est pas dans la mort que la princesse tombera, mais dans un profond sommeil de cent ans. »*

Grimm

# 1

Tequila. Tequila. Tequila.

On peut se faire plaisir en répétant ce nom-là. Il sonne si bien, il charrie tant d'images. Trois syllabes et vous partez vers le Nouveau Monde. Vers le Mexique. Volcans, hauts plateaux, maïs, café, palmiers, cuivres tonitruants des orchestres près des haciendas fleuries, mantilles, sombreros et tout le bazar. Exotisme facile.

Tequila. Tequila. Ce n'est pas ça, pas ça du tout, parce que, en fait, c'est bien plus précis.

Trois syllabes et vous débarquez dans une ville qui serait restée confidentielle si un jour un de ses habitants n'avait eu l'idée de distiller le fruit de l'agave. Depuis, là-bas, c'est un cadeau qu'on sait attendre. L'agave fleurit une fois, une seule, et il faut s'armer d'une infinie patience sous le soleil de Tequila. Dix, vingt, trente ans d'état végétatif et, d'un seul coup, la tige s'envole à dix mètres, quelquefois au-delà. À peine née, la fleur devient arbre. C'est alors qu'on est récompensé, le mot « agave » ne vient pas pour rien du grec *agauê* qui signifie « admirable ». La tequila est en effet une admirable liqueur. Ambrée, adhérant au verre comme une huile précieuse, elle sent autant qu'une eau-de-vie peut sentir : une odeur de vieux tonneau, de terre asséchée, de fer rouillé, de pomme de terre flétrie,

11

de fleur délicate, de fruit fier. Dès la première gorgée, sa saveur, aussi chaude que le laisse présager sa couleur, vous réchauffe le cœur.

Paradoxe cruel mais poétique, c'est avec cette eau-de-vie que j'ai décidé de tuer Paul. Et bien sûr avec l'adjonction en toute dernière minute d'un alcaloïde tiré de la graine du vomiquier. *Nux vomica*. Sous l'odeur de tonneau, de terre asséchée, de fer rouillé, de vieille pomme de terre, de je ne sais plus quoi encore, Paul n'a pas décelé l'amertume de la strychnine. Il aurait pu, ce con, après tout. Il a été chercheur à l'Institut Pasteur, non ? Eh bien, il n'a rien senti. Il faut préciser qu'auparavant j'avais pris soin de lui faire avaler des kumquats confits.

Paul n'a donc rien senti venir. En revanche, il a senti sa douleur. Intense, extrême. Mille morts concentrées en une seule. Là, les métaphores ne manquent pas. Un bombardement au napalm circonscrit dans un petit pays de veines et de muqueuses. Un raz de marée contrit dans le périmètre d'un corps trop humain. Un corps qui se tord, se noue sous la montée en puissance des convulsions. Un corps qui s'arc-boute, pitoyable pont de chair, figure grotesque. Lorsque les muscles finissent par s'arracher de leurs ligaments et tendons, la souffrance devient inimaginable, même un écorché vif serait d'accord là-dessus. Et vous ne perdez pas la tête avec ça. Tout est clair. Vous vous voyez partir. C'est atroce.

D'autant que les vagues de douleur se calment, cessent tout à fait et reviennent. Il suffit d'un léger stimulus pour que l'horreur redémarre : claquement de mains, petit coup de pied. Et c'est encore pire qu'avant. Le temps fait ce qu'il veut de vous, il vous dilate, vous existez partout à la fois, vos nerfs hurlent en cohortes de suppliciés. Quand le temps vous lâche enfin, vous mourez d'épuisement, aidé un peu par l'arrêt respiratoire dû aux spasmes et par le dysfonctionnement des muscles intercostaux et du diaphragme.

Il m'a semblé que Paul mettait un temps infini à mourir. Il n'arrivait plus à parler, appelait au secours par tous les pores de sa peau mais nos regards se croisaient et se quittaient et se croisaient. J'ai pu ainsi mesurer l'ampleur de son étonnement et celle de son agonie. Son visage métamorphosé, d'une laideur repoussante, était livide. Ses pupilles dilatées à l'extrême, ses globes oculaires prêts à quitter leurs orbites. Les dents comme soudées laissaient tout de même passer la salive en quelques jets maigres mais impétueux s'échappant de la bouche tétanisée. Les lèvres devenues deux traits gris formaient le plus incroyable sourire. Derrière ce masque convulsif, la terreur originelle poussait avec toute sa violence concentrée. Saisissant.

Je savais que Paul allait vomir, qu'il allait s'oublier sur le parquet de ce grand appartement confortable tant convoité puis tant aimé. Je savais qu'aucun de ces détails triviaux n'échapperait à sa conscience intacte. Il est clair que j'ai imaginé un instant être à sa place. Curieusement, j'ai éprouvé de l'empathie. Ce n'était pas prévu. Paul était un pourri complet mais un être humain. Moi, malgré ce qui m'est arrivé, je suis donc encore un être humain. Alors de carcasse à carcasse, d'être pensant à être expirant, j'ai éprouvé de l'empathie. Une larme.

Mais ce bref moment d'émotion ne m'empêchera pas de liquider les autres. Un à un. Ils se défendront et pour moi, bien sûr, ce sera de plus en plus difficile. Mais j'irai jusqu'au bout. À l'image de celle du peuple de Tequila, ma patience est mexicaine, presque infinie.

Ma force, inconcevable, même pour moi-même. Et mon imagination, redoutable. Dans l'enfance, quand j'étais trop jeune pour lui tenir tête et la domestiquer, elle me torturait. Désormais apprivoisée, elle ne manque jamais de me montrer l'issue.

À mes pieds, le corps tordu de Paul en pyjama me rappelle que je suis un cobra. Je dors sous une inflorescence d'agave. Je dors sous le soleil de Tequila. Sous le soleil du Nouveau Monde. Les cobras, ou najas, viennent d'Afrique ou d'Asie. Et alors ? Qu'est-ce que ça peut faire ? Je dors où il me plaît de dormir. À me voir dormir ainsi, on me croirait dans le coma. Mais le coma du cobra n'a rien à voir avec la perte des sens et de la conscience. Mon coma n'est qu'une longue attente et la haine est mon venin. Je peux l'inoculer ou le cracher et vous brûler les yeux.

Viva el cobra !

## 2

Novembre 2000

Il ne lui fallut qu'un instant pour savoir où finir sa nuit. Juste un coup de téléphone à la bonne personne au bon moment. Quand Kril répondit, Lewine raccrocha aussitôt, sûre de le savoir chez lui, décidée à le surprendre.

Kril le Hollandais, rencontré alors qu'elle était lieutenant au ciat du 8ᵉ arrondissement. Il y avait eu cette série d'appels anonymes ; une cinglée menaçait de « faire un carton » dans le cabaret où se produisait une troupe de strip-teaseurs masculins et le propriétaire avait alerté le commissariat. Martine Lewine s'était fondue dans le public exclusivement féminin du cabaret. Contrairement aux autres membres de la troupe, le jeune homme avait un vrai talent de danseur. En attendant de trouver mieux et parce qu'il était bien payé, Kril faisait le Chippendale avec bonne humeur.

Lewine et lui s'étaient compris au quart de tour. Il aimait les filles dans son genre. Équipées d'une arme, d'une paire de menottes, d'une bouche charnue et d'un regard froid. « Elles sont si rares », avait-il dit avec cet accent plaisant. Autant que ses cheveux clairs, son corps élancé et ses fesses à la Mikhaïl Barychnikov. Ils se voyaient épisodiquement. Elle ne l'avait pas visité depuis au moins… six mois, huit mois ? Peu importait. Kril – à prononcer comme un feulement de chat énervé en oubliant le k et en insistant sur le rrrr – résidait avenue de Clichy.

Elle y gara sa moto. Il était près d'une heure du matin, l'avenue vivait encore. Lewine scruta les alentours. Un café réveillé. Un fleuriste endormi. Un groupe d'Africains en discussion sur le trottoir ; on entendait la musique de leurs phrases et leurs rires. Un abribus avec l'affiche d'un film dans lequel jouaient Patrick Bruel et une inconnue. Il avait un peu vieilli ce chanteur acteur, ça lui allait bien. Sexy, très sexy, se dit Lewine. À cette heure-ci et dans l'état où elle se trouvait, ça aurait été le cas pour un paquet d'hommes. Et l'image d'Alex Bruce, son amour perdu depuis peu, depuis si peu, dormait bien repliée. Utile cette faculté de ranger les émois au placard pour un temps. Juste le temps d'une fin de nuit.

Celle d'une guerrière en chasse. Qui demandait satisfaction.

Ce contentement, Lewine savait qu'elle l'obtiendrait avec le Hollandais dansant, le jeune homme désiré immédiatement. Dès l'instant où, en compagnie de quatre autres gars, elle l'avait vu se dandiner en string scintillant pour une meute de femmes hurlantes. Un roseau qu'on a envie de faire plier quand on se sent vent mauvais. Dans sa loge, il lui avait affirmé qu'elle était la première à prononcer son nom correctement. Petit salaud de menteur.

Sans demander qui sonnait, il ouvrit sa porte. Vêtu d'un peignoir de bain bleu, ses cheveux mouillés peignés en arrière, il devait sortir de la douche. L'air surpris, il ouvrit la bouche pour parler mais se ravisa et la détailla en silence. Lewine portait un pantalon et un soutien-gorge de cuir noir, un blouson de cuir rouge. La paire de menottes sembla jaillir de la poche gauche de son blouson, elle lui emprisonna les poignets dans le dos.

Elle lui fit signe de reculer vers le lit, s'accrocha au mouvement mais en gardant la distance, ne pas le toucher, ne rien lui donner de chaud pour le moment. Un beau mouvement qui n'avait rien de heurté, un tango hollandais, les yeux dans les yeux.

Son regard très brillant, allumé, elle ne pourrait jamais s'y habituer dans la vie normale, la vie diurne, celle des gens qui s'aiment au quotidien. Le désir de Kril se lisait. Elle savait ce qu'il voulait, rêvait. Kril, transparent, transpirant, tout à elle, gémissant ou pas, avant ou après. Sensation de contrôle immédiat et total. Elle le connaissait, cet inconnu, mieux que lui-même. Il voulait qu'elle le surprenne. Qu'elle lui fasse peur. Il attendait ça, bien sûr. Elle lui fit signe de ne pas bouger, là, au bord du lit.

Semblant se désintéresser de lui, elle se mit à étudier un peu l'appartement. Pas mal de choses avaient changé. Apparition d'un matériel hi-fi et vidéo avec d'énormes enceintes qui avait dû coûter chaud. Un nouveau canapé. Une table dorée entourée de sièges assortis. Des tentures rouges trop longues aux replis traînant sur le parquet. Et une lampe bizarre, haute sur pattes, posée à côté du lit. Lumière tamisée avec un foulard. L'appartement de Kril ressemblait de plus en plus à son lieu de travail.

Il attendait toujours en silence. Lewine se tourna vers lui, sourit brièvement. Elle glissa sa main gauche sous le peignoir et saisit le pénis bien dur. Sans lâcher sa prise, elle gifla Kril à toute volée de la main droite, un aller-retour musclé. Il eut un gémissement et tout de suite après un sourire gourmand vite ravalé à cause de l'expression sévère de Lewine.

Elle dénoua la ceinture du peignoir et ordonna à Kril de s'allonger. C'était un grand lit avec des draps de soie orange qui rappelaient un vêtement de moine bouddhiste. Orange, rouge, doré, tamisé, un cabaret. Un cabaret.

Vite, à califourchon sur son ventre, peau de cuir sombre contre peau douce et claire, elle s'activa pour lui faire tendre les bras, ouvrit les menottes, passa leur chaîne à travers un barreau du lit, referma. D'un geste sec, elle enleva le foulard qui adoucissait la lumière. Ce n'était pas une question d'éclairage, c'était une question de prise de possession.

Lewine se releva à la recherche de cigarettes, fouilla en laissant les tiroirs ouverts, dérangea des livres, fit tomber une pile de cassettes vidéo. Trouva le paquet sur la table de la cuisine. Elle vint se rasseoir sur les cuisses de Kril, extirpa une cigarette du paquet pour la lui ficher entre les lèvres. Elle déplaça le poids de son corps afin de comprimer la poitrine du jeune homme. Les jointures, les tendons, les veines de ses bras trop tendus saillaient.

Lewine sortit son Zippo de la poche de son blouson. Elle fit claquer le couvercle une bonne dizaine de fois, ravivant puis tuant la flamme, laissant filer l'odeur d'essence, fixant Kril puis la flamme tour à tour. Elle redescendit lentement pour se caler à nouveau sur les cuisses de Kril et approcha la petite flamme de son sexe toujours dur. Il tressaillit. Elle leva aussitôt la main, fit claquer le briquet. Il serrait la cigarette mais plus avec ses lèvres. Avec ses dents révélées par sa bouche effrayée. La plus belle denture qu'elle ait jamais vue. Les dents de Kril ou la parfaite harmonie, démenti criant de ce qui le constituait. Kril était jeune et beau et brûlé de l'intérieur. Si profondément vrai. Et elle voulait l'entendre crier à cause de cela. Et supplier.

Elle dirigea la flamme vers la cigarette et d'un regard lui commanda d'aspirer. Le briquet claqua une dernière fois avant de disparaître à nouveau dans la poche de Lewine.

Comprimée par le blouson, la cravache Hermès reposait au chaud entre ses seins. Lewine fit lentement glisser la fermeture Éclair avant de jeter son vêtement sur la moquette. La cravache tomba en travers des jambes écartées de Kril. Il n'avait toujours pas prononcé un mot. Il tirait des bouffées avec difficulté, la fumée le faisait cligner des yeux. Elle lui enleva la cigarette des lèvres d'un geste doux puis approcha lentement le bout incandescent de sa poitrine. Elle scruta son visage à l'affût de l'affolement qui monta tout de suite. Elle le sentit reculer, enserra ses hanches plus fort, maintint la cigarette à quelques millimètres de la peau. Finalement, elle la jeta sur le parquet et descendit du lit pour l'écraser avec le bout de sa botte à talon aiguille.

Visage jusque-là sans expression ; elle sourit brièvement, se pencha pour arriver au bas-ventre et passer sa langue tout le long du pénis et descendre encore et récupérer la cravache avec ses dents. Elle l'empoigna d'un geste, fit mine de vouloir cingler sa poitrine puis ralentit le mouvement et caressa son visage avec la poignée de cuir tressé. Lewine insista sous le nez parce que la tresse noire portait les traces de son parfum, cette odeur citronnée toute simple. Kril tendit sa bouche, son nez, son cou, se tourna et se retourna pour que la cravache épouse la géométrie de son visage. En même temps ses yeux clairs gardaient cette intensité frappante, ce bleu gris chaviré de tempête permanente. Un genou en appui sur le bord du lit, elle abattit la cravache sur l'épaule du jeune homme. La droite. Et encore. Encore. Et puis la gauche. Il gémit. Dans ce gémissement-là il y avait déjà beaucoup de volupté. On aurait dit qu'il attendait son retour depuis des mois. Elle ne se sentait pas flattée pour autant. Il murmura son prénom. C'était à peine audible.

Kril, petite teigne, volcan à réveiller, hamster de laboratoire, Amsterdamer, prends ça et encore ça et commence à les serrer tes dents de rêve.

Au lieu de prononcer à haute voix tous ces mots bien trop jolis pour lui elle dit :

– Mon prénom, tu ne le prononces pas ! Tu entends ?

– Mmmmh…

– Et d'ailleurs je vais te bâillonner, Kril.

Le foulard qui avait tamisé la lampe tamisa la bouche du Hollandais. Et c'est ce bâillonnement qui donna à Martine Lewine le signal pour monter en cadence. Elle le fouetta et le fouetta. Il se tortillait et elle aimait de plus en plus son odeur. Les intervalles entre les coups étaient de longueur variable pour qu'il reste toujours sur le qui-vive. Kril, oh Kril, petit volcan, cambre-toi bien. Au bout d'un long moment, brutalement, elle l'empoigna pour qu'il se retourne et attaqua ses magnifiques fesses de Barychnikov d'opérette.


Plus tard, alors qu'il était toujours en elle après la jouissance, sur le point de s'endormir, elle se dégagea et le fit rouler en lui disant qu'elle voulait de l'espace vital. Groggy, il restait le dos tourné, elle pouvait voir ce beau corps zébré, soumis et viril à la fois. Une aubaine, ce Kril. Il finit par se redresser pour attraper une télécommande et activer sa chaîne hi-fi. Il faisait toujours ça après l'amour.

Puis nouveau temps de silence. Mais elle sentait que Kril n'allait pas s'en contenter. Elle savait qu'elle l'intriguait. Mais elle n'avait guère envie de parler. Au bout d'un moment, il éprouva le besoin de lui expliquer qu'ils écoutaient Marlene Dietrich et qu'il adorait tout d'elle, sa voix bien sûr, sa façon de s'habiller et ses paupières toutes lourdes. Il l'avait applaudie sur scène. Une grande performeuse. Il avait vu et revu tous ses films.

– Et toi, Martine ?

– Je ne vais jamais au cinéma.

– Quand tu étais petite à la télé...

– J'ai pas de souvenirs de télé.

– Tu n'as jamais vu de film ! Arrête !

– Si, les films de Bruce Lee.

– C'est pas du cinéma, ça.

– Et alors ?

– Tu devrais aller voir les films de Dietrich.

– Pour quoi faire ?

– Pour rien. Pour le plaisir. Ta voix, Martine... c'est...

– C'est quoi ?

Kril laissait sa phrase en suspens pour tirer sur sa cigarette. Elle ajouta d'un ton sec :

– Les gens qui ne finissent pas leurs phrases m'énervent.

– Je voulais juste dire que ta voix fait penser à celle de Dietrich. Elle est troublante.

– Oui, je sais, répliqua-t-elle agacée. J'ai une belle voix, on me l'a dit souvent.

– Oui, c'est vrai, tu as une très belle voix mais… tu parles peu.

– Et toi tu as un beau cul mais tu parles trop.

Kril se tut encore un moment. Elle crut l'avoir vexé, mais non. Il se mit à fredonner un bout de chanson avec la Dietrich. *Ich bin die fresche Lola…* et ainsi de suite, et il remonta les couvertures pour leurs deux corps, se pelotonna contre elle. Il faisait plutôt froid dans son appartement, Lewine pensait qu'il n'avait qu'un réflexe animal, la recherche de la chaleur et c'était tout. Rien à voir avec le titre du film de Patrick Bruel et de l'actrice inconnue : *Le Lait de la tendresse humaine*. Il ne faut pas que je pense à des trucs de ce genre, se dit Lewine, sinon l'image d'Alex Bruce va se déplier petit à petit et envahir toute ma tête. Wouf ! une montgolfière entre quatre murs et un plafond. Elle voulait que la paix continue en elle. Pax, trêve, repos des gladiateurs, pitié pour les braves. Kril posa prudemment une main sur son sein gauche :

– Reste ici cette nuit. S'il te plaît.

Elle fit signe que non.

– S'il te plaît, Martine.

– Pour quoi faire ?

– Allez ! reste !

– Non.

– Tu veux que je te supplie, c'est ça ?

– Non, je ne veux rien.

Et elle se redressa, s'assit sur le bord du lit, lui tourna le dos. Il posa vite le doigt sur sa colonne vertébrale, suivit le tracé autant qu'il put avant qu'elle ne se lève et réfléchisse un peu à la suite des événements, mains sur les hanches et jambes écartées dans une belle pose d'amazone qui n'a rien à prouver à personne. Elle se rhabilla.

Kril s'accouda pour suivre mieux ses mouvements. Enfin, elle coinça la cravache dans la ceinture du pantalon et la fit disparaître dans le blouson rouge d'un coup de zip.

– Viens m'embrasser, au moins.

Elle le fixa un instant, immobile, puis s'accroupit au bord du matelas, se pencha et fit ce qu'il demandait. Cette odeur de tabac blond qu'il avait en bouche et cette langue agile, à tout moment, mobilisée d'un seul coup, agile, agile, chaude, quémandeuse, ça donnait une décharge agréable, très. Agacée et titillée en même temps, Lewine se dit qu'on n'était vraiment pas des formules stables.

Kril avait de la suite dans les idées fixes et plaqua une main sur la joue de Lewine pour garder son visage un instant contre le sien :

– Reste.

– Non.

Il la lâcha et pendant qu'elle enfilait ses bottes, ajouta :

– Alors, ne reviens pas. C'est pas la peine.

– C'est toi qui vois, Kril.

Il hocha la tête avec une petite mine. Sa bouche fit un drôle de truc entre le sourire et la grimace. Est-ce qu'il jouissait de la voir si froide ou est-ce qu'il avait mal pour de bon ? Avec tous les regrets associés. Ce qu'il voulait, peut-être, c'est qu'elle reste non pas pour le cajoler en mère un peu louche mais pour le faire souffrir plus longtemps.

Après tout je m'en fous, se dit Lewine. Et elle se dirigea vers la sortie.

– Personne n'aime les flics en France. Tout le monde vous méprise en fait. Au bout d'un moment, ça doit miner. C'est ce que je me dis en pensant à toi, capitaine Lewine. Tu es forte mais tu ne vas pas durer longtemps. Crois-moi !

Elle referma la porte de l'appartement, marcha vers l'ascenseur. Quand il s'ouvrit, elle vit son visage dans le miroir rectangulaire. Lisse. Et pâle avec ce blouson rouge sang.

– *Ich bin die fresche Lola*, dit-elle en imitant la voix de Dietrich.

Lewine enfila son casque argenté et, visière levée, après avoir enfourché sa Kawasaki, regarda Bruel. Toujours sexy, même maintenant avec ce calme qu'elle avait en elle. L'affiche, l'acteur chanteur la partageait avec cette fille mais ça ne l'empêchait pas d'avoir l'air tout seul. En enfilant ses gants, elle imagina qu'une autre Martine Lewine redescendait de moto pour poser un baiser sur l'abribus et les lèvres vitrifiées de Patrick Bruel.

Elle fit démarrer le moteur et pensa à ce que lui avait expliqué Alex Bruce un jour. La possibilité que notre univers ne soit qu'un élément parmi une infinité d'univers parallèles. Avec des variantes infimes de l'un à l'autre. Et des connexions indécelables pour les sens humains. Dans un univers, Martine Lewine fait démarrer sa moto. Dans un autre, elle pose ses lèvres sur un abribus pour un baiser imaginaire. Et dans un autre et dans un autre et dans un… Vertige.

Alex Bruce, son patron, commandant à la Brigade criminelle, était un ancien de math sup. Contrairement à elle, peu de théories scientifiques lui échappaient. Dans ce multiunivers, Bruce et Lewine étaient désormais deux corps étrangers.

La Kawasaki rentra à la maison comme en pilotage automatique.

Lewine prit une douche en vitesse, enfila un jogging défraîchi mais chaud et se coucha. Elle avait dépassé le stade de la fatigue. Il fallait attendre le prochain train du sommeil, penser à tout ou à rien en attendant. Elle se demanda une fois de plus si elle aurait pu être une personne différente.

Elle arriva à la conclusion que s'il existait une infinité d'univers parallèles, alors forcément dans l'un d'eux une fillette ayant ses traits vivait, avait vécu ou vivrait une enfance normale.

# 3

Ce vendredi, le commandant Alexandre Bruce se réveilla dans son appartement de la rue Oberkampf un quart d'heure avant la sonnerie du réveil. Il émergeait d'un rêve en noir et blanc. Pour tenter de le retenir, il resta immobile dans son lit, un instant.

Un escalier. Bruce suivait une femme et, avec peine, tous deux montaient vers un bout de ciel étoilé. C'était elle qui tenait la lampe de poche. Derrière, étouffés, semblant leur parvenir à travers une membrane épaisse, des murmures, des chuchotements, des cris, des rires, des pleurs. Bruce entendait aussi une soufflerie. Contre elle, il luttait, pour ne pas être aspiré. À mesure qu'il gravissait l'escalier, son corps, sa respiration s'alourdissaient. Et pour la femme ça semblait aussi difficile que pour lui. Elle s'arrêta soudain et se retourna, elle avait le visage de… Martine Lewine. « Nous ne nous verrons plus sur terre », lui dit-elle. Et le corps d'Alex Bruce partit vers l'arrière. Plus moyen de voir sa compagne parce qu'il se retrouva tête en bas. Il fila vers ce qui était bel et bien une membrane – opalescente, elle palpitait et dégageait des ondes d'amour inouïes.

Une pensée lui vint qui le surprit : il aurait aimé se réveiller une deuxième fois, d'un deuxième rêve. Comme si celui de la membrane opalescente était contenu dans un songe plus grand, celui de la réalité, celle de son existence depuis l'hospitalisation de Victor Cheffert.

Avant-hier, les anesthésistes avaient plongé le capitaine dans un coma artificiel pour qu'il puisse se remettre au mieux de son opération et supporter le respirateur. Le médecin l'avait expliqué : Victor serait *sédaté* pendant environ trois semaines, il se remettrait, s'en sortirait probablement sans séquelles ; à Saint-Bernard toute l'équipe était mobilisée pour lui et les onze autres patients de l'unité de soins intensifs. Douze vies en suspens. Rien à voir cependant avec le coma traumatique qui impliquait une perte totale de la conscience. Par moment, Victor percevait en partie ce qui se passait autour de lui à travers les bruits des machines, les allée et venues, les voix du personnel soignant et des visiteurs.

Il alluma la lampe de chevet et vit qu'il était 6 h 05. Il désactiva l'alarme du réveil en se disant qu'il venait de dormir seul pour la première fois depuis dix jours. Parce que toutes les nuits précédentes, il les avait passées avec Martine Lewine.

Il prit un rapide petit déjeuner mais s'accorda le temps nécessaire pour un rasage minutieux. Il aimait que ses joues soient impeccables et sa barbe drue lui donnait du mal. Il l'attaqua en musique : *Champs-Élysées* de Bob Sinclar. Disco revisitée techno, ça réveillait bien le matin, ça chassait les idées grises. Il sélectionna son morceau préféré.

*I see you every night in my dreams / All I need is your love, all I need is you baby.*

Simple et efficace.

Le miroir lui renvoya l'image d'un homme de trente-huit ans aux cheveux bruns ondulés, aux yeux bleus, au nez aquilin et à la peau mate hormis cette moitié de visage couverte de mousse. Taille moyenne, corps musclé qui bougeait au rythme de la musique. Bruce se souvint que chaque matin, Martine le suivait dans la salle de bains pour le regarder faire. Comme si elle n'avait jamais vu un homme se raser, jamais vu un homme prendre une douche. Jamais vu un homme s'essuyer avec une serviette puis passer un peigne dans sa chevelure humide. Elle épongeait les gouttes qui s'attardaient dans son cou et sur ses épaules, l'air concentré, silencieuse.

Surprenante maîtresse. Dans tous les sens du terme. Une nuit, elle avait voulu le menotter. Il avait refusé. Mince et athlétique Lewine, forte et rapide tel un jeune animal. C'était lui qui l'avait menottée. Il n'avait jamais fait ça avant elle. Jamais eu l'idée. Et je ne recommencerai pas, pensait-il malgré le plaisir étrange qu'il avait ressenti. Il entendait encore Victor dire de Martine, peu de temps après leur rencontre : « C'est une drôle de nana, hein ? » Et sa réponse : « Elle est comme un puits. » Par la suite, il avait appris qu'elle était de la Ddass. Née sous X. Mais c'était de l'information brute. Elle avait gardé ses émotions pour elle, évoqué une seule fois son passé, la famille de son instituteur de CM2.

Lewine, Cheffert, Bruce. Leur trio revenait de loin. Du territoire de Vox, un psychopathe obsédé par les voix féminines[1].

Depuis l'arrestation, le capitaine Lewine avait été muté officiellement à la Crime dans le groupe du commandant Bruce ; une promotion dont elle rêvait. Avant,

1. Cf. du même auteur, *Vox*, éd. Viviane Hamy, collection Chemins Nocturnes, 2000.

elle était devenue sa maîtresse. Un épisode qu'elle n'aurait pas imaginé. Et Bruce encore moins.

Et ça s'est défait, se dit Bruce une fois sous la douche, l'eau chaude ruisselant sur ses épaules et son dos engourdis. Engourdis comme si le rêve était vrai, comme si son corps s'était envolé vers une membrane palpitante dégageant plus d'amour qu'une femme en chair et en os. Martine Lewine. Il l'avait quittée hier. «Viens, Martine, allons marcher un peu.» Ils avaient laissé leurs bureaux du 36, quai des Orfèvres, s'étaient dirigés vers le pont Neuf. Elle sentait, savait déjà ce qu'il lui dirait. Bruce avait expliqué que c'était fini. Après dix jours d'une histoire étrange, épidermique. Si peu de paroles entre eux, encore moins de conni-vence. Toutes ces tentatives pourtant. Bruce savait qu'il n'y avait pas d'issue. Et Lewine avait dû se dire la même chose, dans le fond. Elle n'avait pas protesté, s'était contentée de lui offrir ce visage lisse, habituel, et puis était partie faire un tour dans le quartier, était revenue les yeux rougis et le travail avait repris.

Bruce songeait à demander à Mathieu Delmont le transfert de Martine dans un autre groupe. Elle reste-rait à la Brigade. C'était un très bon flic et l'adminis-tration poursuivait sa politique de féminisation de la police française. Le bastion de la Brigade criminelle, une centaine d'hommes pour une poignée de femmes, s'ouvrait aux filles de la trempe du capitaine Lewine, on ne ferait pas marche arrière. Il y avait huit autres groupes de droit commun sans compter les sections antiterroristes. De quoi caser Martine, son énergie, sa patience, sa rage froide aussi.

Il choisit un polo vert sombre, un costume gris. Il prit son écharpe et son imperméable et quitta l'apparte-ment. En cette fin d'automne, la rue était luisante d'une pluie récente. En marchant vers le métro Parmentier, Bruce prépara son entretien avec Mathieu Delmont. À hauteur du *Café Charbon*, son mobile sonna :

– Allô, Bruce ? Delmont.

– Oui, patron ?

– Le ciat du 5$^e$ nous renvoie un homicide. Paul Dark, 54, rue de la Montagne-Sainte-Geneviève. Lewine est déjà sur place avec Sanchez et l'IJ.

– Pourquoi nous et pas les gars du 5$^e$ ?

– C'est un ponte d'un labo pharmaceutique. Et il y a une signature.

– Quel genre ?

– Le genre pénible. *Cobra*. En lettres de sang.

– Cobra.

– Ça vous dit quelque chose ?

– Non.

– Pas plus qu'à moi, soupira Delmont. Bon, j'ai tenu à vous téléphoner moi-même parce que même si Lewine est un officier expérimenté, je veux que vous alliez sur place. En vitesse. Pour être là avant le substitut.

– Entendu, patron.

– J'exige que tout soit cadré, cette fois.

– Cadré ? répondit Bruce avec ce ton faussement surpris que Delmont connaissait par cœur.

Les deux hommes avaient institué un mode de dialogue où le franc-parler occupait autant de place que le non-dit ; suivant les circonstances ça se jouait au ton de la voix, aux soupirs, aux trouées de silence. Aujourd'hui, il y avait moins de trous. Delmont était d'humeur causante.

– En d'autres termes, je n'accepterai pas le même raffut médiatique que celui que vos amis de la presse nous ont mitonné tout récemment. Clair ?

– Limpide.

– Parce qu'une signature veut peut-être dire qu'on va encore se farcir un tueur en série.

– Possible.

– Tout le monde en a marre des histoires de serial killer, Bruce.

– Je comprends ça.

– Mais les journalistes ne semblent pas se lasser du sujet. Donc, discrétion sur ce coup-là.

L'entretien au sujet de Lewine attendrait. Alex Bruce trouva quelques formules apaisantes avant de raccrocher. À la brigade, Delmont avait deux surnoms. Le Taulier, comme tous les patrons de la Crime. Et le Grand Communicateur. Comme personne d'autre avant lui. À l'intérieur, il répétait que l'information devait circuler, multipliait les réunions mais, hors des frontières de la Crime, il exigeait un front commun opaque face aux journalistes, dont il parlait en privé avec mépris. On n'informait jamais un journaliste. On le manipulait avant qu'il ne nous manipule. Toutefois, dans ce contexte, et comparé à ses collègues, Bruce savait qu'il bénéficiait de la plus grande marge de manœuvre possible. Mathieu Delmont n'avait jamais fait de commentaires quant à l'amitié qui le liait à Fred Guedj, un journaliste de télévision du genre opiniâtre et grande gueule parce que fréquemment alcoolisé.

Il consulta son plan de métro et fit demi-tour pour se rendre à la station Oberkampf. Il changerait à Gare d'Austerlitz et descendrait à Maubert-Mutualité.

Cobra, cobra. *Cobra*. Ça ne lui disait vraiment rien. Aucun écho dans les dossiers accumulés en quatorze ans de carrière. En revanche, les lettres de sang, ce n'était pas nouveau. Il y avait mille histoires dans ce goût-là. Bruce se souvenait de celle de l'ado du quartier Stalingrad. Éric, le commissaire du ciat de la rue André-Dubois dans le 19ᵉ, l'avait appelé pour lui raconter. Dix-sept ans, gavé au crack, cette substance qui transformait à plus ou moins longue échéance n'importe quel individu en animal fou. Le jeune avait éventré à coup de ciseaux un de ses cousins, compagnon de défonce, et s'était servi de ses doigts pour couvrir le mur d'inscriptions : *j'encule la Mort / j'encule la Haine / j'encule le Ciel*. C'était il y a moins de six mois. Ces échanges d'histoires, brûlantes au point qu'en les écoutant on croyait les avoir vécues, aidaient à évacuer une part du stress quotidien. Mille drames. Comme la mort vue mille fois mais jamais encaissée.

Quelquefois, ça déclenchait des ouvertures. Bruce puisait dans les canaux d'information officiels mais ces récits d'homme à homme avaient une puissance particulière. Une résonance. Ça restait en tête et un jour, peut-être, un détail, une sensation remontait à la surface et devenait utile. Mais pour l'instant, rien. Rien sur un cobra de sang.

# 4

À la sortie du métro, un fin tissu de pluie. Le jour se levait à peine et les lumières d'une boutique de primeurs et d'une charcuterie palpitaient dans la grisaille. Bruce dépassa le commissariat du 5ᵉ et remonta la pente douce de la rue de la Montagne-Sainte-Geneviève en pensant à ses années rue d'Ulm. Il avait été étudiant à Normale Sup avant de devenir prof de maths et de réaliser qu'il n'avait pas la fibre pédagogique. Les fonctionnaires du ministère de l'Intérieur avaient été ravis de voir un matheux embrasser une carrière dans la police ; il s'était vite retrouvé dans le saint des saints, la Crime. La plus prisée des brigades du Quai. La plus sélective.

Jusqu'à présent, il n'avait jamais regretté son choix. L'arrivée de Victor Cheffert dans son groupe avait renforcé sa conviction à mesure qu'une solide amitié se nouait entre eux. Il ne se passait pas une heure sans que Bruce pense à Victor alité à Saint-Bernard. Leurs conversations lui manquaient. Le visage de Victor lui manquait, cette bonne tête à lunettes. Les autres l'appelaient « l'Intello ». Posé, réfléchi mais fantaisiste à ses moments perdus, le capitaine Cheffert était un compagnon des plus agréables dans ces enquêtes opiniâtres qui étaient le lot des hommes de la Crime. Est-ce que dans le fond, Lewine avait compris cela ? Cette patience à toute épreuve, cette qualité du silence entre collègues, ces analyses studieuses de dossiers arides. Quai des Orfèvres, la plupart des gars portaient costume et cravate. Rien à voir avec les cavalcades en jean et baskets des hommes de l'Antigang. Est-ce que Martine Lewine avait bien senti la différence ?

Équipé d'un digicode désactivé dans la journée, un porche s'ouvrit sur une cour pavée, noyée dans la verdure. Paul Dark avait habité un petit paradis. Pour Paris, s'entend. Alex Bruce observa les façades d'immeubles qui devaient dater du XVIIIe siècle et entouraient cet écrin vert. On entendait même des chants d'oiseaux. Il alla consulter les boîtes aux lettres. L'appartement de Paul Dark se trouvait dans le premier bâtiment en entrant dans la cour. Celui qui jouait au cobra n'avait pas eu à la traverser ; Bruce se glissa dans une étroite cage d'escalier. Il croisa un OPJ en faction au bout du couloir. Une tête connue. Le commandant lui fit signe et le jeune gars précisa que ça se passait au second étage.

C'est Marc Sanchez, le procédurier, qui vint ouvrir. Il portait ses gants en latex, son carnet à spirale, sa loupe. Désignant la serrure, il dit :

– Pas d'effraction, comme tu peux le constater. Salut, Alex.

– Salut, Marc.

– Et c'est un empoisonnement.

– Avec ?

– Pour moi, de la strychnine. Viens voir.

Bruce pénétra à sa suite dans un couloir au parquet sombre. On pensait à un pont de bateau ancien, il y avait d'ailleurs plusieurs marines sur les murs bleu pâle. Conventionnel. Ce qui l'était moins, c'était trois petites photos collées côte à côte entre deux tableaux. Sanchez tendit sa loupe à Bruce :

– Des polaroïds miniatures qui se collent comme des stickers.

Bruce les détailla, un tiraillement au niveau du plexus solaire. Sanchez continua :

– Le gars a dû en baver.

Les premiers clichés montraient l'improbable contorsion d'un homme en robe de chambre. Le corps tendu en arrière en arc, seuls ses talons et la base de son crâne reposaient sur le sol. Le troisième était un gros plan du visage déformé par un sourire imprimé dans la chair, pensa Bruce. *La mort vue mille fois. Jamais encaissée.* Jamais.

– Opisthotonos, continua Sanchez.

– C'est-à-dire ?

– La strychnine est un alcaloïde qui provoque une contracture généralisée.

– Jusqu'aux muscles du visage ?

– Exact, et c'est ce qui donne le rictus sardonique.

– On a retrouvé l'appareil photo ?

– Non, Alex. C'est tout petit, ça se planque dans un sac ou une poche. Et ça s'achète en supermarché.

– Delmont m'a parlé d'une signature de sang.

– Oui, le gars a été taillé à la cheville.

– Avant ou après ?

– Après.

Le procédurier lui désigna le salon, une vaste pièce bouleversée par l'Identité judiciaire et son abondant matériel. En y pénétrant, Bruce eut pour une fois le sentiment que son corps froissait un peu le silence. Quelques dixièmes de seconde et il les rejoindrait, ferait partie d'eux – les enquêteurs travaillant en osmose avec les techniciens –, de leur calme. Un mélange de concentration et de respect. Rien à voir avec les cavalcades, Martine. Rien à voir.

Mobilier design et sur les murs clairs des tableaux abstraits cette fois, tons fondus, lignes décoratives : consensus esthétique d'une salle d'attente de médecin. Ce qui fait ressortir d'autant mieux la bibliothèque luxueuse, pensa Bruce. Un pan de mur entier, et son échelle métallique coulissante permet de voyager entre des centaines d'ouvrages. L'homme qui rit aimait les livres.

L'homme ne riait plus, il était couché sur le dos à présent, les muscles libérés par la mort, la joue gauche dans le vomi. L'odeur se mêlait à celle de l'urine et des excréments. Quelqu'un avait entrouvert une fenêtre. Restait ce remugle connu, celui d'une violence qu'il fallait maintenant tenter de concevoir dans tous ses détails. Pour une fois, Bruce sentait qu'il lui faudrait faire un effort. Je suis engourdi comme tout à l'heure sous la douche, ou plus loin en arrière… mon rêve… *nous ne nous verrons plus sur terre.*

– Il est mort quand ?

– Depuis au moins six heures. C'est le temps nécessaire pour qu'un voile opaque recouvre la cornée. Ses yeux sont comme délavés. Et moins de vingt-quatre heures parce qu'il est encore chaud.

Bruce regarda sa montre : il était 8 h 40.

Sous le lustre allumé, le crâne de Marceau luisait. Agenouillé, le bas du visage couvert d'un masque bleu de la même couleur que les housses qui recouvraient ses chaussures, le technicien récupérait les résidus sous les ongles. Cressange avait déjà placé les bandes milli-métrées qui permettraient d'évaluer l'échelle des objets et commençait son minutieux travail de recensement photographique. Solis fumait, immobile, attendant de pouvoir scruter le sol avec l'illuminateur. Ensuite, l'un d'eux passerait l'appartement au laser Crimscope pour les traces papillaires. À comparer avec celles des neuf cent mille délinquants du fichier Faed. Mais encore faudrait-il que l'assassin de Dark ait été mis en cause dans une procédure judiciaire. De toute façon, compte tenu de l'organisation de ce crime, Bruce pariait fort qu'on ne trouverait pas d'empreintes.

Debout dans le fond de la pièce, Lewine, tête penchée, semblait relire ses notes. À côté d'elle, un jeune homme assis dans un fauteuil, le visage vers la fenêtre aux stores métalliques tirés. Rien d'étonnant. Le spectacle d'un homicide n'était jamais beau à voir mais celui-là dégageait un fort relent de cruauté. Victor serait d'accord là-dessus. C'était qui ce jeune homme ?

Lewine venait de redresser la tête. Ce regard neutre, ces joues rondes, cette coiffure sage – cheveux lisses et raie médiane. Il n'y avait guère que la bouche aux lèvres charnues qui tranchait dans le calme paysage de ce visage. Les yeux peut-être un peu plus cernés que d'habitude. Elle avait mis du rouge à lèvres, un rose discret. Une première… Bruce ne put s'empêcher de penser que c'était pour lui et flaira les ennuis. Léger temps d'arrêt, et de cette voix somptueuse, celle qui rendait les dingues encore plus fous et contrastait tant avec la simplicité de ses traits et de sa mise, elle dit :

– Bonjour, Alex.
– Salut, Martine.

Un sourire rapide et Bruce s'accroupit à côté du procédurier pour détailler le mort. Blond, calvitie naissante, environ quarante-cinq ans. La robe de chambre était sûrement en cachemire avec des bordures de soie, pyjama chic, chaussons de cuir noir. Au-dessus de la cheville gauche, une entaille, noirâtre de sang coagulé. À quelques centimètres du pied, en cursives bien tracées : *Cobra*. Il nota mentalement l'utilisation de la majuscule, et se dit que la scène n'avait rien à voir avec l'affaire du quartier Stalingrad. Ici, un mot, un seul. Cobra.

Je suis le cobra. Le cobra est en moi. Tu es le cobra. Signature, délire de possession, désignation ?

— On l'a découvert ce matin, vers six heures, dit Sanchez à voix basse, avec un signe de la main vers le jeune homme.

Lewine approchait, faisait un détour pour ne pas empiéter sur la zone réservée à l'IJ et éviter la propagation d'ADN étranger.

— Qui est-ce ? demanda Bruce à Sanchez.

— Le fils. Félix Dark. Vingt-six ans.

— On lui donnerait moins.

— Je trouve aussi.

Lewine les écoutait en silence. Sanchez reprit :

— Marceau a emballé les débris d'un verre. Il n'a pas encore touché aux kumquats restés sur la table. Ni à la bouteille de tequila. Ça ne devait pas être celle du mort.

— Il y a une autre bouteille dans le bar ?

— Oui, entamée.

— De la même marque ?

— Non.

— Alors tu as raison, on a apporté celle-là.

— Et on a mis la strychnine dans la tequila ou directement dans le verre. Dans le verre, c'est mieux, Alex. Ça permet de trinquer avec naturel. Mais c'est un peu plus difficile parce que la strychnine, ça ne se dissout pas si bien que ça.

– Les convulsions démarrent combien de temps après l'absorption ?

– Entre trente minutes et une heure. À peu près. Le toubib te dira ça mieux que moi. D'autant que c'est plutôt un poison réservé aux crimes campagnards. On en trouvait dans la mort-aux-rats et les taupicides. C'est interdit de nos jours. Pour pas faire souffrir les bestioles de manière inhumaine. Il paraît que la douleur est abominable.

Lewine intervint enfin :

– Ce qui veut dire que le tueur a passé du temps à lui faire la conversation avant de le regarder crever.

– Ensuite, il lui a tranché une veine au couteau de cuisine, poursuivit Sanchez. On l'a retrouvé sous le fauteuil du jeune.

Le trio se tourna vers Félix Dark, immobile dans son fauteuil, l'air lessivé. Sanchez ajouta :

– Le couteau fait partie d'une série accrochée au-dessus d'un plan de travail.

– Des traces papillaires dans la signature ?

– Aucune, répondit le procédurier en levant la main droite. D'après moi, ça a été fait avec un doigt aussi bien habillé que les miens.

– Qu'est-ce que tu penses de la signature ?

– En débarquant, j'ai tout de suite pensé à celle d'un peintre.

– Ah oui ?

– Un tracé appliqué. Et je me suis dit que j'avais déjà vu plus féroce.

Bruce repensa aux graffitis furieux de l'amateur de crack, détailla le corps pendant que Sanchez expliquait qu'il y avait un décalage entre la souffrance infligée et la signature proprette. Quand il releva la tête, Martine le fixait. Il n'y avait rien à lire sur son visage mais il lui sembla l'entendre penser et lui reprocher de poser ces dernières questions au procédurier plutôt qu'à elle.

– Et après, j'ai pensé à mon beau-frère.

– Ton beau-frère ? ah bon !

– C'est un maniaque.

– Il aime les serpents ?

– Non, les bagnoles de collection. Son rêve, c'est la Shelby Cobra. Une Américaine qui a bataillé avec Ferrari dans les années soixante. Le beauf nous rebat les oreilles avec la 427 Shelby Cobra. Il la voudrait en rouge. On fait des répliques mais il a pas le blé.

Tout ça à mi-voix pour que le jeune n'entende pas et que les gars de l'IJ officient en paix. Et pas un sourire. Ces blagues retenues, Bruce connaissait leur fonction ; il hocha la tête d'un air entendu. Lewine leva un sourcil impatient : les histoires de Sanchez la barbaient. Elle montra un téléphone mobile :

– C'est celui du mort. Un seul message dans la boîte vocale. Une voix de femme qui ne rappelle rien au fils Dark ; elle tutoie le père mais ne donne pas son nom.

– Que dit-elle ?

– « Salut, Paul, je te rappellerai plus tard. »

– Tu creuses la question, ordonna-t-il en lui faisant signe de le suivre.

Il avait repéré une chambre. Bois blond et du beige insipide partout, des murs à la moquette ; une commode supportait un téléviseur. La seule touche de couleur venait d'un grand tableau abstrait dans les tons bleus. Le lit était ouvert sur un drap à peine froissé à l'emplacement qu'avait occupé une personne solitaire, les deux oreillers disposés l'un sur l'autre. La lampe de chevet allumée. Un livre abandonné sur la couette bleu ciel à motifs de petites plumes blanches. Bruce extirpa un stylo de la poche de sa veste pour retourner le livre sans le toucher. *Killshot.* Un polar de l'Américain Elmore Leonard en version originale. Un marque-page glissé juste avant l'épilogue que Dark ne connaîtrait jamais.

– Le jeune dit qu'ils ont quelques années vécu aux États-Unis, reprit Lewine. Avant le divorce des parents. (Ses yeux gris-vert restaient plantés dans les siens. Sourcils froncés, concentrée, professionnelle, elle poursuivit:) Père et fils sont revenus en France. La mère, remariée, vit en Californie. Paul Dark était directeur général du laboratoire pharmaceutique Coronis. Le fils est dans le public. Chercheur à l'université Pierre-et-Marie-Curie, rue d'Ulm. Juste à côté.

– Il vit où ?

– Ici, mais il a une petite amie, une infirmière chez qui il dort tous les jeudis et vendredis.

– *Tous* les jeudis et vendredis ?

– Parce que le lendemain, il commence plus tard à cause des trente-cinq heures.

Bruce imagina. Une ombre en guise de tueur. Il pénètre dans l'écrin vert grâce au code qu'il détient. Il entre dans l'appartement avec ses clés, ou sonne à la porte. Dark est déjà en pyjama, occupé à lire au lit, il n'attend personne. Dark se lève, enfile sa robe de chambre et accueille ce visiteur du soir qu'il connaît. L'ombre lui a apporté un cadeau : une bouteille de tequila. Elle fait le service ou pas. En tout cas, Dark boit sans méfiance en mangeant des kumquats. Peut-être un autre cadeau, ces fruits. On parle. Plus tard, Dark s'écroule et agonise dans les convulsions sous le regard de l'ombre qui le photographie. Le tueur choisit un couteau, entaille la cheville ;

avec le sang et ses doigts gantés, il trace *Cobra* sur le parquet, d'une écriture soignée. Se nomme-t-il, donne-t-il un sobriquet à Dark ? Ou s'agit-il d'une référence ?

– Continue, dit-il à Lewine en respirant son parfum, cette odeur citronnée toute simple.

– Félix Dark affirme qu'il a passé la soirée et la nuit chez son amie Charlotte, rue des Hospitalières-Saint-Gervais dans le 4$^e$. À côté du marché des Blancs-Manteaux.

– Je vois où c'est.

– En métro, c'est cafouilleux, mais à pied, ça se fait vite.

– Tu dirais quoi ? Une demi-heure ?

– Pas plus. Vingt minutes en marchant vite. En taxi, un rien de temps.

– Bon. Cette Charlotte ?

– Elle avait invité un couple d'amis. Ils ont pas mal bu. Pendant le dîner, vers 21 h 30, Félix a appelé son père pour lui dire qu'il lui avait emprunté cinq cents francs.

– Du tiraillement côté finances ?

– C'est à creuser.

– Oui, il faudra voir ça sérieusement.

Elle le fixa, l'air de dire «comme si je ne le savais pas». Ou l'imaginait-il ? Après tout, il n'avait jamais réussi à savoir comment elle fonctionnait. Pendant qu'elle plongeait le nez dans ses notes, il reprit :

– Une fois les invités partis, qu'est-ce qui se passe ?

– Félix et Charlotte se couchent. Un peu plus tard, Félix se relève parce qu'il n'arrive pas à dormir.

– Il est quelle heure ?

– Félix n'a pas vérifié. Il dit avoir marché un temps dans le quartier avant de rentrer se recoucher.

– Combien de temps ?

– Il ne se souvient pas. Une demi-heure. Une heure. Le lendemain, Félix se lève le premier et se rend chez son père.

– Par quel moyen ?

– En métro. Il m'a montré son ticket.

– Matinal.

– Il avait la gueule de bois et voulait prendre un médicament dans la pharmacie de son père.

– Tu as vérifié ?

– Oui. Il comptait aussi prendre un bain chaud pour se retaper avant le travail.

– Sa copine n'a pas de baignoire ?

– Elle vit dans un tout petit studio.

– Félix Dark prend donc le métro et arrive nauséeux chez son père vers six heures. Il croise quelqu'un ?

– D'après lui, la gardienne du 50 occupée à sortir les poubelles.

– Ce qui lui donnait une bonne raison de se montrer à cette heure-là.

– On peut voir les choses comme ça, Alex.

Il attendit un peu, puis :

– Et toi, comment les vois-tu ?

– Je peux l'imaginer tuant son père. Il m'a parlé dans une sorte de brouillard. Je parierais qu'il a pris un calmant. Son père était bien fourni. Dans l'armoire à pharmacie, il y a du Tranxène et un tas de produits du même acabit.

– Félix est défoncé ?

– Je ne sais pas. Il prétend qu'il n'a rien pris. Il ne pleure pas. Il avale sa salive comme si c'était coincé en lui. Oui, ça pourrait bien être lui.

– Il est assommé et il t'a raconté tout ça ?

– Je suis arrivée il y a un peu plus d'une demi-heure et je ne lui ai pas laissé le temps de souffler. Maintenant, il a l'air assommé. C'est vrai.

– Faudra lui faire une prise de sang.

Bruce se demanda si Félix aurait été si loquace interrogé par un homme. Et admit qu'une femme dans une équipe apportait un plus avec les *clients* fragiles. D'autant que la voix de Martine Lewine finissait toujours par vous bercer. Bruce s'effaça pour la laisser sortir la première et s'avancer vers Sanchez.

Le procédurier était occupé à noter tous les détails de l'univers de Paul Dark dans son calepin. Bruce étudia rapidement Félix Dark, statufié dans son fauteuil et le teint cireux. À côté de lui, une table avec une lampe et le ravier empli à moitié de kumquats. Contraste des billes orange sur la céramique bleue. Derrière, le store métallique cachait la rue de la Montagne-Sainte-Geneviève. Bruce le remonta. L'autre cligna des yeux. Mouvement bref, et il fut de nouveau un type hébété. Par la peine ? Une substance illicite ? les deux ? ni l'une ni l'autre ? Le jour s'était levé. Immobilité de Félix Dark. Immobilité de l'hiver qui approchait et ralentissait tout dans sa lumière blanche ; immobilité des serpents.

Bruce s'imagina en compagnie de Cheffert. Ils s'éloignaient un instant, trouvaient un coin où, avant de s'attaquer de concert aux papiers du mort, ils échangeaient leurs premières impressions. Cheffert : « Félix a ses clés : pourquoi Paul Dark se serait-il levé pour lui ouvrir ? » Bruce : « Parce qu'il s'étonnait de le voir rentrer. » « Oui, mais pourquoi boire un alcool fort avec son fils sachant qu'il sortait d'un dîner arrosé, Alex ? » « Oui, c'est bizarre. Et si Dark avait décidé de boire seul, se serait-il préparé des kumquats ? Minutieusement, dans un joli ravier bleu ? » Ce serait simple, ce serait bon.

– Le bureau est par là, Alex. On va consulter les papiers ?

Le visage du capitaine Lewine s'accordait avec la précocité de l'hiver. Et dans ses yeux, il n'y avait plus trace de ce qu'elle lui avait donné jadis. Des années-lumière en arrière. Déjà ? Bruce chassa l'image : elle en travers du lit, l'agrippant à la taille, le tirant vers elle ; on voit les muscles de ses avant-bras et de ses longues cuisses ouvertes, et ce regard d'eau qu'elle a.

Il dit :

– Va plutôt interroger les voisins avant qu'ils ne partent au travail. Demande à l'OPJ de te donner un coup de main. Je le connais, c'est un débrouillard. Ensuite, embarque Félix Dark au Quai. Tu as gagné sa confiance, autant faire encore un bout de chemin en sa compagnie. Et puis tu iras vite voir Gibert à la Financière de ma part. Qu'il me déniche le maximum sur le labo Coronis.

Elle se tut un instant, hésitante. Bruce se demanda si elle allait protester ? Comment s'y prendrait-elle ? Mais Lewine dit qu'elle avait trouvé l'agenda de Paul Dark dans un attaché-case et souhaitait l'emporter au Quai, pour que Félix colle un début de biographie sur les noms. Bruce ressentit une pointe d'admiration. Non seulement Martine excellait au tir et au kung-fu mais en plus elle se contrôlait parfaitement. Il approuva et dit qu'après avoir ausculté les papiers et vu le substitut, il irait chez Coronis annoncer la mort du directeur général.

Elle se contenta de hocher la tête, puis rejoignit Félix. Bruce eut un flash mais cette fois, ça n'avait rien d'érotique. Martine recroquevillée sur un sol de béton, les yeux mi-clos. Lui, collant son oreille contre sa bouche pour savoir si elle respirait encore. La compassion qu'il avait éprouvée pour elle !

Cette compassion, il en restait quelque chose. Mais dans un espace-temps différent du leur.

# 5

Cinq étages de pierre blonde, dans un style néo-haussmannien : l'immeuble Coronis ne déparait pas l'avenue de Friedland mais à y regarder de plus près, on réalisait qu'il s'agissait d'un blockhaus. Alex Bruce avait eu tout le temps pour découvrir que Coronis était gardé avec la même ferveur qu'une banque ; il attendait depuis trop longtemps dans un hall de marbre blanc sous l'œil d'un standardiste aux cheveux ras mais aux muscles saillants. Un peu plus loin, un sas à infrarouge créait une barrière derrière laquelle veillait un autre gaillard du même style. La grande famille des paras, des gorilles et des gladiateurs, songeait-il en prenant son mal en patience.

– C'est à quel sujet, inspecteur ?

L'homme arborait un costume gris anthracite, une chemise rose pâle sans cravate, un accent italien et environ trente-cinq ans d'une existence remuante. De sombres boucles, un visage plaisant, des yeux clairs et une discrète cicatrice sous le méplat gauche. Les dents étaient blanches mais une incisive avait cédé sous la pression d'un poing ou d'un objet contondant, un soir de mauvaise lune. Pour une obscure raison, le gars avait peur des dentistes ou trouvait que cette petite béance lui donnait un genre intéressant.

– Commandant Alexandre Bruce, Brigade criminelle. Je souhaite voir Justin Lepecq ou Marco Ferenczi.

Bruce avait trouvé l'organigramme de Coronis dans
le bureau remarquablement en ordre de Paul Dark.
Lepecq et Ferenczi dirigeaient le laboratoire pharmaceutique en duo. Quant à Paul Dark, avant sa crise de
fou rire avec la grande faucheuse, il possédait lui aussi
des actions de l'entreprise et tenait la place de numéro
trois dans une hiérarchie qui manageait cent quatre-
vingts personnes dont plus de quarante pour cent de
chercheurs.

– Mon nom est Federico Androvandi. Je suis le
beau-frère de Marco Ferenczi et le chef de la sécurité,
ici. Rien de grave, j'espère ?

– J'en parlerai directement avec vos patrons, si vous
n'y voyez pas d'inconvénients, répondit Bruce en tendant sa carte professionnelle.

Le nommé Federico l'étudia en prenant son temps,
comme si le visage glacé de la République barré par
les lettres rouges du mot *police* offrait un puissant
contraste artistique. Il sourit :

– Vous verrez les deux d'un coup, commandant. Et
même quatre, parce que Marco et Justin sont avec leurs
épouses, Dany et ma jeune sœur Carla. Ils s'apprêtaient
à les emmener déjeuner. Vous tombez bien. Ou mal.
C'est à eux de voir.

Bruce ne répondit pas au sourire de l'Italien. Il se
demanda en quoi le fait d'être le beau-frère d'un des
patrons donnait le droit au chef de la sécurité de bavar-
der comme un concierge.

C'était le bureau d'un type qui ne se refusait rien ou
passait plus de temps à son travail que chez lui. Un
cocon de luxe avec vue sans complexe sur la tour

Eiffel. Et la sensation de pouvoir vous habituer à tout ça en un rien de temps. Vaste canapé, bar avec percolateur chromé et liqueurs du monde entier, bambous foisonnants, paroi de verre dévoilant une salle de gym avec sauna. Une coupe en cristal emplie de fruits tropicaux attendait le bon vouloir du maître des lieux. Lui ou quelqu'un d'autre avait mangé toutes les bananes et laissé leurs peaux flétries s'affaisser sur la table d'acajou ; elles avaient déjà des robes léopard.

Sorti de son bref engourdissement matinal, Bruce se sentait l'œil laser. Et l'épiderme attentif. Le chauffage était admirablement réglé dans cet immeuble, quelque chose de doux, d'oriental vous réchauffait avec délicatesse. Et l'oreille en alerte, Bruce l'avait aussi. Une discrète nuée sonore humectait le paysage : la télévision à écran plat diffusait en sourdine la fin du Treize heures de France 2. Pour l'instant, le centre d'attraction n'était pas le présentateur que personne n'écoutait mais une blonde d'une trentaine d'années aux belles jambes charnues. *La jeune sœur* du chef de la sécurité. Vêtue d'une robe jaune décolletée, dégageant le dos jusqu'à la taille, Carla Ferenczi parlait fort à trois personnes. Un quinquagénaire en peignoir, pieds nus, le visage congestionné et des cheveux ondulés d'autant plus blancs par contraste. Un homme bronzé et élégant, la quarantaine entamée. Une femme d'un âge incertain à la chevelure d'un noir factice mais beau. Équipée comme les autres d'une coupe de champagne, Carla Ferenczi n'en était pas à son premier service.

Federico se dirigea vers l'homme à l'impeccable costume sombre et à la chemise blanche sans cravate, et chuchota à son oreille. À côté de lui, son associé aurait toujours l'air incongru et ce n'était pas une question de peignoir. Bruce fit un pari : l'élégant est Marco

Ferenczi. Gagné ; un accent presque imperceptible affleura quand il lança à la cantonade :

– Nous avons la visite du commandant Bruce de la Criminelle. (Puis il se leva et tendit le bras pour une poignée de main décidée :) Je vous en prie, entrez.

La joie alcoolisée de Carla s'était évaporée, remplacée par l'inquiétude. L'autre femme, sans aucun doute Dany Lepecq, gardait un calme olympien. Elle avait le visage racé typique de l'ancien mannequin. Elle était la seule à fumer.

Bruce annonça qu'il apportait une mauvaise nouvelle et proposa de voir les patrons en privé.

– Les *patrons*, ça fleure bon son XIX$^e$ siècle, ricana Justin Lepecq.

Il ajouta que Carla et Dany étaient tenues au courant de tout ce qui se passait chez Coronis. Quelques secondes vides, et la blonde bredouilla qu'elle voulait savoir ce qui était arrivé.

– Tout doux, Carla, lui dit gentiment Dany Lepecq en lui tapotant la main, ça va venir.

Un zoo humain doté de quelques beaux spécimens, pensa Bruce.

– On a retrouvé Paul Dark mort chez lui ce matin, indiqua-t-il en regardant tour à tour les visages.

Même stupéfaction plus ou moins marquée suivant les tempéraments.

– C'est pas possible ! dit Carla. Pas Paul !

– Il ne s'est pas suicidé, n'est-ce pas ? demanda Marco Ferenczi. Sinon, vous ne seriez pas là.

– C'est probablement un empoisonnement.

– Avec quoi ?

La question et le ton sec venaient de Justin Lepecq, un homme constant. Ferenczi lui jeta un coup d'œil rapide mais désapprobateur et reprit :

– Commandant, nous sommes sous le choc. C'est difficile à encaisser, surtout avec des bribes d'informations. Pouvez-vous nous donner plus de détails ?

– J'ai expliqué à votre responsable de la sécurité que je souhaitais vous rencontrer tous les deux en privé, mais il n'a pas jugé bon d'accéder à ma demande. Alors je la réitère.

Tout en parlant, Bruce essayait de se souvenir : avait-il déjà annoncé un assassinat dans une ambiance aussi tordue ?

– Federico fait son boulot. Il pense qu'en nous disant vite comment c'est arrivé, vous nous ferez gagner du temps, dit Lepecq d'un ton las bien imité.

– Le commandant sait ce qu'il fait, le calma Ferenczi. Je propose que nous allions dans mon bureau pendant que Federico tient compagnie à Dany et Carla dans le tien. Tu veux bien ?

– Je rêve, dit Lepecq.

– Malheureusement, ni vous ni moi ne rêvons, répliqua Bruce à son dos en éponge.

En dépit de ses protestations, Justin Lepecq marchait déjà vers la porte. Il l'ouvrit, se retourna, sembla chercher ses mots :

– Ne croyez pas que parce que je sors du sauna et que nous buvions le champagne quand vous êtes arrivé, nous passons nos journées à nous la couler douce. Nos épouses s'ennuyaient à nous écouter parler affaires et c'est en compagnie d'importants clients que nous devons aller au restaurant. Hier soir, Marco et moi nous sommes couchés à une heure impossible pour la même raison. Vous comprendrez que notre temps soit compté, inspecteur.

Bruce sourit :

– En évoquant vos emplois du temps en privé, nous éviterons à vos épouses de s'ennuyer une fois de plus.

– Ce n'est plus une annonciation, c'est un interrogatoire. Vous faites un groupage. C'est bon, j'ai compris, inspecteur.

Ferenczi avait l'air embêté. Les autres pas du tout. Le plus décontracté était le chef de la sécurité. À croire qu'on lui tuait ses directeurs généraux, un à un. Une idée bizarre vint à Bruce, expulsée du sac à rêves qui avait parasité son début de journée : la mangouste est le seul animal qui n'a pas peur du cobra. Dans l'arène des combats qu'on organise sous les tropiques, elle lui tient tête. Il avait lu ça dans un magazine, il y a longtemps. Lepecq faisait une mangouste tout à fait acceptable. Un zoo humain, vraiment :

– Qu'est-ce que vous espériez, monsieur Lepecq ?

– Vous allez être déçu. Je suis un type banal. Je pense qu'il est plus rentable de travailler que d'assassiner mes collaborateurs.

– Bon, Justin, on y va ? demanda aimablement Marco Ferenczi.

Personne n'avait l'air de trouver Lepecq excentrique. Indifférente aux frasques de son mari, Dany Lepecq s'était levée pour aller au bar déposer sa coupe à moitié vide. Federico Androvandi y était accoudé, l'air indifférent. Lepecq soupira et passa la porte, suivi par Ferenczi qui venait de caresser l'épaule de sa femme d'un geste réconfortant. Le commandant Bruce sortit sur leurs pas. Pour lui, l'homme au peignoir carburait à un stimulant plus subtil que le champagne ou les vapeurs scandinaves.

# 6

Martine Lewine s'était installée avec Félix Dark dans le bureau d'Alex Bruce. Il n'était ni plus grand ni plus clair que le sien mais sa petite fenêtre donnait sur la Seine et elle aimait regarder le fleuve de temps à autre, une respiration entre deux rounds de questions. Avec l'OPJ, elle avait interrogé les voisins de Dark et la concierge du 50 qui avait bien croisé Félix. « À une heure bizarre et l'air pas dans son assiette. Mais bien poli, comme toujours. » Les voisins n'avaient repéré aucun étranger dans l'immeuble et rien entendu. Aucun d'eux n'avait jamais vu Paul Dark en compagnie. L'homme menait une vie sociale limitée au strict minimum ou la vivait au-dehors. Comme son fils Félix.

Ça faisait une heure qu'elle le travaillait ; maintenant, il semblait un peu moins mou mais ne répondait plus que par phrases courtes. L'histoire du cobra ne lui disait rien. Il n'avait même pas su identifier les trois prénoms qui se baladaient dans l'agenda du père : Olga, Karine, Lisa. Pas de patronymes. Des noms de putes ? Olga surtout. Eh bien, ça ne disait rien au jeune Dark. À croire qu'il partageait le même toit que son père tout en se considérant en transit, insensible à la vie et aux émotions de l'autre. À moins qu'il n'ait jamais accepté le divorce et en tienne le père pour responsable. Il prétendait que non, que ses parents s'étaient séparés sans drame. Lewine ne croyait pas qu'on puisse se séparer *sans drame*. Elle n'imaginait pas que parents et enfants puissent se côtoyer sans s'intéresser un minimum à leurs peines mutuelles, à leurs joies. *Sans drame*, tu parles, Félix !

Il faudrait attendre quelques jours pour les résultats de la prise de sang. Mais Lewine sentait que Félix avait menti. Il avait bel et bien pris un tranquillisant, elle en était sûre. Qu'est-ce qu'un flic pouvait en déduire ? Que Félix s'était préparé en prévision de l'interrogatoire ? Que la culpabilité lui bouffait la tête ? Qu'il prenait du Tranxène tous les jours et que ça lui avait grignoté les neurones au point d'en venir à exterminer son père avec un taupicide ? Environ soixante-dix pour cent des homicides étaient à rechercher dans le cercle restreint de la famille et des proches de la victime ; et dans la plupart des cas, on était loin des assassinats soigneusement programmés. Ce n'est qu'au cinéma qu'on voyait des amateurs devenir aussi talentueux que des tueurs professionnels lorsqu'il s'agissait d'exterminer un père, une épouse, une petite amie.

Elle revint s'asseoir, passa une main sur le maroquin de cuir en pensant à la main d'Alex. À ce geste, simple et beau, qu'il avait souvent. Alex. Alex Bruce. Alexandre Bruce. Elle laissa le jeune finir son café ; bien vaseux, mais, doucement, le regard revenait à la vie. Elle décida de bluffer.

– Pourquoi t'as menti à propos du Tranxène ?

– Je sais pas, j'étais dans le potage. Je ne me souviens même pas. J'ai menti ?

– Tu as dit que tu n'avais rien pris.

– Excusez-moi, je ne me rendais pas compte.

– Tu en prends souvent ?

– Non. Mais là, je me suis senti mal…

– Quand ça ?

– Quand je l'ai vu.

– Qui ça ?

– Mon père, bien sûr. Quand je l'ai trouvé.

Une once d'énervement dans la voix. Il était en phase d'éveil, à coup sûr.

– Tu n'en aurais pas pris avant, par hasard ?

– Je vous jure que non ! C'est quand je l'ai trouvé.

– Tout de suite après ?

– Oui, juste avant d'appeler le commissariat.

Elle hocha la tête d'un air conciliant. Elle le voyait qui commençait à se tortiller sur son siège. Le tabac sûrement. On avait trouvé un paquet de blondes dans ses poches. C'était toujours bon, le manque de tabac.

– Tu aimais ton père, Félix ?

– Oui, bien sûr. J'aimais mon père.

– Cette histoire d'argent, les cinq cents francs empruntés, tu me racontes ?

– Rien de spécial. J'avais tiré le maximum sur ma carte de crédit.

– Et ?

– Il fallait que j'achète du vin et des fleurs pour le dîner avec Charlotte.

Temps mort. Lewine ne dit rien, attendit que ça vienne.

– En sortant du boulot, je suis passé chez mon père et j'ai pris de l'argent dans une pochette.

– Où ça ?

– Elle est toujours dans un tiroir de son bureau.

– C'était habituel, ces emprunts ?

– Non. Seulement de temps en temps.

– L'argent, c'était pas un problème entre vous ?

– Mais non. Non. Pas du tout. J'avais pas de problème avec mon père.

– Pourquoi tu l'as appelé ?

– Comme ça. Pour lui dire.

– Pour t'excuser ?

– Non, par politesse.

– Par politesse ?

– J'avais pris de l'argent. Je voulais qu'il le sache. C'est tout.

– Tu as dit : « Je suis passé chez mon père. »

– Oui.

– Tu habitais avec lui.

– Oui.

– Alors pourquoi *chez mon père* ?

– C'est lui qui paye… qui payait le loyer.

– Mais tu vis là.

– Je voudrais vivre avec Charlotte mais…

– Mais ?

– C'est trop petit.

– Tu voudrais vivre mieux avec Charlotte ?

– Comment ça ?

– Avoir plus d'argent ?

Il haussa les épaules, l'air abruti. Et dire que ce type est un chercheur ! pensa Lewine. Elle continua :

– Une meilleure vie avec Charlotte.

– On est jeunes. Le confort, ça viendra.

Elle prit le gobelet en plastique vide qu'il avait laissé sur le bord du bureau et le jeta dans la corbeille à papier. Félix avait suivi son geste.

– On est très patients, nous aussi, Félix. On prend bien le temps de tout vérifier. Tout à l'heure, j'ai vidé le contenu de la poubelle sur le carrelage de la cuisine. On a embarqué des boîtes de soda, tout ce qui pouvait contenir de l'ADN. Tu me suis ? Tu es un scientifique ?

– Oui, bien sûr.

– Eh bien, avant qu'on s'en occupe, l'appartement était en ordre.

Elle s'accouda au bureau pour s'approcher un peu, prendre une pose décontractée. Un léger sourire et elle poursuivit :

– Par la suite je suis allée voir les voisins, la concierge. Les gens n'ont jamais vu que toi. Il n'y a pas de désordre. Il n'y a pas d'élément inconnu. Il n'y a rien.

Il baissa les yeux. Elle attendit de récupérer son regard :

– C'est toi qui l'as tué, Félix ?

Coup d'œil en biais, lèvres qui se resserrent et se relâchent mais il ne moufte pas.

– C'est toi, Félix ?

– Mais non. Mais écoutez, j'ai mal à la tête ! Merde ! C'est pas moi. C'EST PAS MOI ! MERDE !

– Arrête de gueuler.

– Mais je sais plus comment vous le dire.

– On peut continuer pendant des heures. J'aimais mon père, oh oui, madame. Et je ne l'enviais pas, oh non, madame. Et je baise ma petite amie le jeudi et le vendredi et je me prends une cuite de temps à autre et je rentre chez papa pour avaler mes cachets. Oh oui, madame.

Elle avait gardé le même ton. Et ce sourire qui cherchait la connivence, compréhensif mais légèrement amusé. Lui, son expression avait changé du tout au tout. Il y avait la peur qui commençait à faire son chemin. Félix venait enfin de se réveiller et de réaliser qu'on le soupçonnait. Il poussa un gros soupir :

– Oui, j'aimais mon père. Beaucoup. D'une manière générale, j'aime les gens et je n'ai rien contre la société. Je ne suis pas un salaud. Je ne suis pas fou.

Et moi, je te crois, songea Lewine. Il faut un peu plus de tripes que ce que tu as en magasin pour un parricide, mon gars. Je te crois mais je vais peut-être être la seule.

– Tu veux de l'aspirine ?

Il avait encore eu un regard de défensive.

– Sérieusement. Tu en veux ?

– Je préférerais du paracétamol. J'ai mal à l'estomac.

– Je n'ai que de l'aspirine, dit-elle en ouvrant le tiroir pour prendre la boîte.

Elle lui tendit deux comprimés, récupéra le gobelet dans la poubelle et se servit à la bouteille d'eau minérale d'Alex posée par terre. Elle demanda à Félix s'il avait faim et commanda deux jambon-beurre.

Ils commencèrent à manger en silence, de part et d'autre du bureau, puis elle termina son sandwich debout près de la fenêtre.

Les vagues argentées. Encore et encore. Mais bientôt ce serait plus calme. Dans quelques semaines, la Seine déroulerait en continu ce long ruban, reflet du ciel gris. Presque plus de vagues. Ruban hivernal. Et les péniches seraient plus noires et on les verrait moins longtemps dans les jours raccourcis. Et ensuite, ce serait le tout début du printemps. Et les vagues reviendraient, jaunes, de plus en plus rapides. Et puis énervées à cause des crues. Charriant. Charriant. Cette symétrie de Paris ! Ce trait si net du fleuve, et elle, et eux ses collègues, ils étaient au centre de tout ça, à tenir le pouls de la ville. Paris. Paris. Je travaille à la Crime. Trente-six, quai des Orfèvres. Capitaine Martine Lewine. Ça y est, j'y suis. J'y reste, bon sang ! J'y reste.

Pendant tout ce temps, sur le maroquin fatigué d'Alex, le téléphone portable de Paul Dark avait vécu la vie immobile de la plupart des objets. Il se mit à sonner. Martine Lewine et Félix Dark se regardèrent. Avant d'appuyer sur la bonne touche, la verte, elle nota le numéro qui s'affichait sur le petit écran gris :

– Allô, Paul ?

– Qui le demande ? questionna cette sirène de Lewine.

– Mais où est Paul ?

– Occupé pour le moment. Je vais vous le chercher, vous êtes ?

Sirène ou pas, l'inconnue avait déjà raccroché, mais Lewine venait de reconnaître la femme de la boîte vocale. Avec ce numéro, son contact à France Télécom allait lui dénicher une adresse ; elle cessa de questionner Félix. Avant de partir à la Financière voir Gibert, elle le confia au lieutenant Cédric Danglet, un jeune officier très capable, de l'avis de tout le monde. Et qui avait l'avantage de ne pas avoir couché avec Alex, se dit-elle. L'ordre, coup de fouet, résonnait dans sa tête : « Tu iras vite voir Gibert de ma part. » Vite, vite, vite voir Gibert.

Va ma mule, va bon train…

Oui, patron. D'accord, commandant.

# 7

Alex Bruce venait de raconter la mort de Paul Dark. Strychnine. Souffrance atroce. Signature. Mais il n'avait pas parlé de cobra. Marco Ferenczi et Justin Lepecq évitaient soigneusement de se regarder. Lepecq se passait la main dans les cheveux, à intervalles réguliers, encore et encore, de quoi vous endormir, vous engourdir. Peine perdue, Alex se sentait vraiment ragaillardi. Dans le fond, il ne détestait pas ces situations où sa patience était mise à l'épreuve ; elles le stimulaient.

– Bon, alors, c'est quoi la signature ? demanda Lepecq.

– Un nom de serpent.

– Lequel ? C'est vaste.

Bruce attendit, silencieux. Soupir bruyant de Lepecq, et Ferenczi intervint tout de suite pour éviter à son associé de parler à tort et à travers :

– Il n'y avait pas d'histoires de serpent autour de Paul, je vous assure.

Une drôle d'expression, pensa Bruce. « Histoires de serpent autour de Paul. » De quoi imaginer la bête s'enroulant lentement autour de l'homme, et pourtant ce n'était pas un boa.

– Cobra, dit Bruce en posant son carnet sur ses genoux.

Lepecq eut une grimace d'incompréhension lasse. Aucune réaction de Ferenczi, ses belles mains fines croisées, juste le mince trait d'or de l'alliance qui brillait. On ne voyait pas sa montre ou alors il n'en portait pas. Si Lepecq était ulcéré de devoir subir un interrogatoire en règle à l'heure du déjeuner, Ferenczi avait tout son temps. Bruce aurait donné cher pour écouter tout ce que Marco Ferenczi tournait et retournait dans sa tête aux belles tempes grises. C'est lui qui reprit le fil :

– Je pense au mouvement artistique Cobra. Mais c'est tout ce qui me vient.

– Franchement, Marco, je ne vois pas le rapport, dit Lepecq. Tu sais à quoi ça me fait penser, moi ?

– Non.

– À la fille du Moulin-Rouge.

– Quoi ?

– Mais si, souviens-toi. On y avait emmené des clients. Le clou du spectacle : la danseuse qui plonge à poil dans un aquarium géant rempli de serpents. Pour une fois, ce n'était pas trop de la daube.

– Là, c'est moi qui ne vois pas le rapport, Justin. Tu m'excuseras.

– Mon obsession, c'est les clients. Tu devrais le savoir.

– Vous lui connaissiez des ennemis ? demanda Bruce aux deux hommes.

– Non, répondit Ferenczi. Dark était la courtoisie faite homme.

– Un type bien, acquiesça Lepecq. À part vous confirmer que ça ne court pas les rues et que pour Coronis sa disparition est une catastrophe, qu'est-ce que vous voulez qu'on vous dise ?

– Aucune rivalité professionnelle ?

– Non, répondit-il avec un air de profond ennui.

– Il était respecté dans le milieu, ajouta Ferenczi.

– Des histoires de femmes, peut-être ?

– Rayon turpitudes, Paul était du genre sobre, lâcha Lepecq.

– Et vous, monsieur Ferenczi, qu'en pensez-vous ?

– En effet, Paul était discret.

– Vous deviez être au courant de son divorce.

– Il ne nous régalait pas avec ses problèmes domestiques, coupa Lepecq. Excusez-moi de radoter, inspecteur.

– La sécurité chez Coronis est très tendue, insista Bruce. Je pense à un éventuel problème d'espionnage industriel.

– Federico veille, dit Ferenczi. Et Paul nous aurait prévenus en cas de menace. Non, nous ne voyons rien de…

– Cette histoire est invraisemblable, l'interrompit Lepecq. Invraisemblable. Paul est tout simplement tombé sur un dingue.

– Même les gens courtois n'ouvrent pas leur porte à un inconnu au beau milieu de la nuit, dit Bruce.

– C'est vous le spécialiste, répliqua Lepecq en haussant les épaules.

– On ouvre sa porte à un parent, un ami ou un collègue.

– Et le fils, Félix. Qu'est-ce que vous en faites ?

Bruce ne répondit pas, Lepecq enchaîna :

– À vingt-six ans, encore chez papa à profiter de ses largesses. Si j'avais eu des enfants, je n'aurais pas toléré ça. À mon avis, celui-là vous pouvez le travailler au corps.

– Bonne idée. Merci de vos conseils.

– Justin, arrête un peu, tu veux ?

– Quoi ?

– On manque de sommeil en ce moment, commandant. Le travail. Et puis, Justin, je ne suis pas d'accord avec toi. Félix est un garçon tout ce qu'il y a de plus normal.

– Qu'est-ce qu'on en sait ? répondit Lepecq.

Ferenczi haussa les épaules et Bruce demanda quand ils avaient vu leur collaborateur pour la dernière fois.

– Vers 19 h 30, répondit Ferenczi. Paul rentrait chez lui. Nous nous sommes souhaité une bonne soirée…

– Il avait l'air préoccupé ?

– Je n'ai rien remarqué de spécial.

– Qu'avez-vous fait ensuite ?

– J'ai attendu que Justin ait fini sa séance de gym et nous sommes allés dîner avec des clients coréens. À La Cuccina, un très bon italien. C'est à deux pas.

– Tous les deux ?

– Tous les deux.

– Et Federico Androvandi, que faisait-il ?

– Il était avec nous, bien sûr ! Je l'oubliais ! Il est toujours de la partie dans les sorties avec les clients. Je peux tout lui demander, c'est mon beau-frère.

– Il me l'a déjà dit.

– Oui, il est un peu bavard.

– Nettement plus que ne l'était Paul, lâcha Lepecq.

– Dark ne participait pas à ce dîner. Pourquoi ?

– Il était très matinal et préférait que nous assumions la partie divertissement de la clientèle à sa place. Moi, ça ne me dérange pas, au contraire. J'aime sortir au restaurant et en club. Plus que Justin, d'ailleurs.

– Mais non, j'aime ça.

Ferenczi continua comme si Lepecq n'avait rien dit.

– Mais cette fois, avec ce gros client-là, il fallait que Justin soit présent.

– À quelle heure avez-vous quitté le restaurant ?

– Un peu avant minuit, je crois. Et puis nous avons déposé Justin chez lui au Vésinet avant de rentrer rue Oudinot.

– Nous ?

– Mon beau-frère habite avec nous.

Bruce remarqua un petit mouvement de bouche moqueur chez Lepecq.

Temps de silence puis Bruce dit que dans le secteur de la pharmacologie on pouvait aisément se fournir en alcaloïdes. Strychnine ou autre. Et attendit.

Lepecq esquissa un sourire, celui qu'on aurait vu à une mangouste dessinée par les studios Disney :

– Chez Coronis, on est plutôt spécialisé dans les remèdes, inspecteur. Et manque de bol, la commercialisation des préparations dosées en strychnine a été interdite en juin 1998.

– Et les stocks ?

– Vous rigolez !

– Rarement en cas d'homicide.

– Les seuls stocks qui m'intéressent sont les stock-options, croyez-moi ! J'ai toujours préféré faire du fric plutôt que d'assassiner mes associés. On ne se refait pas.

– Paul Dark vous avait déjà invité chez lui ?

– Bien sûr. Et vice versa, dit Lepecq en haussant le ton. Vous pensez à quoi, là ? Au code ? Celui du porche de la rue de la Montagne-Sainte-Geneviève ? Je l'ai oublié, figurez-vous !

Bruce haussa un sourcil et sourit en même temps, puis regarda Ferenczi avec l'air de lui demander si Lepecq était bien en chair et en os.

L'Italien intervint d'un geste apaisant :

– Il faut nous excuser, commandant. On a tous un peu bu. Carla, mon épouse, a insisté pour qu'on ouvre une deuxième bouteille de champagne et nous étions quasiment à jeun.

Essayez les kumquats confits, pensa Bruce en se levant.

– Attendez-vous à être convoqués à la PJ, messieurs.

Justin Lepecq continua de le fixer avec l'air maussade et Marco Ferenczi répondit :

– À votre disposition, commandant.

– Pour le moment, je veux voir le bureau de Paul Dark et rencontrer sa secrétaire.

– Les papiers resteront ici ? demanda Lepecq.

– C'est à moi d'en décider.

– On ne peut pas laisser sortir des infos sur nos produits !

– Je n'emporterai que ce qui me semblera utile.

– Et on n'a pas d'avis à donner là-dessus ?

– Non.

– Fantastique. Et pourquoi ?

– Parce que le substitut a nommé ce matin même un juge d'instruction qui m'a délivré une commission rogatoire.

– Ce charabia, vous savez…

– Selon la formule consacrée, une commission rogatoire concerne toute investigation utile à la manifestation de la vérité : déplacements dans toute la France, auditions, saisies, perquisitions. Article 18.4 du Code de procédure pénale. Ça vous convient, cette explication ?

– Je vous répète qu'il y a des informations que nous ne voulons pas voir divulguées !

– Les documents vont être placés sous scellés et ne pourront être consultés que par un officier de police judiciaire ou un juge d'instruction.

Ferenczi trouva quelques formules aussi élégantes que lui pour interrompre l'échange, emmena Bruce dans le bureau de Paul Dark et lui présenta sa secrétaire. Une blonde dodue d'une quarantaine d'années nommée Yvette, au sourire large. Elle pleura avec la même générosité quand Ferenczi laissa Bruce lui annoncer la mort de son patron. Le commandant lui donna le temps nécessaire pour se remettre et elle finit par lui ouvrir des dossiers en ordre. Yvette affirma filtrer tous les appels de son patron. Elle n'avait pas intercepté de menaces ou d'appels personnels étranges. Pour elle aussi, Paul Dark était un homme discret et courtois qui « n'entrouvrait jamais la moindre fenêtre sur sa vie privée ». Bruce en profita pour enchaîner sur le code qui entrouvrait quant à lui le porche de la Montagne-Sainte-Geneviève. Qui le connaissait chez Coronis ?

– Aucune idée, répondit Yvette.

– Ce que j'aimerais savoir, c'est si Paul Dark fréquentait des collègues en dehors du laboratoire.

– Oui, j'avais bien compris le sens de votre question, commandant. Eh bien, M. Dark n'avait de relations amicales qu'avec la direction.

– Mais encore ?

Yvette avait l'air gênée. Bruce désigna la porte close :

– Ça restera entre nous.

Elle eut une expression peu convaincue. Il attendit un peu puis posa sa main sur l'avant-bras d'Yvette en expliquant qu'il ne réussirait à rien tout seul. Elle finit par lâcher :

– Eh bien, par exemple, en dehors de M. Ferenczi, il était le seul à utiliser la salle de gymnastique de M. Lepecq. Et le jour où il a pendu la crémaillère, il a fait ça en *très* petit comité. Pour tout dire, Marco Ferenczi, Justin Lepecq et leurs épouses ont été les seuls invités. Je crois que M. Dark tenait beaucoup à son quant-à-soi. Ou quant-à-lui. Je ne sais plus comment on dit.

– Moi non plus.

– C'était quelqu'un de charmant, vous savez ?

– Je n'en doute pas.

Et elle se remit à pleurer. Bruce s'assit en face d'elle et attendit. Quand elle eut fini de se moucher, Yvette dit :

– Ça doit être difficile d'annoncer la mort aux gens, tout le temps.

– Ce n'est pas ce qu'il y a de mieux dans ce métier, certes.

– Ah oui, sûrement.

– Mais quelquefois, il y a des surprises.

Elle le regarda, étonnée puis attentive. Il continua :

– Justin Lepecq est toujours comme ça ?

– J'imagine que d'avoir hérité Coronis de sa famille lui donne un sentiment de liberté. Mais… heureusement il sait bien s'entourer.

– Vous parlez de Marco Ferenczi ?

– Je parle surtout de M. Dark. M. Ferenczi supervise la sécurité, le personnel et la communication. Mais pour ce qui est du management, M. Dark était important pour Coronis.

– C'est-à-dire ?

– Il travaillait énormément, et les grandes décisions, M. Lepecq ne les prenait jamais sans son avis. Par exemple, le joint-venture avec le Suédois Jankis, c'était une réussite à mettre au crédit de M. Dark. Le travail va être moins intéressant sans lui.

– Vous voulez un café ? J'ai vu une machine dans le couloir.

Elle acquiesça dans un sanglot et Bruce la laissa seule le temps d'aller chercher un café. Le couloir était désert, on entendait le bruit de la télévision qui fonctionnait toujours dans le bureau de Lepecq, ce grand cocon, vide à présent. Quand il revint vers Yvette, elle fixait ses mains repliées sur un mouchoir en papier. Il la laissa boire son café en silence puis demanda :

– Vous êtes sûre que Paul Dark n'a jamais reçu de menace ou même de simples coups de fil extraprofessionnels ? C'est difficile à croire.

– Non, je vous l'assure, dit-elle avec une drôle de grimace.

En même temps, elle fit signe à Bruce de lui prêter son calepin et son stylo. Elle nota : « Voyons-nous au-dehors. » Il nota à son tour : « Devant le restaurant La Cuccina dans vingt minutes. »


En sortant de l'ascenseur, Bruce se retrouva nez à nez avec Carla Ferenczi. Plus loin, assise sur une banquette de cuir, Dany Lepecq. Toujours fumant, toujours calme.

– Vous nous avez tenues à l'écart, c'était pas la bonne idée.

– Et pourquoi donc, madame Ferenczi ?

– Parce que moi, je sais quelque chose.

Carla Ferenczi aurait dû être jolie, se dit Bruce. En principe. L'effet était gommé par son ton et cette angoisse s'échappant comme les effluves d'un mauvais parfum. Il jeta un coup d'œil à Dany Lepecq, lui trouva l'air contrit d'une douairière veillant sur une pucelle hystérique.

– Et que savez-vous ?

– Que Paul avait une femme dans sa vie. Voilà !

– Il vous l'avait dit ?

– Non, mais ça se voyait ! Il s'habillait mieux. Il bouffait moins. Comme un homme qui veut plaire et a peur de ne pas y arriver. Voilà ce que je sais !

Sa voix était à la limite du cri. Alex Bruce pensa qu'après l'épisode Justin Lepecq tout cela devenait dangereusement répétitif.

– C'est à vous qu'il souhaitait plaire ?

– Bien sûr que non, fit-elle offusquée.

– À qui alors ?

– Si je le savais, je vous le dirais ! Paul était un type adorable. Intelligent et doux.

– Appelez-moi si vous apprenez autre chose, dit-il en lui tendant une carte de visite.

Carla la refusa, le regard incendiaire.

– Non mais attendez ! C'est l'heure du casse-croûte ou quoi ? Vous n'avez plus le temps d'interroger les gens qui ont des choses à dire. Vous ne fichez pas grand-chose, les fonctionnaires, et vous vous plaignez tout le temps.

Bruce garda un visage de marbre et dit :

– Le seul qui ne fiche rien dans la bande, madame, c'est mon collègue qui a pris une balle dans la peau. Il a gagné le droit de se reposer à l'hôpital.

Dany Lepecq s'était levée. Elle demanda fermement à Carla « de la laisser deux secondes avec le policier ». La blonde volcanique eut tout à coup l'air vidée et obtempéra.

– Vous aussi, vous avez des révélations de dernière minute sur Paul Dark, madame Lepecq ?

– Bien sûr que non, je le connaissais à peine. Désolée pour l'attitude de Carla et aussi pour votre collègue hospitalisé. C'est quelqu'un de proche, j'ai l'impression.

– Oui, un ami.

– Eh bien, je suis de tout cœur avec vous, commandant, croyez-le.

– Merci. Alors, que me vaut cet aparté loin de l'efficace Federico ?

– Efficace, ça se discute. Mais ce n'est pas le sujet.

– Eh bien, abordons-le.

– Je vous ai déjà vu quelque part, commandant.

À ça, Bruce ne répondit rien. Il se disait que contrairement à Carla, Dany Lepecq gagnait à être approchée. Elle avait une peau magnifique pour une femme de cinquante ans. Ridée mais élastique. Fine et d'un blanc délicat. Une vieille belle femme. Ou une belle femme tout court. Elle ne le quittait pas des yeux. Mais ça n'avait rien de provocant. Dany Lepecq réfléchissait tranquillement comme si un commandant de police judiciaire avait sa journée à lui offrir.

– À la télé. Je vous ai vu à la télé. Tout récemment.

– C'est possible.

– Une affaire de meurtres en série. Un sale type qui avait tué une dizaine de femmes. Et vous l'avez arrêté.

– Exact.

– Eh bien, c'est impressionnant de rencontrer un homme tel que vous.

Bruce sourit :

– Moi aussi, il me semble vous avoir déjà vue.

Elle lui rendit son sourire. Elle se tenait debout d'une manière particulière. Tout le monde fait ça tous les jours mais certains le font nettement mieux que la moyenne. Elle avait un port gracieux. Et naturel. Bruce ne fut guère étonné lorsqu'elle lui dit :

– J'ai été modèle pour Helmut Newton. Il y a longtemps.

Il aurait pu la flatter en rétorquant : « Ce n'était pas il y a si longtemps. » Mais avec cette femme, les minauderies n'étaient pas de mise. Elle n'avait pas éprouvé le besoin d'excuser son mari. Au lieu de cela, elle avait choisi de venir vers lui et de voir ce qui se passerait. Elle balançait si bien les compliments qu'on y croyait presque. Ils se quittèrent sur un autre sourire. Pas franchement complice, mais entendu. Et, en partance pour La Cuccina, il franchit le sas de sécurité comme s'il passait une frontière. Celle du monde très particulier de Coronis. Un monde qui ressemblait assez à un *soap opera* à l'américaine.

Oh, et puis non. Restons sur la métaphore du zoo, pensa Bruce. Justin Lepecq la mangouste, Dany Lepecq la panthère noire, Carla Ferenczi la hyène, Federico Androvandi le chacal et Marco Ferenczi le… le… Pour celui-là, je ne vois pas encore mais ça viendra sûrement.

# 8

Au téléphone, la voix de Lewine était encore plus belle qu'en direct. Bruce s'avoua qu'il la considérait comme de la musique. Mais en fond de mélodie, il nota une once d'énervement, sentit qu'il ne se trompait pas. Lewine ne pouvait pas encaisser leur rupture aussi facilement. Les problèmes couvaient. Malgré un crachin pénétrant, il s'assit sur un banc juste en face de La Cuccina et questionna :

– Alors, il y avait un malaise avec le père ?

– Apparemment non. Mais à toi de voir.

Le reproche derrière le ton neutre. Voulait-elle lui faire comprendre qu'ils auraient mieux fait de mener l'interrogatoire à deux ? Le suspect en sandwich entre le flic dur à cuire et son collègue plus conciliant. Elle avait dû jouer tous les rôles à la fois et trouvait ça moins rentable. Et elle était dans le vrai, admit-il. Lewine continuait :

– Félix rêve de vivre avec sa copine. Mais il faut quitter un bel appartement dans le 5e pour un studio miteux. Il n'a pas assez d'argent pour trouver une troisième voie.

– Et la défonce ?

– On attend toujours la confirmation du labo, Alex. Il m'a avoué avoir pris un tranquillisant mais pas moyen de lui faire dire si c'est son péché mignon. Quoi de neuf chez Coronis ?

– J'ai rencontré les associés Ferenczi et Lepecq. Bizarres. Surtout le plus vieux, Lepecq.

– Pourquoi ?

– Aucune retenue. À cinquante balais, il dit tout ce qui lui passe par la tête. Son péché doit être encore plus mignon que celui de Félix. J'ai appris au moins une chose : Coronis est une forteresse bien gardée.

– Ils faisaient quoi hier soir ?

– Dîner d'affaire. C'est confirmé par le personnel du restaurant. Mais personne ne se souvient à quelle heure précise ils sont sortis. C'était aux alentours de minuit.

– Vague.

– En effet. Dans un autre registre, Paul Dark avait une amante secrète qui lui donnait envie de rajeunir.

– Justement, j'ai récupéré l'adresse de la voix.

– La fille de la boîte vocale ?

– Oui, elle s'appelle Patricia Crespy et habite Gif-sur-Yvette. Si tu es d'accord, j'y vais maintenant.

– Je suis d'autant plus d'accord qu'Yvette, la secrétaire de Dark, vient de me confier que Patricia Crespy est l'ancienne patronne de la recherche chez Coronis. Malgré sa démission, elle téléphonait régulièrement à Dark et devait le rencontrer à l'extérieur. Et ce n'est pas tout.

– Oui ?

– Si on se fie aux bruits de couloir, Crespy aurait eu une aventure avec Marco Ferenczi.

– Eh bien, j'ai un sujet de conversation tout trouvé avec la dame. Heureusement, parce que j'ai appelé les trois prénoms de l'agenda. Rien que du vieux. La dernière aventure de Dark avec une certaine Olga date de plus d'un an. Entre-temps, elle s'est remariée.

– Sans rancune ?

– Non, dit-elle.

Il l'entendit avaler sa salive et elle ajouta :

– Comme nous, Alex. Sans rancune.

– Martine ?

– Oui ?

– Je crois qu'il faut vraiment qu'on réussisse à…

– À rester neutres ?

– Oui, c'est ça. C'est impossible, sinon. Tu comprends ?

– Qu'est-ce que tu veux dire par *impossible* ?

– Toi. Dans le groupe Bruce.

– Ça ira, Alex. Je te jure que ça ira. Je veux rester dans ton groupe. Sans vouloir te flatter, vous êtes les meilleurs et peut-être même les moins machos. Et puis les autres droico [1] sont pleins. Des équipes soudées. Ils ne voudront pas de moi. Et je ne veux pas me retrouver dans une SAT.

– Écoute, Martine… On peut se voir ce soir et en parler. Calmement.

– Ce soir, j'ai mon cours de kung-fu. Ça me fait dix fois plus de bien que toutes les parlotes. Je sais encaisser. J'en ai vu d'autres. Et tu n'es pas…

– Quoi ?

– Non rien. À plus tard.

Elle avait raccroché. Alex Bruce regarda son petit téléphone mobile et murmura : « Je ne suis pas si bien que ça, finalement ? Hein, c'est ça ? » Puis il fixa un instant la devanture de La Cuccina, se remémora ses odeurs d'antipasti et de basilic, réalisa qu'il avait faim.

---

1. La Crime compte neuf groupes de droit commun (droico) et trois sections antiterroristes (SAT).

Ça arrivait un jour ou l'autre à tout fonctionnaire de police, les fainéants comme les impressionnants.

Dans le métro, en mangeant un sandwich, Bruce réfléchit à la meilleure stratégie avec Félix Dark. Lewine est visiblement allée jusqu'au bout de ce qu'elle peut faire avec ce gamin. Vite dit. Vingt-six ans. Un gamin attardé.

La porte du bureau de Lewine était ouverte. Il s'étonna de la voir encore là ; dos tourné elle téléphonait. Elle aurait dû être en route pour Gif-sur-Yvette. Et si elle avait attendu son retour, rien que pour le plaisir de le voir ? Il écouta : elle s'entretenait avec leur contact de France Télécom. Lewine fit pivoter sa chaise et le vit ; son visage ne marqua aucune émotion. Elle finit sa conversation, raccrocha et expliqua que la nuit de sa mort, Paul Dark n'avait passé aucun coup de fil et avait reçu un seul appel téléphonique. Qui avait été donné à 21 h 37 à partir de la ligne de Charlotte Touzet, bel et bien domiciliée rue des Hospitalières-Saint-Gervais.

– Le studio miteux, dit Bruce.

– Exact.

– On fait du surplace, alors j'embarque Félix avec moi.

– Ah bon ?

– Le mouvement va nous le réactiver.

– Tu l'emmènes où ?

– À l'hôpital.

Elle écarquilla les yeux. Il n'avait pas envie de donner d'explication :

– Tu ne devais pas aller à Gif-sur-Yvette ?

– Si, si. J'y vais.

– Tu as vu Gibert à la Financière ?

– Oui, tu auras peut-être son rapport ce soir.

– *Peut-être ?* C'est pas assez. Retournes-y et mets-lui la pression.

– Il dit qu'il est submergé de boulot.

– C'est bien pour ça que j'ai voulu que tu ailles le voir plutôt que de lui téléphoner. Il faut être opiniâtre dans ce métier, Martine.

Ils restèrent un court instant à se fixer. Puis Bruce sourit et s'en alla.


Il le trouva dans son bureau, surveillé par un OPJ qui avait à peu près le même âge que lui.

– Tu veux un café, Félix ?

– Non merci, j'en ai déjà trop bu.

– Tu as mangé ?

– Oui, un sandwich. Vous allez me coffrer ?

« Me coffrer. » Où allait-il chercher ses expressions ! Dans des séries américaines mal doublées ? À croire que Félix jouait le jeune premier dans le même *soap opera* que les Coronis Brothers. Bruce expliqua qu'ils partaient à l'hôpital voir un de ses amis.

Il ordonna à Morin, une nouvelle recrue, de l'accompagner et au lieutenant Danglet d'aller interroger le banquier de Paul Dark.


Alex Bruce conduisait la voiture qui les emmenait à Saint-Bernard, porte de Charenton. Il raconta en détail au lieutenant Morin comment Victor Cheffert avait été blessé. Le bleu ne fit pas remarquer qu'il connaissait l'histoire par cœur, il avait tout de suite compris que le commandant la destinait à Félix Dark. L'histoire d'un accident de voiture provoqué par un ennemi public. Fracture du thorax en plusieurs points, rupture de la rate avec hémorragie interne, polyfracture complexe du fémur. Le capitaine Victor Cheffert avait été opéré peu de temps après son admission aux urgences de Bichat. Huit jours plus tard, on le transférait à Saint-Bernard pour le placer sous assistance respiratoire.

Bruce ralentit devant une petite épicerie pour acheter deux packs de bière. Ils sortirent tous trois sous le crachin froid, marchèrent vite, mains dans les poches et mentons dans le col. Si le Tranxène, le café et la voix de Lewine n'avaient rien donné de bon, on allait essayer la bière. Entre hommes. Ou presque. Le *gamin* suivait, le nez dans les rayons, comme si l'accumulation de paquets de céréales ou de boîtes de soupe offrait un intérêt quelconque des siècles après Andy Warhol. Quant à Morin, il ne s'étonnait pas que son supérieur envisage de boire pendant le service ou choisisse une chambre d'hôpital en guise de salle d'interrogatoire. Le petit Morin ne semblait pas avoir trop de préjugés. Tant mieux. On avait déjà assez de soucis comme ça.

# 9

Attaché par des lanières à son lit surélevé, Victor Cheffert était allongé sur le dos, les bras au-dessus du drap et le long du corps. La première fois qu'il l'avait vu, Bruce avait eu un choc. Curieusement – l'image ne lui revenait que maintenant –, il avait pensé à des serpents transparents grouillant sur le corps de son ami. La sonde gastrique sortant du nez, le gros tube relié au respirateur enfoncé dans la bouche et maintenu par du sparadrap collant au visage, la perfusion fichée dans le cou pour les anesthésiques, celle branchée sur une artère pour mesurer la pression artérielle. Derrière lui : le respirateur avec son bruit discret mais permanent de soufflerie et l'écran relié au poste de contrôle qui traduisait l'état des fonctions vitales en lignes colorées incompréhensibles pour les ignorants. Malgré cet appareillage, le visage de Cheffert avait une expression paisible. Il passait ses journées et ses nuits dans un état flottant. Il dormait, tout en entendant par périodes ce qui se disait autour de lui. Mais que comprenait-il ? Le médecin anesthésiste avait expliqué à Bruce que Victor se trouvait dans un état de conscience différent de celui de veille ou de sommeil, une sorte de rêve fragmenté. Les phases habituelles du sommeil s'enchaînaient mais on n'était pas sûr de leur longueur. Les stimuli extérieurs pouvaient susciter fantaisies et chimères dans la tête du patient *sédaté*. Quoi qu'il en soit, lors de chacune de ses visites le commandant avait pris le parti de raconter au capitaine Cheffert les événements marquants pour qu'il comprenne bien qu'il faisait toujours partie du groupe Bruce. Et que bientôt, tout repartirait comme avant.

Bruce avait demandé à Morin de patienter dans le couloir avec Félix. Il voulait voir Cheffert seul pendant quelques minutes. Tapotant la main tiède de l'homme alité, il revit Dany Lepecq réconfortant de la même façon Carla Ferenczi. Comment démarrer ? Par le tout début, décida-t-il, et sans rien laisser de côté. Il raconta le coup de fil au vinaigre de Mathieu Delmont, la rue de la Montagne-Sainte-Geneviève, la cour au milieu de la verdure, le bel appartement, le roman américain entamé, les kumquats dans le ravier, le couteau. Le corps supplicié, tordu par le poison puis relâché par la mort, la signature, *Cobra*. Sur le même ton calme, il enchaîna : les voisins qui ne savent rien, la *famille* Coronis qui parle mais ne dit rien. Hormis peut-être Carla qui, entre deux insultes imbibées, évoque une femme. Une femme mystérieuse que personne n'a vue.

Bruce raconta, raconta. Il dit combien leur travail en duo lui manquait. Puis il expliqua très vite qu'il avait quitté Martine et qu'elle semblait prendre les choses calmement. Là-dessus, Victor émit quelques gémissements, grogna et tourna la tête de l'autre côté. Bruce ajouta qu'il lui amenait un suspect, qu'ainsi, il aurait un peu la sensation de travailler ensemble sur l'affaire. Puis il se dit qu'il venait de donner là le plus long monologue de sa vie.

Bruce ouvrit la porte à Morin et Dark. Il n'y avait que deux fauteuils très bas, ridiculement bas en fait, et le commandant insista pour que l'officier et Félix s'y installent. Puis il resta silencieux, debout à côté du lit, résistant à l'envie d'une cigarette. Il dégagea enfin le premier pack de sa gangue de plastique et donna une bière aux deux jeunes gens. Il en prit une pour lui et alla jusqu'à la fenêtre, regarda un instant le trafic sur le périphérique ronronnant malgré le double vitrage. Il pensa à Lewine qui matait toujours la Seine quand elle était dans son bureau. Une sorte de rituel. La nuit était tombée, la pluie n'avait pas cessé, les phares traçaient un serpent d'autant plus scintillant sur l'asphalte. Un gigantesque cobra glissant dans le noir et le froid.

– Je crois que le meilleur moment qu'on a passé ensemble, c'était à Rome.

– À Rome, répéta doucement Bruce.

Le gamin avait commencé à parler, il fallait guider le flot mais tout en légèreté pour ne pas l'assécher. Bruce en venait à penser que deux six packs, c'était un peu court. Félix et lui en étaient chacun à leur troisième bière. Morin faisait durer la première. Et gardait le silence. Tant mieux. Le petit Morin avait de l'instinct.

– Coronis avait invité tout son directoire à Rome, dans la maison familiale des Androvandi. Dans le temps, Marcello Androvandi était l'associé du père de Justin Lepecq.

Et Marcello Androvandi était le grand-père de Carla et de Federico, pensa Bruce.

– C'était un long week-end de printemps. Mon père était sur un nuage. Il venait d'entrer à Coronis, on l'avait nommé directeur. On allait changer de vie.

– Changer de vie ?

– Avant ça, papa travaillait lui aussi dans la recherche. Il bossait beaucoup mais les horaires étaient différents. On avait plus de temps pour la vie de famille.

– Qu'est-ce que vous avez fait à Rome ?

– Il y avait les dîners snobs avec la bonne bourgeoisie romaine, les parties de bridge dans le jardin jusque tard dans la nuit. On croisait de belles femmes. Mon père était bien dans cette ambiance. Il aimait ça. C'était moins aride que tout ce qu'il avait connu.

– Patricia Crespy était de la fête ?

– Bien sûr. C'est elle qui dirigeait la recherche chez Coronis.

– Ton père et elle, c'était quel genre de relations ?

– Amicales. Ils se connaissaient depuis longtemps. Ils sont de la même promo à la fac de sciences.

– Tu aimais les dîners snobs et le bridge, toi ?

– Non. Mais j'aimais que mon père se sente bien. Depuis…

Allait-il dire « depuis le départ de ma mère, c'était rare » ? Mais Félix hésita, soupira et finit par hausser les épaules. Bruce resta sur Rome. Il y faisait chaud, on y était bien. La vie coulait doucement. Et il y avait de la bière fraîche.

– Vous êtes restés tout le temps chez les Androvandi ?

– Oui, sauf la fois où Marco Ferenczi nous a emmenés voir la villa Borghèse. Après la visite, il avait prévu un pique-nique au centre du parc. Dans un jardin clos avec un étang. C'était paisible. L'air était doux. On s'est installés sous l'œil d'une grande statue d'Esculape abritée par un temple. La bouffe et le vin étaient excellents. Marco a fait un discours bien troussé sur le développement de Coronis. Il a pris le dieu de la Médecine à témoin. C'était à la fois théâtral et drôle. Papa était joyeux. C'était bien, Rome.

– Et après Rome ?

– Après Rome, c'est devenu dingue assez vite. Papa avait ce qu'on appelle de grosses responsabilités. Il gagnait plus que dans la recherche mais dans le fond il avait perdu sa liberté. On avait emménagé dans un bel appartement mais… bon, c'était… pas aussi gai que ça aurait pu l'être.

– Carla Ferenczi dit qu'il avait une femme dans sa vie. Qu'en penses-tu ?

– Rien, parce qu'on se voyait peu ces derniers temps. Mon père était stressé à cause de son boulot et moi, j'avais rencontré Charlotte. J'avais la tête ailleurs.

– Tu la connais depuis quand ?

– Sept mois. Oui, je la connais depuis seulement sept mois et…

– Et ?

– J'aimerais bien lui téléphoner, en fait.

– Je vais le faire. Je te la passerai ensuite.

– Vous voulez la questionner avant ?

– Bien sûr.

– Vous croyez comme votre collègue que j'ai tué mon père ?

– C'est ce qu'elle t'a dit ?

– Ce qu'elle m'a balancé à la gueule, plutôt.

– C'est un flic. Pas une nounou.

– À tout prendre, je préfère votre style.

– Bon, c'est quoi le numéro de ta copine ?

Félix lui donna celui d'un portable et c'est à ce moment-là que la digue céda. Les larmes montèrent et coulèrent en un flot qui avait rencontré trop de résistance. Félix cacha son visage avec ses mains. Morin ne bougeait pas d'un cil, pourtant il devait être mal assis dans ce fauteuil rétif. Bruce posa brièvement la main sur l'avant-bras de Félix :

– Pleure, mon gars. Il fallait bien que ça vienne.
Pleure.

Et au-dessus des sanglots qui se déchaînaient, Bruce
ajouta qu'il revenait, qu'il allait téléphoner dans le
couloir et fit signe à Morin de veiller au grain.

Alex était parti téléphoner à une fille. Celle-là même
que le gars prénommé Félix qui pleurait comme un
enfant aimait d'amour. Ça, Victor Cheffert l'avait parfaitement compris. Il avait aussi assimilé une notion
importante : Alex était aux prises avec le plus dangereux des serpents : le cobra. Celui dont le venin vous
tuait en un rien de temps, par morsure ou projection
dans les yeux. Le capitaine Cheffert savait ça aussi
bien qu'un zoologiste confirmé.

Pour Victor Cheffert, certains aspects de la réalité
étaient devenus clairs comme de l'eau de roche. Purs,
tels d'indiscutables principes mathématiques. Et satis-
faisants pour l'esprit avec ça, autant que la Déclaration des droits de l'homme et du citoyen, par exemple.
D'autres aspects en revanche ne se laissaient pas sai-
sir. À leur propos et pour continuer dans la zoologie,
Victor Cheffert se disait qu'ils ressemblaient à de gros
moutons noirs estropiés traînant la patte sur d'impossibles pentes montagneuses. Ils chutaient, se rele-
vaient, chutaient une nouvelle fois et ainsi de suite.
Fatigue. Intense fatigue de ces bêtes, assez stupides, il
fallait bien l'admettre.

Une chose était sûre : le plus gros de ces moutons
noirs était le mort. Il prenait beaucoup de place bien
qu'on ne puisse pas distinguer ses traits. Victor
Cheffert n'arrivait pas à comprendre de qui il s'agissait. Il ne voyait pas son visage, ne savait pas s'il était
jeune ou vieux, riche ou pas, drôle ou sinistre. Il ne le

voyait pas. Il n'entendait même pas son nom. Il doutait presque de son sexe. Un mort. *Un* mort, vraiment ?

Mais ce qui était clair l'était vraiment. Par exemple, Cheffert *voyait* le jardin dédié à Esculape. Sentait la brise légère et tiède de printemps tresser des vaguelettes sur l'étang, respirait les mets raffinés du pique-nique, entendait les bouchons d'asti spumante sauter allègrement. Il percevait le rire des jolies femmes, captait leur conversation à propos de la partie de bridge et du musée de la villa Borghèse. Et puis celle des hommes très contents parce que les affaires de Coronis étaient bonnes. Et le dieu de la Médecine, ce même Esculape, fort imposant entre ses colonnes blanches, se félicitait de toute cette joie humaine, patronnait cette scène gentiment orgiaque avec plaisir. Son corps de pierre était bien plus grand que celui d'un mortel. Il tenait presque avec nonchalance le symbole de son art : le caducée. La baguette autour de laquelle s'enroulent en sens inverse deux serpents. Ils glissent autour de l'arbre de vie pour montrer qu'ils rendent les armes et que leur venin devient désormais remède.

C'est tellement clair, Alex, ne le vois-tu pas ?

Victor Cheffert savait aussi que ce Félix qui pleurait comme un enfant allait passer la nuit au Quai des Orfèvres. Suspect plausible pour l'assassinat du mouton noir asexué. Il pleurait. Nom d'un petit bonhomme, qu'est-ce qu'il pleurait ! Mais est-ce que Judas n'aurait pas lui aussi pleuré des rivières pour le Christ si ça lui avait rapporté des royalties ? Pourtant Victor Cheffert savait, en son âme et conscience, que ce jeune homme nommé Félix, qui buvait de la bière par packs de six et sanglotait avec de gros râles, n'était pas un cobra. Il n'avait pas tué le mouton noir estropié. Et vraiment, cette notion, il faudrait qu'Alex la saisisse.

Il faudrait aussi et surtout qu'Alex comprenne qu'entre un serpent enroulé autour d'un caducée et un cobra, il y a un lien. Victor Cheffert aurait voulu se redresser, ouvrir ses paupières scellées, revigorer sa bouche avachie et parler. Net et clair.

Parler à Alex. Parler à Alex. Mon meilleur ami.

# 10

De l'interphone aux boîtes à lettres, c'était la même histoire. Une vingtaine de noms mais aucune trace d'une Patricia Crespy. De nombreux occupants n'indiquaient que leurs initiales mais aucune étiquette ne mentionnait PC ou CP. Comme petite ceinture, parti communiste ou cours préparatoire ; mais Lewine avait autre chose à faire que de se raconter des histoires. Elle entendit le déclic du porche et vit une femme accompagnée d'un adolescent pénétrer dans l'immeuble. La femme eut un regard méfiant puis un léger recul quand Lewine porta la main à sa veste pour en sortir sa carte. Peine perdue, ni l'adolescent ni sa mère ne connaissait une locataire nommée Crespy.

Lewine entreprit de faire les étages un à un. L'immeuble était bien tenu, les effluves d'un nettoyant industriel citronné flottaient dans l'air en même temps que des bouts de mélodies. Quelqu'un qui gagnait le concours de décibels écoutait chanter Shaggy, un de ces types dont Alex ne se lassait pas. Pour autant, Lewine était déjà au sixième et personne n'était décidé à ouvrir sa porte aux forces de l'ordre. *Il faut être opiniâtre dans ce métier, Martine.* Ah bon ? Merci pour cette révélation, patron.

Elle eut enfin de la chance au septième avec un vieil homme. Son nom, Léopold Oppel, était indiqué en toutes lettres sur la sonnette et il était propriétaire d'un paillasson classique, pelage caramel dru, état impeccable.

Lewine eut droit à un laïus sur les crottes de chien, les graffitis, les chauffards qui s'imaginent pouvoir conduire et téléphoner en même temps, les dealers qui tiennent comptoir à la sortie des écoles, les mômes qui braquent les horodateurs pour le compte de bandes organisées, pour l'instant c'était réservé à Paris mais ça allait se généraliser si le gouvernement ne faisait rien, les emballages de fast-food lâchés au vent mauvais et l'incivisme généralisé. Elle pensa que c'était un résumé réaliste mais ne fit pas de commentaires. Elle maintenait le cap sur Crespy. Le vieil homme n'en avait jamais entendu parler. Il lui conseilla d'interroger sa voisine, « une qui a raté sa vocation, elle aurait pu être une pipelette du tonnerre ».

– À part vous, personne ne veut m'ouvrir sa porte.

Le vieil homme alla tambouriner sur celle de sa voisine en donnant de la voix. Lewine entendit une femme répondre et bientôt la porte s'ouvrit sur une sexagénaire en robe mauve.

– La dame inspecteur cherche une certaine Patricia Crépy.

– Crespy.

– Oui, c'est ça, Cres-py, reprit le vieux. Pa-tri-cia Cres-py.

– Connais pas, dit la femme d'un air sincère.

– Vous êtes sûre ? demanda le vieux d'un ton inquisiteur.

– Ah, je suis quand même au courant de ce que je sais ou pas. Cette Crespy, je la connais pas.

– C'est pas grave, dit le vieux en s'engageant dans l'escalier. On va se débrouiller.

– Qu'est-ce qu'elle a fait, cette Crespy ? questionna la voisine.

– Oh, rien de trop dur, dit le vieux.

– Allez ! dites, monsieur Oppel.

– Elle a commencé par péter des horodateurs à Paris pour le compte d'une bande organisée, dit-il en continuant de monter.

– Des horodateurs, c'est quoi ?

– Des parcmètres. Après, ça a été l'engrenage, il faut bien le dire.

– L'engrenage ?

– Elle a graffité des tas de commerces et là, elle vient d'écraser une mémère et son chien, tout ça parce qu'elle conduisait et téléphonait en même temps. Et elle vend de la poudre aussi.

– Et la femme est morte ?

– Tout le monde est mort, surtout le chien, brailla Oppel.

– Je crois qu'il vaudrait mieux rentrer chez vous, madame, dit Lewine en se penchant par-dessus la rampe du huitième étage.

– Faut pas hésiter à se fendre la pêche à l'occasion, ajouta Oppel et, plus fort, en frappant à la porte droite : C'est votre voisin du dessous. Léopold Oppel. Ouvrez-lui ! Ou plutôt, ouvrez-moi !

– Qu'est-ce qui y a ? dit une voix d'homme derrière la porte. Vous avez un malaise ?

– Y a pas de malaise. Y a que la police cherche une Pa-tri-cia Cres-py.

– C'est le même appartement que le mien mais au-dessus.

– C'est bien vrai, ça ?

– Ah oui, elle est là depuis six ou sept mois. C'est une petite blonde toute mince. Une femme discrète.

– Et comment vous savez que c'est elle puisqu'elle est discrète ?

– Y a eu du mouvement sur le palier, un jour. Elle avait fait venir un serrurier parce qu'elle avait claqué la porte de son appartement derrière elle sans le faire exprès. Ses clés étaient restées dans la serrure, elle arrivait pas à rentrer avec son double. Y a fallu tout changer.

– C'est vraiment vrai cette histoire ?

– Ah oui, oui ! Elle était dans tous ses états, je suis monté voir…

– Six ou sept mois, vous avez dit ? Faut savoir ! C'est six ou c'est sept ?

– Alors là, j'en sais rien…

Lewine posa sa main sur le bras d'Oppel et lui dit que tout était parfait, qu'elle allait se débrouiller toute seule. Oppel se renfrogna, puis déclara qu'il était content d'avoir pu aider.

– Vous avez un peu secoué l'incivisme généralisé, dit Lewine alors qu'il redescendait docilement.

– Tiens, prenez l'exemple de l'autre, là, il aurait pu au moins nous répondre autrement qu'à travers sa porte. Tout un monologue planqué dans son terrier ! Elle a claqué la porte, et bla bla. Et les clés étaient dans la serrure, et bla bla. C'est fou comment sont les gens.

Depuis le palier du neuvième, en laissant son doigt sur la sonnette anonyme de l'appartement de droite, Lewine entendit Oppel et sa voisine qui reprenaient leur discussion : « Mais je croyais que dans les bandes des parcmètres, ils prenaient que des mineurs pour qu'on puisse pas les mettre en garde à vue… » « Justement ! elle est mineure, cette Cres-py, madame !

Quatorze ans à tout casser. » « Alors, monsieur Oppel, comment ça se fait qu'elle conduisait une voiture ? » « Elle l'a volée, tiens pardi ! À un directeur de fast-food en plus. »

*Opiniâtre, Martine ! O-pi-niâ-tre ! C'est pas assez. Retournes-y et mets-lui la pression. Tu as vu Gibert à la Financière ? Tu ne devais pas aller à Gif-sur-Yvette ? C'est pas assez, pas assez ! Retournes-y. Donne-moi tout Martine, donne-moi tout. Reste cette nuit. Toute la nuit. J'aime quand tu fais ça. J'aime ça, Martine !*

Salaud.

Elle mettait le temps à répondre, cette petite blonde toute mince et toute discrète.


M comme mort, se dit Lewine, ou comme maréchaussée ou comme Martine. Ou comme mariner. Il fait une chaleur à crever dans cet appartement. Patricia Crespy faisait de la broderie et son interrogatoire par un capitaine de la Criminelle n'avait pas interrompu la confection d'un alphabet rehaussé de fleurs et de petits animaux maintenus captifs dans un cercle de bois. Lewine pensait que cela devait s'appeler un métier mais elle n'en était pas sûre. *Il faut être opiniâtre dans ce métier, Martine !* Le visage dur d'Alex quand il avait dit ça… et ce petit sourire à la fin… Elle avait eu envie de l'insulter, de le gifler, de… Elle prit une inspiration plus profonde que les autres et se concentra comme son maître de kung-fu le lui avait appris. Et le calme revint en elle. Et la force.

Patricia Crespy fignolait donc les jambes du M et Lewine qui venait de s'asseoir sur un fauteuil où traînaient de vieux journaux pensa que le début de l'ouvrage ne datait pas d'hier et qu'il était curieux de s'adonner au point de croix dans un appartement follement en désordre. Hormis la bibliothèque, moche mais imposante, avec ses tonnes de livres bien rangés et de dossiers bien étiquetés. Le fait que l'ancienne collaboratrice de Coronis ait déjà appris la mort de Dark, par ses propres moyens, expliquait en principe pas mal de choses. Ses cheveux clairs mal coiffés et sa diction plus lente que celle de la moyenne des gens, par exemple.

– C'est vous qui m'avez répondu sur le portable de Paul, dit-elle toujours penchée sur son ouvrage. Je reconnais votre voix. À ce moment-là, j'étais loin de me douter que vous étiez de la police. Je l'ai compris quand j'ai su, pour Paul.

– Qui vous l'a appris ?

– La concierge du 50. J'en reviens. Je suis passée chez Paul à l'heure du déjeuner. Ce que je ne sais pas, c'est quel poison…

– Strychnine, dit Lewine.

Et là, Crespy avait relevé la tête. Dans son expression, Lewine lut la stupéfaction et l'empathie. Elle demanda :

– Vous étiez sa petite amie ?

Crespy sourit tristement :

– Non. J'étais sa *meilleure* amie. On se connaissait depuis plus de vingt ans, depuis notre entrée à la fac de sciences. C'est Paul qui m'avait fait signe de le rejoindre à Coronis.

– Pourquoi être passée chez lui ? Il était censé être à son travail ce vendredi…

– J'étais inquiète. J'avais téléphoné à son bureau tôt ce matin. Habituellement, c'est Yvette, sa secrétaire, qui répond mais cette fois j'ai eu affaire à Federico Androvandi de la sécurité. Alors j'ai raccroché.

– Pourquoi ?

– Je ne voulais pas que Justin Lepecq sache que je voyais encore Paul. Il aurait pu lui en faire reproche. Lepecq est un caractériel, je n'ai jamais pu le supporter. C'est en partie à cause de l'ambiance que j'ai quitté cette boîte.

– En partie ?

– Et pour rentrer au Commissariat à l'Énergie atomique de Saclay où on me proposait la direction de l'unité des protéines.

– Ça ne me donne toujours pas le pourquoi.

– L'envie de retrouver la recherche pure. Loin du mercantilisme des laboratoires privés. On nous demandait de tirer un trait sur des axes très intéressants s'ils n'étaient pas rentables à moyen terme. Au bout d'un moment, j'ai eu le sentiment de vendre mon âme à ces gens.

– Quelles gens ?

– Lepecq et Ferenczi.

– Lepecq ou Ferenczi ?

– Les deux.

– Vous êtes sûre ?

– Je ne comprends pas votre question.

Un regard mou – celui de quelqu'un sous neuroleptiques, pariait Lewine –, et Patricia Crespy retournait à son ouvrage de dame, à son métier de bois. Et brodait avec des gestes précis mais d'une lenteur extrême. Et d'ailleurs, en parlant de métier, qu'est-ce qu'elle fout là au lieu d'y être, à son boulot ?

– On m'a dit que vous aviez eu une liaison avec Marco Ferenczi.

– Qui vous l'a dit ?

– Peu importe. Alors, c'est vrai ?

– Oui, et ce n'est pas ce que j'ai fait de mieux. Marco est un type aussi séduisant que pervers. Aïe ! Je me suis piquée.

Elle fixa le bout de son index droit où perlait une goutte de sang, quelques secondes en suspens puis elle le suça. Elle posa son ouvrage sur le canapé : elle ne voulait pas faire de taches et avait besoin d'un pansement. Elle alla ouvrir un tiroir dans la petite cuisine américaine encombrée et revint d'un pas lent qui évoquait un échassier ; elle se rassit pour reprendre aussitôt l'alphabet, à peine incommodée par l'épaisseur du pansement. Lewine reprit :

– Ferenczi, pervers ?

– Il a senti que j'étais mal dans ma peau à Coronis. Il n'a rien trouvé de mieux que de me compliquer encore un peu plus la vie.

Tu avais toujours la possibilité de refuser, comme moi, pensa Lewine.

– Revenons à Lepecq. Parlez-moi de lui.

– « Lui », ça résume bien Lepecq. Parce que les autres, c'est le cadet de ses soucis. Il est né avec une petite cuiller d'argent dans la bouche. Tout ce qui l'intéresse, c'est de prendre son pied.

– C'est-à-dire ?

– Son sauna, ses dîners select, son golf et ses partouzes.

– Ah oui ?

– C'est ce que Marco m'a dit. Je ne sais pas si ça dure encore mais il y a quelques années, il faisait les clubs échangistes avec Dany.

– Et pas Ferenczi ?

– Non, pas Marco.

Elle avait toujours le nez sur ses lapins et ses fleurettes, alors Lewine changea son fusil d'épaule et tira dans le cercle de bois :

– Pourquoi brodez-vous ?

– Pardon ?

Les yeux clairs interloqués, la tristesse molle secouée un instant.

– Comme ça… je…

– La broderie, qu'est-ce que ça vous apporte ?

– L'apaisement… enfin, je crois.

– Votre alphabet est plus qu'à moitié terminé. Ce n'est pas la mort de Paul Dark qui…

– Depuis mon divorce peut-être.

– À cause de Marco Ferenczi ?

– Non… je ne crois pas. Lui ou un autre, non…

Patricia Crespy posa enfin son ouvrage sur ses genoux et resta immobile, les yeux dans le vide. Lewine pensa à l'hébétude de Félix, aux calmants, à toutes ces substances qui, dans l'affaire Cobra, mettaient les gens dans un drôle d'état. Elle reprit d'une voix plus posée :

– J'imaginais que j'allais devoir vous attendre devant chez vous, madame Crespy. Vous ne travaillez plus au CEA ?

– Si.

– Et alors ?

– Je suis en arrêt maladie.

– Vous êtes malade ?

– Une petite déprime. Avec les médicaments, je suis encore trop dans le potage pour reprendre. Mais ça commence à aller mieux.

– Vous avez une idée de qui a pu empoisonner Paul Dark ?

– Lepecq, Ferenczi, Federico, un employé du labo. Il faut bien que ce soit quelqu'un qui puisse se fournir en strychnine.

– Ils auraient eu des motifs, vous croyez ?

– Je n'en ai aucune idée. Paul ne m'a jamais dit de mal de qui que ce soit à Coronis.

– Que pensez-vous de Félix ?

– Calme et gentil, mais peu sûr de lui. Le divorce de ses parents ne l'a pas aidé.

– Comment étaient ses relations avec son père ?

– Bonnes, je suppose. Parce que Paul parlait toujours de son fils avec tendresse. Il était heureux qu'il ait trouvé une petite amie sympathique.

– Vous connaissiez des relations féminines à Paul Dark ?

– Non.

– Mais vous étiez amis…

– On avait décidé une bonne fois pour toutes de ne pas évoquer nos vies sentimentales. Un accord tacite.

– Pourquoi ?

– Étudiants, on avait eu un flirt et on ne voulait pas… Je ne sais pas comment dire. C'était de la pudeur. Pour ne pas se froisser l'un l'autre.

– Après toutes ces années ?

– Oui. Quand on a aimé quelqu'un, il en reste toujours quelque chose, vous ne croyez pas ?

– Sûrement, répondit Martine Lewine.

Elle attendit un peu et ajouta de sa voix la plus posée :

– Où étiez-vous hier soir ?

– Je dînais avec Julien, mon ex-mari.

– Où ça ?

– Ici.

– Vous êtes en bons termes.

– C'est bizarre, je sais bien. C'est depuis ma déprime. Quand je me sentais mal, il était le seul à qui j'osais téléphoner la nuit, il m'écoutait patiemment. Julien est un chic type.

– Vous avez son téléphone ?

– Il est dans l'annuaire. Julien habite dans le 5e, près du Jardin des Plantes. Vous pouvez l'appeler, il vous dira qu'on était ensemble.

– Je compte bien le faire, dit Lewine en se levant.

Patricia Crespy l'accompagna jusqu'à la porte. Lewine repéra un trousseau de clés pendu à un crochet. Elle pensa aux déclarations du voisin, l'adepte du *monologue dans le terrier*, et se dit que Crespy avait remédié à ses problèmes de serrurerie. En attendant, la main sur la poignée, elle semblait hésiter à l'ouvrir, sa porte. Elle resta tranquille jusqu'à ce que Crespy demande :

– Comment est-il entré ?

Lewine feignit l'incompréhension :

– Qui ça ?

– Celui qui l'a tué.

– Paul Dark l'a fait entrer.

– Il le connaissait, alors ?

Lewine haussa les épaules, sortit de son portefeuille une carte qu'elle lui tendit, puis, pointant du doigt la broderie sur le canapé :

– M comme mémoire. Si quelque chose vous revenait, appelez-moi tout dc suite.

# 11

Dans les vestiaires du club d'arts martiaux, Lewine avait emprunté du savon liquide à une fille et se frottait énergiquement sous la douche. Son corps souffrait et exultait à la fois, les décharges d'adrénaline avaient réveillé ses muscles un à un et apaisé son ressentiment. Elle s'était d'abord échauffée à fond sur le sac de frappe, puis avait travaillé les taos, les successions de mouvements qui concentraient toute la *grammaire* du kung-fu. Elle avait enchaîné les combats avec les pratiquants les plus tenaces. Florent, Karim, Ludo et Marylise. Marylise surtout, la partenaire idéale, celle qui encaissait les coups portés à la limite de ce que le maître autorisait.

Maintenant, en utilisant le savon en guise de shampooing, elle se disait : « Le Shaolin kung-fu s'inspire des mouvements de cinq animaux et, dans le tas, il y a le serpent, quelle coïncidence. Il faut que je creuse la question. » Elle s'attardait, bien que les sanitaires ne soient pas propres.

Généralement, elle se douchait chez elle, mais ce soir elle tirait sur la corde pour retarder le moment du retour solitaire rue Clapeyron. Elle avait emménagé dans le 8e arrondissement après son affectation au ciat de l'avenue du Général-Eisenhower. Son trois-pièces n'était pas désagréable. Depuis longtemps, elle s'était habituée au bruit des trains de la gare Saint-Lazare. Mais, entre-temps, il y avait eu l'appartement clair de la rue Oberkampf. En mettant les pieds chez Alex, dès la première fois elle avait aimé l'ambiance, la décoration virile, la multitude de CD. Alex devait dépenser un paquet de fric pour la musique. Ils avaient écouté des tas de titres très dansants. Elle aimait le regarder bouger, Alex avait un corps fait pour la danse, et pour le reste.

La tête sous l'eau, Martine entendait les voix des filles qui glapissaient. Il y avait une majorité de gamines dans ce dojo. Mais elle n'était pas la plus vieille. Elle sortit de la douche.

Marylise était encore là, à poil, à se frotter les cuisses avec une crème décontracturante. Une brune charpentée à la touffe incroyablement fournie. Elle évoquait Lucie, notre ancêtre des cavernes, mais dès qu'elle ouvrait la bouche, c'était différent. Marylise était intelligente et, sur le dojo, elle était l'une des meilleures. Vive malgré son corps lourd, et puissante comme une tigresse. Le seul problème c'est que Marylise était homo. Lewine sentait ce désir qui se cachait à peine. Aussi brut que la touffe d'australopithèque. Marylise lui avait dit un soir d'une voix rauque : « Tu es musclée, on dirait une danseuse, Martine. C'est superbe. » Elles étaient allées boire quelques coups ensemble. Martine avait dit qu'elle était flic. Et Marylise, stagiaire dans un bureau d'architecture.

Lewine se rhabilla en vitesse, échangea quelques propos futiles avec Marylise et rentra chez elle. Elle n'avait jamais pu se confier à qui que ce soit. Même à une tigresse intelligente.

De retour dans son bureau, Bruce attendait Charlotte. Au téléphone, il lui avait appris le placement de Félix en garde à vue pour vingt-quatre heures, mais ne lui avait pas expliqué qu'il s'agissait d'un homicide, qui plus est sur la personne de son beau-père potentiel. La jeune fille était avide d'informations. Elle savait qu'elle ne pourrait pas voir son amoureux, mais elle arrivait. Et se moquait de l'heure tardive. Il était vingt et une heures passées. À la voix, elle semblait une bonne pâte. Moelleuse et maternelle.

L'idée d'emmener Félix à l'hôpital avait eu du bon. Il s'était mis à parler de son affection pour son père. La mère était la grande absente. On ne la voyait apparaître qu'en négatif dans tout ce que Félix ne disait pas. Il était clair qu'elle lui avait beaucoup manqué. Classique, mais de là à jouer les parricides… À vingt-deux ans à peine, Charlotte avait entrepris de pallier le mal de mère du grand dadais. Du jeune chercheur qui essayait de se trouver dans l'alcool, les tranquillisants ou autre chose. Elle voulait compenser, Charlotte, compenser à toute force.

En attendant Charlotte, Bruce se pencha sur une autre affaire de famille avec le compte-rendu sur Coronis enfin livré par la Financière. Apparemment Martine Lewine avait fait ce qu'on lui demandait en secouant Gibert avant de filer à Gif-sur-Yvette. L'analyse donnait les moyens de cerner les liens entre les clans Androvandi, Ferenczi et Lepecq. Des liens trop rapidement évoqués par Félix. Bruce apprit que le laboratoire avait été créé dans les années cinquante par Edmond Lepecq, le père de Justin. En 1973, Edmond s'était associé avec l'Italien Marcello Androvandi, un homme d'affaires romain. En succédant à son père en 1985, Justin Lepecq avait tout naturellement choisi comme partenaire Marco

Ferenczi, époux de Carla Androvandi, la petite-fille de Marcello. Alors qu'Edmond s'était concentré sur la création de médicaments, Lepecq junior avait élargi l'activité aux tests d'analyse. Coronis faisait aujourd'hui partie de ces deux cents laboratoires pharmaceutiques français familiaux dits indépendants qui avaient subsisté face aux multinationales. Avec un chiffre d'affaires en 1999 de huit milliards de francs, Coronis avait en effet gardé la taille d'une entreprise familiale. À titre de comparaison, Gibert évoquait les vingt-huit milliards de francs de CA du numéro un mondial, l'Américain Pfizer.

Depuis quelques mois, ces indépendants avaient de quoi s'inquiéter : dans le cadre de la réduction des dépenses de santé, le gouvernement avait annoncé la baisse progressive du prix de plusieurs centaines de « vieux » médicaments avant la suppression éventuelle de leur remboursement. Or plusieurs produits fabriqués depuis plus de vingt ans par Coronis étaient sur la sellette, l'Agence française de sécurité sanitaire les ayant jugés d'un intérêt médical limité. Entre autres, un veinotonique contre les jambes lourdes ou un mucolytique pour fluidificr les sécrétions bronchiques. Tous produits confondus, la perte pouvait concerner vingt à trente pour cent du chiffre d'affaires de Coronis.

On pouvait en déduire que le seul moyen de garder la tête hors de l'eau était d'innover. Coronis avait réagi vite. Gibert soulignait que « la tendance pour ces indépendants est aux alliances avec des partenaires travaillant dans les nouvelles technologies. Coronis vient de s'associer avec le Suédois Jankis, spécialisé dans la biotechnologie, et s'est fixé pour objectif de réaliser dans les quatre ans à venir cinquante pour cent de son chiffre d'affaires dans ce domaine ». Bruce se souvint des déclarations d'Yvette, la secrétaire. Pour elle, le joint-venture avec Jankis était à mettre au crédit de Paul Dark. Malgré son côté déjanté, Justin Lepecq semblait être un manager qui savait s'entourer. Et diriger avec Ferenczi, l'associé italien, une belle affaire.

L'arrivée de Charlotte interrompit les réflexions de Bruce. Guère grande, une bonne tête, vêtue de son uniforme d'infirmière : elle revenait d'une garde. Elle défendit bec et ongles son Félix sans même savoir de quoi on l'accusait. Elle prétendit qu'il avait passé toute la nuit à ses côtés et omit d'évoquer le trou noir de la promenade digestive. Un laps de temps mal défini qui laissait la possibilité de rallier la rue des Hospitalières-Saint-Gervais et celle de la Montagne-Sainte-Geneviève. De saint en saint, un noir pèlerinage.

Elle rougit en apprenant l'aveu de Félix, cet emploi du temps percé, et fondit en larmes lorsque Bruce lui révéla la mort de Paul Dark. Elle dit avoir menti non pas parce qu'elle croyait Félix coupable mais par peur de la « machine policière ». Oui, Félix était sorti prendre l'air. Et elle se mordait les doigts de ne pas avoir regardé l'heure. En tout cas, il s'était rendormi en un rien de temps. Le sommeil du juste. Aurait-il pu en faire autant après avoir empoisonné son père ? Logique et touchante, cette Charlotte.

Une fois rentrée chez elle, Lewine se fit des tagliatelles au gruyère et but de l'eau. Après son repas, elle décida d'appeler Alex pour lui parler de Patricia Crespy, de son alibi confirmé par son ex-mari, de ses amours avec Ferenczi, des amours universelles des Lepecq dans les partouzes. Lewine composa le numéro de la rue Oberkampf sans succès. Elle essaya le mobile avec une légère appréhension qui se confirma. Alex Bruce répondit sur un fond sonore. De la musique, des voix, des rires. Il était dans un bar ou au restaurant. Elle raccrocha sans dire un mot.

Lewine ressortit acheter un alcool fort chez l'épicier arabe. Elle choisit de la tequila parce que l'étiquette évoquait le soleil. Et parce que mine de rien, elle pensait tout le temps au cobra. Même au moment où les souvenirs avec Alex venaient frapper dur à la porte. Elle acheta aussi du jus d'orange sanguine pour se confectionner une tequila Sunrise. C'était le titre d'un film qu'elle avait vu chez Alex. Mel Gibson en buvait pour accompagner la cuisine italienne servie par la restauratrice Michelle Pfeiffer. Une drôle d'idée, mais bon. Il n'osait pas lui dire qu'il l'aimait. Martine Lewine n'était pas sûre qu'un jus d'orange tout bête dans de la tequila réussisse à produire une tequila Sunrise.

Au bout d'un moment, l'alcool aidant, Lewine eut envie de creuser l'idée qui lui était venue sous la douche du club. Pourquoi le serpent était-il un des animaux dont s'inspirait le Shaolin kung-fu ? Elle n'avait pas lu un seul livre sur la question, préférant comprendre par l'observation et la pratique. Et ses vieilles vidéos de Bruce Lee n'étaient pas explicatives. Elle regarda l'heure, vit qu'il était tard mais appela tout de même Marylise chez elle. La copine de dojo connaissait son style du serpent sur le bout des doigts :

– Par nature, c'est un animal timide et peu musclé. Alors, pourquoi le choisir ? Eh bien, c'est justement parce qu'il n'est ni agressif ni puissant qu'on l'a intégré au Shaolin kung-fu. Pratiquer le style du serpent, c'est travailler l'énergie interne et la concentration, Martine.

– Ah ouais ?

– C'est parce qu'il est calme et relaxé qu'il peut libérer une puissance à la fois douce et dure. Dans le style du serpent, il n'y a pas de coups de poing agressifs mais des attaques avec les paumes et les extrémités des doigts. Pas de bruit, pas d'énervement, et tout à coup, au moment de l'attaque, juste un coup pénétrant. Sur les points vitaux. Tu le sais, ça peut occasionner une grande douleur, la perte de conscience ou la mort. Doux et redoutable à la fois, le serpent.

– Et le cobra dans tout ça ?

– C'est de lui que s'inspire le Shaolin. Les mains prennent la forme d'une tête de cobra, tu n'as jamais remarqué ça ? Et puis cette attaque où on imite la posture où il se dresse du tiers de sa hauteur avant de foncer.

– Maintenant que tu le dis…

– Mais pourquoi ne viens-tu pas prendre un verre ici ? On serait plus tranquilles pour discuter.

Lewine réfléchit un peu, imagina Marylise attachée au lustre, ficelée avec une grosse corde encerclant ses seins obus, découpant son estomac, ses cuisseaux et ses fesses baroques en parallélépipèdes de chair drue. Et elle, là-dessous, avec sa cravache Hermès et ses bottes à talons aiguilles.

– Ne t'inquiète pas, reprit Marylise après quelques secondes de silence, je ne te poserai pas de questions sur ton enquête.

Marylise, baleineau emprisonné dans un filet de pêche. Les petits cris du baleineau hors de l'eau. Ses larmes de sel. Et les coups de fouet qui pleuvent à l'aveuglette sur cette pêche miraculeuse.

– Parce que je suppose que c'est pour ton boulot que tu veux ces renseignements.

– Plus ou moins.

– Je sais garder un secret, pas de problème.

Miraculeuse, c'est vite dit. Contrairement à Marylise, je suis incorrigible, se dit Lewine en souriant. Il n'y a que les hommes que j'aime cingler.

– Je viendrai une autre fois avec plaisir. Mais c'est vrai que pour le moment, rayon boulot, on est servis. Je me sens comme un cobra exténué qui ne tient plus en l'air.

– Tant pis. À une autre fois, j'espère. Dors bien, Martine.

Quand elle eut raccroché, Lewine se servit une nouvelle tequila et se dit qu'elle n'avait pas pensé à tout ça en pratiquant régulièrement le style du serpent. *Doux et redoutable à la fois*.

# 12

Bruce avait remonté la rue Oberkampf, animée comme en plein jour, pour ralentir à l'approche du Café Charbon. Il avait décidé d'entrer, de fumer une blonde, de boire une dernière bière allemande. Il y avait toujours de jolies filles dans ce café. Plaisir des yeux. Et quelquefois plaisir d'une rencontre furtive. Il se souvenait de Nathalie. Il s'en souvenait d'autant mieux que son téléphone venait de sonner et qu'on lui avait raccroché au nez après quelques secondes de silence. Cette étudiante styliste avait eu la mauvaise idée de tomber amoureuse. Une conversation, un visage, un corps délicat. Des cheveux courts et doux comme des plumes mais au bout d'une paire d'heures : amoureuse. Son téléphone sonnait parfois chez lui la nuit et il pensait que Nathalie se cachait derrière les silences de la ligne. Il disait : « C'est toi, Nathalie ? C'est toi ? » On raccrochait. Il s'attendait à la trouver l'attendant chez lui un de ces quatre. Son appartement n'avait rien d'inviolable : Bruce laissait toujours un double de ses clés au-dessus du compteur à gaz du palier pour parer aux crises de déprime de Frédéric Guedj, le journaliste alcoolique et névrosé à qui il vouait une amitié sans calcul. Il faudrait peut-être changer cette habitude et demander à Fred de prendre rendez-vous avant de débarquer.

Ce culte auquel s'adonnaient certaines femmes avait quelque chose d'incompréhensible. Qu'avaient-elles toutes à vous jeter leur amour à la tête comme s'il s'agissait d'un tribut glané après mille conquêtes dans des contrées hostiles ? Je te donne tout. Mon amour que je ne connais pas mais que je connais quand même. Ah bon ?

Bruce changea d'avis et commanda une eau pétillante. Il fuma deux cigarettes et observa trois copines en train de parler avec force gestes, quelques tables plus loin. L'une d'elles les repéra, lui et son regard indiscret et un poil alcoolisé par la moitié du six packs. Elle répondit à ses coups d'œil. Osa vite lui sourire. Une chevelure cuivrée et bouclée serré tels mille serpenteaux de feu, tiens justement… et des yeux noisette, une veste rose vif. Le roux et le rose qui se renforçaient l'un l'autre, un petit bûcher. Tout à fait son genre d'une nuit. Une femme prête à jeter le lourd tribut à ses pieds de flic pour se sentir exister. Il imagina qu'elle pouvait se prénommer Roxane ou Rébecca, lui sourit, puis s'en alla sans se retourner.

En chemin, des ombres dansèrent dans sa tête. Tessa. La seule épousée. Aimée. Et perdue. Le divorce datait de deux ans. Nathalie, ses cheveux légers et son amour pesant, si romantique. Un joli souvenir. Et puis Martine, la femme puits, le capitaine expert en kung-fu et en flingues. Il aurait pu la rejoindre cette nuit et lui demander le gîte. Histoire de réchauffer leurs solitudes respectives. Mais elle était comme les autres. Elle voyageait avec bagages. Une valise pleine à craquer de sentiments.

Il l'appela malgré tout. Elle répondit d'une voix pâteuse et Bruce comprit qu'elle avait bu. Il la remercia pour son travail efficace à la Financière et enchaîna sur sa conversation avec Félix. Il parla du séjour romain mais Lewine ne répondit rien. Parla d'Esculape et du pique-nique au bord de l'étang. Lewine dit qu'on verrait demain, qu'elle était fatiguée et que de toute façon elle lui avait envoyé un mail résumant son entrevue avec Patricia Crespy.

– Demain matin je vais m'entraîner au stand de tir de la police nationale. Ça te dit de venir ? On fera quelques cartons et on en profitera pour discuter tranquillement.

– Non, je crois pas, Alex. On se voit lundi. D'accord ?

– Comme tu veux.

Ils raccrochèrent et Bruce resta pensif quelques secondes. Puis il replongea dans les papiers de Dark. Il constata que Félix avait dit juste à propos de la carrière de son père. Il avait travaillé quelques années dans un institut de recherche à Palo Alto en Californie avant d'entrer à l'Institut Pasteur. Quatre ans auparavant, il démissionnait pour prendre chez Coronis un poste qui lui permettait de multiplier son salaire par trois. Même si l'on considérait que l'État français en pompait une bonne partie, ça faisait toujours de beaux revenus.

Rayon santé, Dark avait été jusqu'à jeudi dernier en pleine forme ; Félix n'avait aucun problème particulier et n'avait jamais consulté un psychiatre ni même un psychologue. Paul Dark avait conservé tous les actes médicaux depuis l'adolescence de son fils. Il y avait aussi des lettres. Celles de Diane Dark, l'épouse remariée avec l'Américain. Pas un mot pour Paul, mais elle s'inquiétait au sujet de Félix, racontait combien les standards de la vie américaine étaient élevés par rapport à la France, attendait avec impatience la venue de son fils comme chaque été à San Francisco. Dans l'une d'elles, il y avait une photo montrant une femme blonde bronzée et mince, un homme du même genre et Félix, adolescent. En arrière-plan, une belle maison avec véranda, jardin et garage ouvert sur deux voitures. Bruce se dit que l'abandon de la recherche, le salaire multiplié, l'appartement rue de la Montagne-Sainte-Geneviève étaient peut-être bien la réponse patiente aux « standards de la vie américaine ».

Puis Bruce se brancha sur le Net. Il ouvrit sa messagerie et lut le mail de Lewine. Laconique :

« Patricia Crespy, divorcée, sous calmants, est déprimée malgré un bon job. Ses liens avec Dark n'étaient qu'amicaux. Ferenczi lui a appris que Lepecq et sa femme fréquentaient les clubs échangistes. »

La famille Coronis, quoique soudée, ne dédaigne pas de fraterniser hors de son cadre. Tout en fixant l'écran, Bruce se demanda ce que Victor Cheffert aurait pensé de ça. Puis il imagina Justin Lepecq dans son peignoir de sauna adossé au bar d'un club échangiste, observant sa femme, belle tel un rêve signé Helmut Newton, noyée momentanément dans une mer de corps en action. Suivant les tempéraments on pouvait trouver l'évocation irrésistible ou glaçante. Et pendant ce temps-là, Victor dormait et qu'est-ce que les partouzes avaient à voir avec la danse du cobra ? Bruce ne savait pas quoi en penser.

Il surfa pour trouver un site dédié au cobra royal. Son concepteur, encore un Américain, éprouvait de l'admiration pour cette créature sans bras ni jambes capable de se dresser jusqu'au tiers de sa longueur, soit la taille d'un homme bien bâti. Bruce apprit que l'animal tuait d'autres serpents pour s'en nourrir, une rareté chez les rampants. Autant que cette tendance à former un couple stable avec sa femelle. Le cobra n'aimait pas les partouzes. Il pouvait survivre plusieurs mois sans s'alimenter grâce à son métabolisme réduit. Le cobra était ascétique. Avec la vipère du Gabon, il était le seul à pouvoir injecter une quantité si considérable de venin qu'elle tuait sa victime en quinze minutes. Son venin, en attaquant le système nerveux, occasionnait douleurs, vertiges et troubles de la vision. Le cobra était un tueur de grand talent. Cependant, un petit animal lui tenait tête : un aspect de vulgaire belette, cinquante centimètres à tout casser, la mangouste osait affronter le venin foudroyant parce que son organisme était conçu pour y résister. Bruce se souvint d'avoir pensé à une mangouste en présence de Lepecq. Idée saugrenue ou intuition ?

Il se déconnecta et chercha à tout hasard dans son dictionnaire de la mythologie qui était Coronis. Depuis l'enfance, il cultivait une passion pour les mythes antiques grâce à un grand-père qui lui avait appris, avec un vieux Larousse en couleurs, à voyager dans la galaxie infinie des dieux, des muses et des héros. Coronis. Coronis. Ce nom résonnait. Que le milieu médical s'inspire de mots grecs n'avait rien d'étrange. Au contraire.

Bonne intuition. Il la trouva entre *Coronides* et *Coronos*. Coronis, fille de roi aimée d'Apollon. Qui trompa le dieu par crainte qu'il ne se lasse d'elle une fois vieille et ne l'abandonne. Apollon la tua alors qu'elle était enceinte de lui. Au moment où le corps de Coronis allait être incinéré, Apollon se précipita sur le bûcher pour arracher de son sein l'enfant encore vivant. Il s'agissait d'Asclépios, futur dieu de la Médecine. Plus connu sous son nom latin d'Esculape.

Dans la foulée, Bruce consulta le chapitre consacré à son obsession familière. Eurydice, la femme perdue.

La femme aimée au point qu'Orphée avait bravé, au risque de sa propre vie, le dieu des Enfers pour la retrouver. Orphée dont on disait qu'il avait inspiré en partie les thèmes de la religion catholique. N'avait-il pas le pouvoir de ressusciter ceux qui croyaient en lui et de revenir vivant du royaume des ténèbres ? Bruce s'étonna d'avoir oublié un détail important : c'est à la cheville que le serpent avait mordu Eurydice.

Il était plus de minuit lorsqu'il décida de se coucher. Il mit plus de temps que d'habitude à s'endormir. Se réveiller seul le matin dans son lit était satisfaisant. Mais s'y endormir était, certains soirs, une tout autre affaire.


« J'ai mis trente-six ans à retrouver ma mère. Manque de chance, elle était déjà morte. En 1997. D'un cancer. D'un cancer de l'utérus, en fait. »

Martine Lewine se revoyait allongée à côté d'Alex. Ils venaient de faire l'amour et elle, lovée contre lui, avait la tête posée sur sa poitrine. Il fumait, elle sentait qu'il était bien. C'est à ce moment-là qu'elle avait failli lui dire : « J'ai mis trente-six ans… » Mais ça n'était pas sorti.

Maintenant, Martine Lewine était allongée sur son lit tout habillée et regardait l'ordinateur posé sur son bureau. Avec la tequila, elle voyait cette machine grise sous un angle différent. Une boîte pleine de monde. Il y avait des gens là-dedans. La preuve : c'est dans cette boîte qu'elle avait retrouvé sa mère. Sa mère morte. Marylise qui dissertait sur tout et sur rien avec un certain talent lui avait expliqué que des écrivains de science-fiction appelaient le Net la *matrice* ; des malins, ces écrivains.

Les enfants de parents inconnus cherchaient leurs géniteurs ou leur fratrie. Des parents en proie aux remords cherchaient leurs petits devenus grands. Ça se bousculait, ça grouillait là-dedans. Trois mois auparavant, après quelques hésitations, Lewine avait fait le grand saut et balancé son message sur plusieurs sites : *Martine, née le 20 juillet 1964, hôpital Saint-Antoine, Paris 12ᵉ.*

Elle aurait pu dire tant de choses à Alex, cette nuit-là. Mais il n'y avait pas eu moyen de cracher un seul mot. Parce qu'un mot en aurait entraîné un autre. Et toute l'histoire aurait suivi. Une histoire à faire pleurer les midinettes mais pas les commandants de police. Putain, j'en tiens une bonne, se dit Lewine en se redressant sur un coude sans raison particulière si ce n'était de vérifier qu'elle n'était pas tombée en catalepsie. Le meilleur moyen de ne pas se retrouver transformée en pierre était d'aller jusqu'à la cuisine retrouver la bouteille de tequila avec la chouette étiquette, cette tequila posée sur la toile cirée. Si on avait la force de s'en verser un autre, c'est qu'on n'était pas cataleptique.

Et là, il fallait faire court, ça n'en aurait que plus de force sur le chemin de la cuisine et de la toile cirée et du soleil sur étiquette : ma mère a été victime d'un viol collectif quand elle avait quinze ans. Et ma grand-mère l'a forcée à accoucher sous X et à m'abandonner dans les services d'adoption. Des années plus tard, ma mère a voulu me retrouver. Mais le cancer l'a eue avant. Juste avant.

Après, grâce à la toute-puissante matrice qui s'étend partout et sur tout à la fois, de deux choses l'une. Ou on végète : le nom, la date flottent dans le vide cybernétique et ça n'intéresse personne. Ou ça va très vite. Une descente en grand huit. Pour *Martine, née le*

*20 juillet 1964, hôpital Saint-Antoine, Paris 12ᵉ*, une attente de trente-six ans effacée en une semaine.

Ma tante voit mon message. Ma tante me téléphone. Elle s'y prend avec diplomatie, propose de rappeler. On ralentit parce qu'elles sont si violentes, ces retrouvailles. Mais la tante finit par lâcher son paquet. Ma mère est morte. Ma grand-mère vit toujours. Retraitée, elle habite Rouen où elle a tenu fièrement une librairie pendant longtemps. Aussi longtemps que possible. Culture pour tous.

Et Lewine se dit justement qu'elle n'a jamais aimé les livres. Elle en a quelques-uns qui se battent en duel sur son étagère de la rue Clapeyron. Du droit, de la balistique, du médico-légal, du pratique. Mais pas un gramme de littérature. C'est du pipeau. De la bouillie pour les chats. La vie a bien plus d'imagination que tous ces bouquins de merde.

Lewine dévissa le bouchon de métal de la tequila et le garda en l'air un moment, puis elle le respira en observant la couleur de l'alcool. C'est vrai que c'était bon, ce truc. Rien qu'à l'odeur et à la couleur et à l'étiquette. Plus la peine d'en boire. Trop c'est plus qu'assez. Elle revissa le bouchon et rangea la bouteille dans le placard de la cuisine parce qu'elle n'avait pas de bar. Inutile, elle ne recevait jamais personne.

Malgré l'heure tardive et les inévitables bruits de tuyauterie, Lewine se fit couler un bain. Une fois dans l'eau, elle repensa à ce que lui avait appris un profileur, un dénommé Sagnac qui en connaissait un rayon en matière de tueurs en série. Enfance difficile, parents irresponsables, voire violents. Ballottés de foyers en familles d'accueil. Guy Georges, le tueur de l'Est parisien, notamment ; abandonné par sa mère, enceinte d'un soldat américain reparti aux États-Unis, il avait été placé dans une famille ayant accueilli plusieurs enfants adoptés. Un gamin parmi d'autres dans une tribu sans grande chaleur.

En écoutant Sagnac, Lewine avait réalisé qu'elle partageait l'expérience négative de certains de ces tueurs. Ces familles lui avaient donné le gîte et le couvert mais pas grand-chose d'autre. Manque de racines, manque d'encadrement et de repères, manque d'amour.

Qu'est-ce qui fait que la situation se dégrade jusqu'à l'extrême ? Qu'est-ce qui nous rend asocial ? J'ai choisi l'ordre pour me rassurer, me sentir cadrée et parce que l'action correspond à mon tempérament. J'ai du talent quand je me mets en mouvement. Est-ce que j'aurais pu virer vers l'autre bord ? Mon maître de kung-fu me connaît mieux que personne et me répète de canaliser ma rage. Un Chinois qui parle peu, avec un accent à couper au couteau. Où a-t-il trouvé ce mot, « canaliser » ? En tout cas il l'a trouvé et il l'utilise, à bon escient. Canalise ta rage, Martine. Canalise. C'est clair, ça au moins.

Elle sortit du bain, évita de vider la baignoire pour limiter le supplice des voisins et enfila le survêtement qui lui faisait office de pyjama. Une fois lavée de sa crasse et un peu de sa cuite, elle se dit qu'il était temps pour *Martine, née en juillet 64, capitaine de police judiciaire*, de penser cobra. Allongée sous sa couette, elle visualisa l'appartement de la rue de la Montagne-Sainte-Geneviève. Le corps sur le tapis, le fils dans le fauteuil, le livre sur le lit, Alex vu de dos dans le bureau, étudiant les papiers bien en ordre. Il n'y avait que le corps du mort de tordu. Tout le reste était en ligne, organisé, sans excès, comme la déco ou les émotions de Félix. Le cobra s'était glissé là si doucement.

Puis elle se caressa en imaginant qu'Alex la pénétrait. Il murmurait son prénom sans pouvoir s'arrêter. Dans l'illusion si bien recréée, il sembla à Lewine que ses nerfs se déchargeaient d'un seul coup et elle put s'endormir.

# 13

Je tombe tombe tombe tombe tourne dans une vrille qui défie le temps. Je glisse glisse vrille m'abandonne à la coulée noire, boyau. Au loin, la lumière palpite, irradie et ses rayons m'appellent, vers les entrailles aimantes du monde défendu qui ne s'ouvre que pour moi.

Je vais vers cette lumière nourriture. De plus en plus vite. De plus en plus, de plus, plus, plus en plus. Vertige évanouissement, je vais. Anéantissement mon ventre tourne ma cervelle tourne ma langue tourne dans ma bouche et mes yeux dans leurs orbites, je vais. C'est une souffrance, une panique au bord du cœur. On peut mourir de peur mais non on sait que ce pays n'a rien à nous prendre tout à nous donner. Les morts qui l'habitent m'attendent, je comprends leur langage. Je vais.

Sur les parois du tunnel, avant juste avant, s'exposent et bougent les gens de ma vie. Les lèvres me parlent, murmurent mon prénom, les mains vers moi voudraient réconforter, les yeux s'inquiètent, les yeux rassurent, ma mère me sourit j'ai cinq ans, Dany me sourit j'ai trente ans, mon père pleure calmement j'ai quarante ans et il vient de mourir. Les morts et les vivants sont là tous pendant que je file vers la lumière et même ce chat que j'avais quand j'étais petit petit vite vite chat chat chat. Je vais.

Justin le juste, je n'ai plus de nom. Justin le juste, je n'ai plus. Je lâche et largue mes atouts, mon aisance, mes peurs de petit, la succession des jours et des nuits. Mon âge, mon sexe, ma voix, mes cheveux, mes dents, ma peau, je perds tout ce qui était moi, je ne suis qu'un principe, une molécule de joie. Je vais.

Des silhouettes noires murmurent et frissonnent, je vais, leurs membres maigres dansent et se tordent on dirait qu'un feu continuel les tient debout, je vais, je vois si loin et je sais que je ne veux plus rien savoir, vite, vers elle, lumière, filer, je vais, chat, perché, tombé, je vais. Amour, personne ne sait que c'est ça l'amour, ils ne comprendraient pas, glisser vers cette lumière et savoir qu'aucune entrave, jamais… Je veux tout.


Dany Lepecq regardait son mari dormir. Du moins c'est l'impression qu'il donnait. Son visage était extatique. Il n'y avait plus trace d'arrogance, ni d'ennui, ni de lassitude. Le pays où, libéré de sa chair, il se déplaçait était à la fois celui du mystère et de la certitude.

Elle était celle qui veillait. Qui veillait sur le dormeur magnifique, allongé dans la barque magique descendant le fleuve sacré vers un ailleurs que lui seul connaissait et connaîtrait. Elle lui avait fait comprendre qu'elle avait peur et ne tenterait pas l'expérience.

Dany était celle qui veillait parce que le dormeur magnifique n'accordait sa confiance à personne d'autre qu'à son épouse. Il avait confiance et donc il confiait. Il lui confiait son corps, il se confiait tandis qu'immobile il arpentait les champs célestes et passait une à une les portes de la nuit interdite, au rythme lent du fleuve qui palpitait comme s'il possédait un cœur liquide.

Elle était vêtue de sa tenue de gymnastique grise. Il avait passé cette djellaba blanche qui s'accordait si bien à sa chevelure. Justin était narcissique jusque dans les moindres détails.

Dans quelques instants, Dany allait retrouver la normalité de leur maison. La première heure du voyage était cruciale à cause des risques éventuels d'accident cardiaque. Justin avait fait installer un matériel de réanimation que Dany avait appris à utiliser. Une fois son mari « sur les rails », elle disposait de quatre bonnes heures pour vaquer à ses occupations. Elle serait mobilisée de nouveau pour son retour. Justin exigeait sa présence à son réveil. Peut-être parce qu'elle était tout ce qui le reliait au monde réel. De voyage en voyage, avait-il peur d'atteindre cette frontière au-delà de laquelle il ne pourrait plus réintégrer la vie ? Parce qu'il aurait perdu toute envie d'autre chose que de ses chimères.

Ces derniers mois, l'écart se creusait. Justin rapportait de ses périples une nostalgie toujours plus grande. Jusqu'où son désir du pays noir allait-il s'étirer ? Tout à l'heure, alors que les premiers effets de l'injection faisaient battre ses paupières et dilataient ses pupilles, il lui avait dit : « Je vais peut-être voir Dark, il me parlera, il est avec Moria, ils se sont retrouvés, je vais leur parler et apprendre... » Elle se devait d'être attentive à ses moindres changements d'humeur. Une chose était certaine : elle ne le laisserait pas larguer seul les amarres.

Elle tourna lentement le buste pour scruter la Chambre des Morts comme si elle la découvrait pour la première fois. Les luminaires achetés à Marrakech créaient une ambiance sépulcrale. Le blanc de chaux faisait ressortir les fresques dorées. Il y avait des animaux fabuleux et du beau monde. La reine incontestable des lieux était la déesse Isis. Son énorme tiare évoquait un globe terrestre maintenu entre deux ailes. Isis, l'épouse et la mère idéale. Celle qui avait rendu la vie à Osiris, le frère, l'époux. Osiris, dieu mort puis ressuscité, dieu sauveur dont le culte garantissait à ses adorateurs la survie dans l'au-delà.

Isis, Osiris, associés pour l'éternité.

Et nous, au milieu de tout ça, se dit Dany. Justin allongé sur ce matelas blanc supporté par un socle doré. Moi, assise à ses côtés, calme, telle la prêtresse d'un culte immémorial.

Il fallait jouer de ces jeux ! Il fallait attendre et attendre. Et c'est tout juste s'il ne fallait pas prier. Un jour, Justin lui demanderait de murmurer des incantations, de psalmodier, de chanter des sutras. Un jour. Et elle le ferait.

Le *dormeur magnifique*. C'était lui qui avait inventé l'expression. Justin ne connaissait pas la pudeur et surtout pas celle des mots. La *Chambre des Morts*, c'était aussi une de ses trouvailles. Bien sûr.

La respiration de Justin était devenue régulière. Elle pouvait le laisser à ses occupations. Dany se leva, alla vers la porte sans se retourner sur son gisant de mari en djellaba, composa les quatre chiffres qu'en dehors de lui elle était seule à connaître. L'œil rond du digicode émit le flash rouge habituel. Dany passa, la porte se referma dans un claquement métallique. Elle traversa le garage et, parcours si familier, monta l'escalier qui débouchait dans le couloir et au bout de ce couloir la cuisine de la villa du Vésinet. Une pièce plus que confortable. Une pièce réconfortante, blanche et gorgée de lumière.

Alex Bruce sonnait à la porte de la villa du Vésinet depuis près d'une minute. Une Land Rover garée dans la descente du garage laissait supposer une présence chez les Lepecq. C'était ce qu'on appelle une belle demeure, un Mansart Napoléon III doté d'un jardin aux arbres centenaires. Avec sans doute une piscine dissimulée sous cette bâche en plastique à rayures bleues. La luminosité renforçait l'effet d'opulence. La grisaille des jours précédents avait fait place à un ciel d'azur à peine chahuté par quelques nuages poivre et sel comme la barbe d'un dieu gigantesque. Bruce décida de contourner la maison pour trouver une autre ouverture. Il déboucha dans une impasse. La haute grille et le portail en fer forgé disparaissaient sous une verdure tenace.

Il n'y avait pas de bouton de sonnette. Bruce tourna la poignée sans résultat. Il attendit, humant l'air frais. À ce moment précis, un clocher d'église égraina sa musique et dong et dong et dong. Bruce pensa aux Parisiens s'échappant vers la Bretagne ou la Normandie. Vers ces villages où on allait à la messe ou au bistrot du coin ou les deux pour voir les copains, ou était-ce une vision nostalgique ? Avait-il envie de s'échapper de Paris pour se mettre au vert ? Non. Il ne voulait s'échapper de rien même si, au lever, il avait éprouvé la sensation, rare chez lui, de manquer de sommeil. Il voulait juste profiter de cette paix quelques secondes. Quand il était petit et jouait dans le jardin, modeste celui-là, de son grand-père sidérurgiste en Lorraine, il avait connu des moments où s'étirait le temps.

Bruce entendit bientôt au-delà de la brise un rien marine et du chant des oiseaux et du chant du clocher qui continuait à balancer ses ondes, au-dessus de tout ça, de toute cette tranquillité française qui peut-être un jour disparaîtrait à jamais, il entendit un léger grincement et tendit le cou. Il vit apparaître, disparaître à intervalles réguliers des pieds chaussés de noir, des mollets vêtus de gris. Rythmés sur le dong, dong, dong du clocher, sur sa nostalgie, sur le mouvement de ses pensées vagabondes.

Bruce escalada le portail, déclencha une alarme qui fit éclater la nostalgie en mille morceaux et s'avança vers l'apparition fractionnée des pieds noirs surmontés de mollets gris.

Dany Lepecq le considérait avec le même calme bienveillant que lors de leur premier tête-à-tête à la sortie de l'ascenseur. Elle était vêtue d'un survêtement chic et un bandeau violet maintenait en place son épaisse chevelure noire. Ses joues étaient rosies par l'effort. Bruce l'avait interrompue alors qu'elle effectuait des rotations arrimée à un portique de fer. Une fois à l'arrêt, elle lui avait confié très vite, et comme s'ils reprenaient une conversation interrompue quelques minutes auparavant, qu'elle avait été une assez bonne gymnaste. Au point de participer aux sélections de l'équipe de France pour les jeux Olympiques. Il s'en était fallu de peu pour qu'elle soit choisie. Maintenant, Bruce buvait un jus de pomme dans une cuisine claire dont la vaste baie vitrée donnait sur le jardin. Dany Lepecq avait préféré un jus de tomate.

– Votre mari n'est pas là ?
– Justin dort encore. Il travaille tellement toute la semaine.

– Et vous ?

– Moi ? Si je travaille ?

– Oui.

– Non.

– Non ?

– Je n'ai jamais eu besoin de travailler.

Bruce hocha la tête et ajouta :

– Helmut Newton, j'aurais cru…

– Je n'ai posé que deux ou trois fois pour lui. Et pour couronner le tout, les photos n'ont jamais été publiées. Faire le modèle pour n'importe qui ne m'intéressait pas. Et puis je me suis mariée très jeune. Justin était riche. Il l'est toujours d'ailleurs. Sa famille l'est.

– Très jeune, c'est-à-dire ?

– Vingt-trois ans.

– Ce n'est pas si jeune.

– Pour les années soixante-dix, si. À cette époque-là le mariage était un concept démodé. On ne se mariait qu'après avoir roulé sa bosse et vécu mille expériences, sexuelles surtout. Et si on se mariait c'était pour des raisons financières. Du moins, il était de bon ton de le dire.

– Et vous, vos raisons…

– Je me suis mariée parce que j'étais amoureuse de Justin et qu'il me l'avait demandé.

– Original.

– Je me répète mais à cette époque ça l'était vraiment. Vous voulez un autre jus de pomme ?

– Non merci.

– Je crois que Justin va dormir encore longtemps. Le samedi, il n'est pas rare que…

– Vous êtes charmante, madame Lepecq, et directe. Je vais donc vous dire carrément ce que j'ai à vous dire.

– Allez-y.

– On m'a dit que votre mari et vous fréquentiez les clubs échangistes.

Elle lui sourit.

– Ce n'est pas un crime, je crois.

– Non, en effet.

– D'autant que l'envie nous est passée. Je me demande si ça aussi ce n'était pas une question de mode. Aujourd'hui ce hobby est répandu, c'est moins excitant.

– Hobby ?

– Je plaisante. Mais dans le fond, pas tout à fait. Justin était plus branché que moi par tout ça. Il a des périodes dans lesquelles il s'investit à fond dans une… activité. C'est un phénomène de génération, vous savez ?

– Ah bon ?

– Oui, cette génération qui plaçait la liberté de jouir au-dessus de tout. Ça devait passer par le sexe mais ça pouvait aussi être l'opposé. Vous voyez ?

– Expliquez-moi tout ça.

– La drogue. C'est tout.

– La drogue ?

– Oui. Pour dépasser ses limites corporelles, pour brancher son esprit sur le grand tout. À la fin des années soixante-dix, Justin a connu une longue période LSD. Il répétait à qui voulait l'entendre qu'il n'y avait pas d'accoutumance, qu'il contrôlait. Contrôle, contrôle : il avait ce mot à la bouche à la moindre occasion.

– C'est étrange que vous racontiez tout ça à un commandant de la Criminelle.

– Justin a arrêté la drogue. Et vous avez arrêté un psychopathe. Depuis que je sais ça, je vous admire et j'ai confiance en vous.

Elle avait dit ça sur le ton de la plaisanterie mondaine. Bruce lui rendit son sourire et demanda :

– Et maintenant, à quoi s'adonne Justin Lepecq ?

– Au sport.

– Ah oui ?

– Vous avez vu sa salle de gym.

– Je l'ai aperçue.

– Une merveille. Justin s'entraîne chaque matin, ne manque jamais son sauna avant le déjeuner et court sur tapis mécanique avant ses dîners d'affaires. Il est très heureux comme ça.

– Il n'en a pas l'air, pourtant.

– Le stress pointe toujours son nez quelque part. J'ignore ce que c'est puisque je n'ai jamais eu à gagner ma vie. Obscène, non ?

– Un peu.

Elle le regardait droit dans les yeux et son bavardage cynique avait l'air sincère, effet grandement accentué par son calme.

– Avec un mari tel que Justin, et malgré les apparences, autant vous dire tout de suite que je m'ennuie un peu. (Elle marqua un temps d'arrêt, sérieuse tout à coup. Et ajouta :) Et c'est pour cette raison que je couche avec Marco Ferenczi.

– Oui ?

– Et aussi parce qu'il est séduisant. Vous l'auriez appris un jour ou l'autre. Je préfère prendre les devants. Mais attention, mon mari ne sait rien.

– Et Carla Ferenczi ?

– J'espère que non. En fait, j'en suis quasiment sûre. Vu son tempérament, nous irions droit à la catastrophe.

– Et Paul Dark ?

– Paul ?

– Qu'est-ce que sa mort a à voir avec tout ce que vous venez de me dire ?

– C'est votre ligne d'intervention, ça.

– Dark travailleur, solitaire, courtois. Autant dire un type sérieux au milieu d'une bande d'excentriques.

– Ce n'est pas faux.

– Son tueur le connaissait.

– C'est l'évidence. Et il nous manque à tous beaucoup parce qu'il était un excellent manager. À tel point qu'il faisait une partie du travail de Justin à sa place.

– Il disposait donc d'informations stratégiques.

– Bien sûr, mais pas moi. Je ne peux pas vous en dire plus que Justin et Marco. En revanche, je peux vous apprendre que Justin est ce qu'on appelle un fils prodigue. Qu'après avoir bien roulé sa bosse de Bali à Marrakech, il a décidé de rentrer au bercail et de reprendre les rênes des mains de son père. En principe, la fête était finie mais il a trouvé le moyen de continuer la belle vie tout en enfilant son costume de manager. Voilà le genre de choses que je peux vous dire. Et je vous les ai dites. Vous voulez voir les photos d'Helmut ?

– Je croyais qu'elles n'avaient jamais été publiées.

– Elles ne l'ont jamais été mais Helmut m'a donné quelques tirages. Vous voulez les voir ?

Assis dans le métro, Bruce, en partance pour l'hôpital Saint-Bernard, se remémorait sa conversation avec Dany Lepecq. Elle utilisait des expressions toutes faites. « La fête est finie, rentrer au bercail, la belle vie, reprendre les rênes et… » Et quoi déjà ? « costume de manager, je préfère prendre les devants, il était de bon ton… » Du prémâché, les déclarations de la belle Dany. Elle, si naturelle la première fois, aujourd'hui tout avait sonné faux. À tel point que les photos inédites d'Helmut Newton lui avaient paru l'élément le plus tangible dans le paysage. Le corps athlétique et blanc d'une femme en talons aiguilles, chevelure de jais, regard déterminé, bouche implacable. Une beauté brûlante, une beauté glaciale surgissant du néant. *Elle se tenait debout d'une manière particulière... tout le monde fait ça tous les jours mais certains le font nettement mieux que la moyenne...*

L'air ingénu, Dany Lepecq avait expliqué que le fond était une immense feuille de papier blanc tendue dans le studio. Qu'Helmut avait eu un mal fou à obtenir d'elle cette expression à la fois cruelle et provocante. Ce type de photos, Helmut les appelait ses *Grands Nus*.

« Je vous ai dit que vous étiez charmante tout à l'heure, madame Lepecq.

– Je m'en souviens. Tout de suite après vous avez durci le ton.

– Vous êtes charmante mais il faut pourtant arrêter votre numéro.

– Vous voulez une cigarette ?

– Non merci.

– Je crois que je m'ennuie dans cette grande maison, commandant.

– Apparemment.

– Je n'ai rien ressenti quand vous êtes venu nous annoncer la mort de Dark hier. Et ça m'a fait peur, cette indifférence. Vous ne voulez vraiment pas une cigarette ?

– Non merci.

– Quelquefois quand je me démaquille le soir dans ma salle de bains, mon visage dans le miroir me fait un peu peur.

En disant cela, elle avait saisi le cadre doré du *Grand Nu* et l'avait retourné face contre le guéridon. Elle avait ajouté :

– Quelquefois, je ne suis plus sûre d'exister. Je crois que je suis malheureuse avec Justin. Mais il est trop tard pour le quitter. Je n'ai pas de métier, je ne saurais pas où aller et quoi faire de moi.

– Et Marco Ferenczi ?

– Il est marié. Mais non, ce n'est pas ça. Il n'y a personne dans mon entourage à qui je peux dire ce que je viens de vous dire. Même pas Marco. Il ne comprendrait pas. Il va falloir que j'aille voir un psy.

– Il n'y a pas de mal à ça.

– C'est bien ce que je me suis dit. »

Et dire que pendant tout ce temps-là, Justin Lepecq dormait du sommeil du juste.

# 14

Bruce composa le 742 sur le digicode. Le sas de l'unité de soins intensifs s'ouvrit sans un bruit. Avec son impressionnante machinerie et son silence feutré, la salle avait l'air d'un centre de commandes de navette spatiale. Personne n'y entrait sans connaître le code : les chambres s'organisaient autour du poste de contrôle, portes ouvertes pour la plupart, comme autant de cellules occupées par des humains en hibernation partis pour un voyage aux confins de la galaxie.

L'évocation s'arrêta au pas de la porte. Catherine Cheffert, en tailleur sage et trotteurs à talons plats, parlait à voix basse à son mari. Elle lui avait manifestement donné un coup de peigne. À présent, il avait une impeccable raie de communiant alors qu'au naturel il était plutôt du genre ébouriffé. Bruce lui demanda vite des nouvelles des enfants. Catherine lui montra des photos. Les deux petits étaient occupés à un jeu de construction et le cadet avait ses lunettes réparées avec de l'adhésif rouge. On aurait dit Victor en miniature. L'aînée avait les cheveux blonds et le corps gracile de sa mère. Ce n'était pas la première fois que Bruce voyait les jeunes Cheffert en vrai ou en photo mais comme à l'accoutumée, il ne put s'empêcher de les trouver craquants. Quant à Catherine, elle avait un petit côté soporifique avec ses préoccupations prosaïques mais c'était tout de même une fille sympathique. Et même reposante dans sa simplicité. Victor avait avoué à Bruce l'avoir trompée une fois. Il était dans la baignoire de la rue Oberkampf, les lunettes pleines de buée, espérant que ses conneries allaient se dissoudre avec le savon. Tout penaud, l'intello.

Bruce écoutait d'une oreille Catherine parler du travail des enfants à l'école. Il y a deux mois à peine, Cheffert junior, dit aussi le petit Blaise, avait voulu que Bruce lui lise *La Belle au bois dormant*. Deux fois de suite alors qu'il connaissait le conte par cœur.

Catherine dit qu'elle allait rester un bout de temps. Jusqu'à ce que ce soit l'heure de « rentrer préparer le déjeuner familial ». Bruce prit son mal en patience. Se surprit même à tenter de parler mentalement à Cheffert. Y renonça vite. Ça lui rappelait trop les jeunes mortes qui l'accompagnaient, toutes celles qu'il n'avait pas pu sauver en quatorze ans de carrière. Quelquefois, il avait terriblement envie de dialoguer avec elles.

Est-ce que le territoire de la mort possédait un code à trois chiffres ?

Alors qu'Alex posait sa main sur ses cheveux et frottait légèrement pour détruire le travail d'organisation capillaire de Catherine, Victor Cheffert sentit qu'il progressait encore vers un état de superconscience. C'était magique. Et effrayant. Le contact des doigts d'Alex l'avait fait sortir des limbes mous où il allait régulièrement flotter entre deux périodes d'illumination intérieure. Wouah ! j'ai l'impression de lire la vie dans un livre ouvert. Tout est lié. Tout respire en même temps.

Victor Cheffert essaya de se tendre, de se tendre pour qu'Alex se penche vers lui, pose son oreille contre sa bouche et écoute. Peut-être qu'ainsi, il aurait la force de murmurer. Esculape. Esculape. Esculape. Regarde onduler le serpent d'Esculape.

Alex, écoute-moi bien, le cobra est là depuis l'origine. Et tout de suite après l'origine, il y a le commencement. Et le commencement de tout, c'est le jardin d'Éden. Et dans ce jardin des jardins, se tient le banquet. Il a l'allure d'une fiesta de dieux mais ce n'est qu'une réunion de mortels. Ils sont tous là, tous ! et rient et se félicitent. Mais le serpent enroulé incognito veille. Il semble rire avec eux mais au fond de lui, il réfléchit. Il cherche ce qu'il veut faire. Son venin est un remède bien sûr mais tout peut s'inverser. D'un seul coup. C'est différent. C'est pareil. Son venin, Alex, peut redevenir mortel. Alex. Patron. Commandant. Écoute. On s'en fout de mes cheveux. Je t'assure. Catherine a raison. Il faut mettre de l'ordre dans cette vie. On balaie tous les jours nos maisons. Même si elles ne correspondent pas aux standards de la vie américaine, on les astique. On se brosse les dents. On se peigne les cheveux. On tond la laine sur le dos des moutons, même les gros estropiés qui n'ont pas de genre défini et trébuchent trop souvent dans les côtes. Il n'y a rien de mal à ça. C'est notre façon de lutter contre le retour au chaos originel. Alex ! Es-cu-la-pe !

Martine Lewine était arrivée au stand de tir à 9 h 30. Elle était la seule femme. Et ne connaissait personne. Pour attendre la venue d'Alex, elle avait bu deux cafés au bar. Et joué encore un peu avec l'idée d'aller voir Mathieu Delmont toute seule comme une grande pour lui demander de la muter dans un autre service, voire une autre brigade. Si l'on voulait être parfaitement rationnel, il fallait admettre que travailler dans l'équipe d'un ancien amant n'était pas un choix raisonnable. Elle avait entendu parler de ces gens qui après leur rencontre au sein de la même entreprise s'étaient mariés. En général, l'un des partenaires donnait sa démission. Dans les banques, c'était même une règle. Mais Lewine suivait toujours son instinct, cet animal invisible et familier qui lui soufflait les bonnes réponses. Même lorsqu'il lui avait dit de coucher avec Alex, l'animal avait eu raison. Je ne regrette rien. Tu ne me dois rien. Si c'était à refaire, je recommencerais, Alex. Et aujourd'hui, s'il n'y a que moi ou l'air du temps pour me conseiller de rester à la Crime, tant pis.

Elle quitta le bar pour rejoindre un couloir de tir avant qu'ils ne soient tous occupés. Équipée de son casque, de ses lunettes de visée et de son Walther nettoyé soigneusement ce matin, elle fit cinq cartons impeccables. En rangeant son arme dans son étui de ceinture, elle se dit qu'elle avait raté l'occasion de prouver à Alex qu'il pouvait compter sur elle et sur son esprit d'équipe. Elle avait certes pris une cuite d'intensité moyenne et lâché quelques propos d'intérêt limité mais maintenant tout était rentré dans l'ordre. Ils avaient mieux à faire que de se chicaner. Ils avaient un cobra à chasser.

Elle avait beaucoup réfléchi ce matin encore. Félix Dark n'avait pas les tripes. Félix était décidément un jeune type qui aimait la recherche et coucher avec sa Charlotte les jeudis et vendredis. Certains pensaient qu'il fallait beaucoup de lâcheté pour empoisonner un homme. Pas de risque de représailles. Une fois ingurgitée, la strychnine œuvre lentement mais dès que l'effet se fait sentir, la victime est trop occupée à crever pour tenter quoi que ce soit.

Bien sûr, il suffisait de regarder la mort faire sa besogne. Mais pour Lewine, c'était justement ce regard qu'il fallait soutenir. L'homme râlait sur le sol mais son cerveau intact en faisait une sorte d'interlocuteur. Il fallait pouvoir ou vouloir regarder crever un type de cette manière. On savait que le meurtrier était resté jusqu'au bout puisqu'il avait ouvert la veine sous la cheville. Il fallait des tripes, il fallait de la haine. Et du panache pour s'appeler Cobra. Parce que c'était bien une signature. On n'insultait pas sa victime en la traitant de cobra. Le roi des prédateurs était un animal noble. Quelque chose d'indistinct, l'expérience sans doute, disait à Martine Lewine que toute la haine ne s'était pas écoulée. Et que la bête mordrait encore.

Alex ne viendrait plus. Il allait falloir attendre lundi pour retrouver l'affaire Cobra. Lewine rentra rue Clapeyron. En chemin, elle décida de prendre quelques vêtements et de filer en moto à Deauville, Trouville ou une autre ville, du moment que ça se passe au bord de la mer et pas trop loin de Paris. Elle ferait du jogging sur la plage, avalerait des goulées de vent salé et boufferait des moules. Elle avait toujours adoré la mer en hiver.

# 15

– Alex ? C'est Thomas. Delmont veut qu'on active. J'autopsie ton client dans une heure. Tu viens ?

– Bien sûr.

– Désolé de te gâcher ton week-end, mon vieux.

– C'est plutôt toi qui te gâches le tien. Ta femme et tes petits-enfants…

– Penses-tu ! Mathilde embarque nos deux petits sucres toute seule à Disneyland. Je l'ai échappé belle. Tu es où ?

– À Saint-Bernard avec Victor.

– Comment va-t-il ?

– Il a l'air calme. Il sourit même quelquefois. J'ai l'impression qu'il doit beaucoup rêver et que ses rêves sont agréables. Apparemment, Victor est sur la bonne voie.

– Bien sûr, t'inquiète pas. S'il devait y avoir des complications, on le saurait déjà. À tout de suite, vieux.

Ce même samedi, au Vésinet, Marco Ferenczi conversait avec Justin Lepecq dans son bureau bibliothèque. Il portait encore sa djellaba, tenue idéale du *dormeur magnifique*. Quand Dany lui avait raconté ça, il n'avait pas pu s'empêcher de rire et de dire que Justin malgré ses grands airs était un vieux baba cool.

Federico, parti garer la Jaguar, allait les rejoindre d'une minute à l'autre. Depuis la fenêtre, Ferenczi voyait Dany en long manteau de fourrure. Elle fumait et déambulait sur l'allée de pierre bordant la piscine aujourd'hui recouverte d'une bâche à rayures. Justin interdisait à sa femme de fumer dans la maison. Et à quiconque d'ailleurs. C'était très pénible, d'autant que Ferenczi sentait monter en lui le besoin irrépressible d'une bonne blonde.

La démarche de Dany était racée. De temps à autre, elle attrapait son abondante chevelure d'une seule main et la faisait bouffer. Et puis elle avait mis des escarpins à talons hauts, très fins. Marco Ferenczi se dit pour la cent vingtième fois qu'il avait raté quelque chose en ne la rencontrant pas lorsqu'elle était jeune. Elle avait dû être irrésistible et sûrement moins nerveuse et fumeuse. Tout le monde prétendait qu'elle était calme. Grave manque d'intuition. Ferenczi savait fort bien que c'était faux. Elle était délicieusement fragile.

– On est dans la merde, Marco. Et ça n'a pas l'air de t'affoler.

– Je réfléchis.

– J'espère que ça ne t'a pas pris il y a cinq minutes, mon vieux. Moi, j'ai passé la nuit à gamberger. Et, cerise sur le gâteau, le flic était là, ce matin.

– Oui, tu me l'as déjà dit. Tu auras encore l'occasion de le voir. Ce n'est pas une affaire d'État.

Justin ne regardait pas par la fenêtre, lui. Il tournait le dos à la grâce, il avait oublié que Dany était belle. Il avait même oublié que Dany existait. Évidemment, s'il avait su que son partenaire couchait avec sa femme, ça l'aurait énervé. Il en aurait fait un drame. Mais ce n'était qu'une question de possession, d'accumulation de biens. Sa réflexion sur les stock-options au flic de la Criminelle en disait long. Dany était un bel objet dans la belle maison de Justin. Belle maison, c'était une question de goût. Dany en avait à revendre mais, au fil des années, elle avait renoncé à décorer correctement leur villa. Tout ce qu'elle aimait était cher et Justin était trop radin pour la suivre jusqu'au bout (trop radin excepté pour lui-même). Curieux pour quelqu'un qui avait été élevé dans l'aisance. Et puis Dany s'en contrefichait de la décoration. Ce qui l'intéressait c'était de pouvoir porter des manteaux couture – là, elle avait le droit de les choisir –, des tailleurs chics, des sacs de luxe, des chaussures italiennes. Heureusement, pour décorer Dany, Justin était d'accord. Sa femme était un ancien modèle dont la prestance dans les dîners avec les clients faisait merveille. Il fallait investir un minimum dans l'entretien de Dany, c'était une affaire de relations publiques.

– Alors ? insista Lepecq.

– Cette histoire de cobra, c'est forcément en rapport avec Vincent Moria.

– Brillante déduction, vieux. J'en suis pantois.

Marco Ferenczi sourit aimablement, la morgue de Justin s'exerçait depuis des lustres. Est-ce que ça impressionnait encore quelqu'un ? Est-ce qu'on en avait quelque chose à faire ? *Niente.* Ferenczi continua sur le ton de la plaisanterie :

– On a rayé Vincent Moria du paysage pour toi, Justin. Pour que tu vives l'expérience de ta vie. Et tu fais l'ingrat.

– Tu veux quoi à part ma reconnaissance éternelle ? Une génuflexion avant que je te lèche les pieds ?

– J'aimerais simplement que tu refroidisses de quelques degrés. On a un problème, on réfléchit, ensuite on trouve une solution.

– *Tu* trouves une solution. La sécurité, c'est ton rayon et celui de ton beau-frère.

– Je ne fais que ça.

– Bon, entre cobra et Moria, il y a un rapport. Ensuite.

– Une tentative de chantage, Justin.

– Tu as été contacté ?

– Attends, Paul vient de mourir !

– Personne n'a rien à vendre ! Le lien entre nous et Moria n'existe pas. Le cobra se met le doigt dans l'œil, si je puis dire.

– C'est quand même une possibilité, Justin. Qui expliquerait assez bien tout ce cinéma. La mise en scène, la signature de sang. Le seul problème, c'est la façon dont Paul a été tué.

– Ah bon.

– Je pense à un outsider. Federico aussi d'ailleurs.

– Un outsider ?

– Pas quelqu'un du milieu pharmaceutique. Quelqu'un qui a eu des échos de la découverte de Moria. Un pro.

– Et l'outsider se serait invité chez Dark pour boire un coup sans façon, au milieu de la nuit ?

– Rien ne te dit que de subtiles mesures d'approche n'avaient pas été entamées.

– On n'a pas arrêté de répéter au flic que Dark était un type plutôt solitaire, et en plus c'était la vérité.

– Solitaire, pas ermite. Moi, je pourrais devenir l'ami d'un autiste si je m'en donnais la peine.

– Hilarant, Marco.

Dany avait allumé une deuxième cigarette et levait la tête vers un ciel qui virait au gris. Marco voyait les volutes de fumée mêlées à celles de son souffle qui s'élevaient dans l'air froid. Ses cheveux étaient tout brillants. Il se souvint d'elle, la semaine dernière. En justaucorps, occupée à faire des exercices au portique du jardin. Une autre fois, au début de l'automne, elle faisait des traversées dans la piscine. C'était extraordinairement délassant de la contempler. Ferenczi s'y serait volontiers adonné des heures durant.

Un bruit. Ferenczi tourna la tête vers la porte en même temps que Lepecq. Federico venait d'entrer. Les clés de la Jag en main, il essayait de prendre l'air cool comme d'habitude. Il portait un costume sombre et une chemise blanche sans cravate. Bien entendu il me copie, se dit Ferenczi, mais il faut admettre que ça lui va bien.

– Eh, toi ! Tu as eu des échos de celui qui a eu des échos ? demanda Justin à Federico. Tu sais, l'outsider !

Cet inimitable ton du maître au larbin, pensa Ferenczi. Il ne voit pas à quel point c'est vulgaire.

– Il faut remonter à la source, répondit Federico sans se démonter mais en sortant une cigarette de son paquet. Vincent Moria n'a jamais parlé de sa découverte à l'Institut Pasteur.

– Paul Dark a toujours été formel là-dessus, confirma Ferenczi.

– Qu'est-ce qui reste ? continua Federico. D'une part, les Moria. Lucie Moria, la veuve de Vincent, et Antonin le frère. D'autre part, Patricia Crespy. Tout simple.

Lepecq le dévisagea. Federico allongea les jambes en soupirant d'aise et ficha sa cigarette entre ses lèvres sans l'allumer. Provocation facile mais j'en aurais fait autant dans sa position, pensa Ferenczi en réprimant un sourire.

– L'optimisme béat, vous trouvez ça intéressant comme concept, vous deux ? lâcha Lepecq.

– Lucie Moria est partie vivre à Lyon, dit posément Ferenczi. Elle travaille au centre de recherche contre les virus. Et Antonin Moria végète à La Garenne-Colombes.

– Elle est toujours veuve, le frangin est toujours un demeuré. Et les veuves et les demeurés, ça cause, dit Federico.

– Parle-lui aussi de Patricia, Federico.

– Patricia Crespy a laissé tomber Coronis et un paquet de fric pour retourner dans la recherche.

– Oui, merci, je suis au courant.

– C'est le comportement d'une déprimée, reprit Federico. Je me suis renseigné au CEA ; elle est en arrêt maladie depuis quatre mois. Et les déprimés, ça cause aussi.

– Tiens donc.

– Exactement, ajouta Federico. Il y a des gens comme ça. Des sentimentaux. Il faut savoir les lire, quelquefois c'est compliqué. Nous, on est là pour le blé, au moins c'est clair.

Sur ce, Federico fit mine de se désintéresser de la question. Il donnait l'impression de se dire : « Tu crois que je ne fais rien, Justin ? Je suis simplement vingt fois plus relax que toi. Regarde et apprends, vieille buse. » Et ça amusa Ferenczi. Il dit :

– Nous allons rendre une visite à tous ces gens, Justin. Et s'ils savent quelque chose, ils nous le diront vite.

– On va commencer par les Moria. Tout baigne, dit Federico en prenant un livre que Justin laissait toujours sur sa table basse et qu'il n'avait peut-être jamais regardé. (En le feuilletant, il ajouta :) Et puis si les flics remontent jusqu'à Vincent Moria, il faudra rester calmes et dire qu'il était venu nous proposer sa molécule mais qu'elle n'était pas suffisamment rentable pour intéresser Coronis.

– Et en attendant ? demandant Lepecq d'une voix doucereuse. Comment fait-on pour éviter de se faire éradiquer ?

– En attendant, on patiente encore un tout petit peu. Je suis en train de me débrouiller pour vous dégoter à chacun une arme. Une balle dans la gueule, ça neutralise le plus vilain des cobras.

Et vas-y que je te feuillette le bouquin, pas plus gêné que ça par le regard électrique de Justin sur lui. Des photos de Robert Mapplethorpe. Ce n'était que des fleurs. Des lys essentiellement, en gros plan. Ces clichés lui plaisaient-ils ou était-ce un show destiné à exaspérer encore un peu plus *el Magnifico* ? Federico Androvandi et son côté sale môme. D'autant que Ferenczi était sûr d'une chose : Federico n'avait pas la moindre idée de qui était Mapplethorpe. Il ignorait qu'il était gay et que sa spécialité c'était plus les corps d'hommes affolants que les natures mortes. Et pourtant ! Des lys dont les étamines turgescentes étaient dressées comme des bites en pleine santé. Pas besoin d'être imaginatif. Ça vous sautait aux yeux ! Mais peut-être que, naïvement, ça l'intéressait pour de bon. Dans le fond.

En quittant la villa, Ferenczi vit Dany qui l'attendait dans la rue. Il dit à Federico d'aller s'installer dans la voiture et s'avança vers la femme de Justin.

– *Come va, bellissima ?*

– Comme quelqu'un qui a besoin d'un homme dans son lit. On se voit quand, Marco ?

– Le plus tôt possible. De toute façon, Justin est préoccupé par tout autre chose en ce moment.

– Je m'en suis aperçue. Ce matin, juste avant son trip, il a eu des propos bizarres au sujet de Paul.

– Qu'est-ce qu'il a dit ?

– « Je vais voir Paul, il est avec Moria maintenant, ils se sont retrouvés, je vais leur parler et apprendre… » Ou quelque chose du même genre.

– Il est encore plus atteint que ce que je croyais. Tu ne dois pas t'amuser tous les jours, ma belle.

Elle haussa les épaules, l'air de s'en moquer, et demanda :

– Et toi ?

– Moi ?

– Tu es préoccupé aussi ?

– Moi, *amore*, je peux penser à plusieurs choses à la fois.

– Tant mieux.

– Mais si j'ai un conseil à te donner…

– Oui, Marco ?

– C'est de garder ton mari dans de bonnes dispositions à ton égard. Ces manteaux et ces bijoux te vont trop bien pour risquer de les perdre.

– Mais tu pourrais m'acheter les mêmes, toi.

– Et Carla ?

– Bah, Carla.

– Je pourrais quitter Carla, quitter Justin et t'acheter des manteaux. Je pourrais, mais aurais-tu envie de venir vivre avec moi ?

– Non, répondit-elle en souriant.

– Tu vois bien. *A più tardi.*

– À *très* bientôt, Marco.


Ferenczi regarda Dany par la vitre arrière de la Jag jusqu'à ce que Federico prenne le premier tournant. Ça l'avait un peu attristé qu'elle affirme ne pas vouloir vivre avec lui. Un minuscule coup de couteau. Mais qu'en était-il vraiment ? Elle était provocante et imprévisible. Terriblement féminine. À elle seule, elle valait bien plus que la fortune des Lepecq.

Ferenczi se retourna et chercha le regard de son beau-frère dans le rétroviseur. Ses yeux étaient rieurs. Federico ne voyait aucun inconvénient à ce que le mari de sa sœur la trompe. Aucun. Peut-être parce qu'on ne trompait pas vraiment quelqu'un qui *savait*. Et aussi parce que Federico est prêt à tout pour moi, pensa Ferenczi. Il a d'ailleurs tué Vincent Moria sans sourciller. Et au fil des années, cette loyauté a fait de lui un garçon indispensable.

Marco Ferenczi, Federico Androvandi. Quatre ans de différence. Federico était là, depuis toujours, depuis l'enfance. Il était présent le jour où ses crétins de cousins l'avaient poussé dans la flaque de sang et de merde et l'avaient fait rouler et rouler. Federico avait sept ans. Ça ne l'avait pas empêché de se jeter dans la mêlée et de cogner du mieux possible.

Federico avait cogné les cousins jusqu'à ce qu'ils pissent leur propre sang et que les rigoles affluent vers le petit lac rouge. Enfin, dans mon souvenir du moins. Et toutes les fois suivantes, Federico avait été là. Par exemple, celle où les cousins et un de leurs amis l'avaient ficelé pour approcher de sa bouche le pot de peinture recyclé que le père utilisait pour ses vers de terre empoisonnés. La peur qu'ils lui avaient filée ! Ils lui braillaient dans les oreilles qu'il n'était qu'un sale trouillard, une fille qui dormait avec une peluche. Les pauvres, pauvres petits merdeux de paysans… les pauvres minables. Et son père qui n'avait rien dit. Les histoires de gamins n'intéressaient pas Giuseppe Ferenczi, le paysan, le maquignon.

Marco Ferenczi avait l'impression de sentir encore l'odeur de merde et de sang, et celle de Cappuccino souillé et irrécupérable à jamais. Et la mort de l'ami du cousin n'y avait rien changé.

Raison de plus pour allumer enfin la cigarette dont il avait envie depuis longtemps. Il entendit Federico lui dire en italien :

– Je me pose une question, Marco.

– Laquelle ?

– Et si c'était Justin qui jouait au con ?

– Le cobra ?

– Oui.

– Pour nous évincer de Coronis ?

– Tout juste.

– J'y ai pensé. C'est une possibilité infime. Mais une possibilité tout de même.

– Pourquoi infime ?

– Parce qu'on lui rapporte bien plus qu'on ne lui coûte. Justin est homme d'affaires avant tout. Un type assez intelligent. Il sait que notre association fonctionne. Ce n'est quand même pas lui qui va mettre ses belles mains dans la boue.

– C'est vrai. Mais il y a une possibilité, comme tu dis.

– Il y a toujours une possibilité. Une petite part compacte et noire à l'intérieur de chacun.

– Dans ce cas tu pourrais être le cobra, toi aussi, Marco. Un animal puissant. D'une magnifique laideur.

– Bien sûr ! répondit Ferenczi. Et toi aussi, Federico.

– Penses-tu ! En fait, je trouve les serpents repoussants.

Marco Ferenczi sourit. Il demanda à Federico de monter le son de l'autoradio. Ce que Federico savait parfaitement interpréter par : « Tais-toi maintenant, j'ai besoin de réfléchir. »

Federico le cobra, se dit Ferenczi. Pourquoi pas ? Il a déjà tué deux fois pour moi. Ne font bien leur job que les professionnels qui y prennent un minimum de plaisir et celui de Federico est visible.

Ferenczi ne croyait évidemment pas à ce scénario mais il aimait imaginer. Imaginer loin parce que de ces courts voyages intérieurs, on rapportait toujours quelque chose d'intéressant après avoir fait le tri. D'autant que Ferenczi en savait beaucoup plus que quiconque au sujet de Federico, à part peut-être sa sœur, mais Carla n'en parlait qu'à sa bouteille. *Un animal puissant, une magnifique laideur.* Quand il retrouvait sa langue et s'exprimait en italien, Federico devenait plus classe, choisissait mieux son vocabulaire. Redevenait le petit-fils de Marcello. Ce vieux Marcello Androvandi, l'homme d'affaires aussi à l'aise chez les grands bourgeois Lepecq que chez les truands et les ploucs comme Giuseppe Ferenczi.

De retour en Italie, tout le monde lui donnait du *dottore* au vieux Marcello, sans savoir si c'était adéquat, juste sur la base de sa tête patricienne. Ferenczi l'avait vu à l'œuvre avec ses costumes à gilets et ses ongles manucurés. Quand, grand prince, il avait autorisé sa petite-fille Carla – il l'appelait la Carle – à épouser le fils d'un maquignon. Les affaires sont les affaires. Mais il fallait qu'en apparence tout soit chic et beau. Alors le vieux Marcello avait fait des pieds et des mains pour que le mari de la Carle entre chez Coronis.

À la mort du vieux *dottore*, la Carle avait l'air épanoui avec son mari, l'associé de l'héritier de Coronis.

Marcello était mort heureux, sans soupçonner que la Carle et lui c'était pas toujours la joie. Et maintenant, il n'y avait plus personne d'aussi influent que Marcello pour déboulonner l'alliance italo-française.

Et pourquoi pas : Justin le cobra ? Maintenant que Coronis a trouvé sa vitesse de croisière, il veut piloter seul. Ou bien, malgré son insouciance molle, il a compris que mon objectif est de le jeter à la mer à la première occasion. Alors, il élimine méthodiquement. Federico est le prochain sur la liste. Ensuite, c'est moi.

Et puis en allant plus loin, il y a moi le cobra. De deux choses l'une, ou bien c'est moi et je suis complètement fou. Ou bien je copie. Comme Federico copie mon style vestimentaire. Je décide d'enfiler la peau de serpent et je tue. La prochaine morsure, elle est pour Justin… Pour avoir Dany tout à moi, et le paquebot Coronis… et je pars en croisière avec ce qui reste de la famille.

Le problème, c'est que j'aime bien Justin, sa grossièreté me stimule. À côté de lui, j'existe bien, telle une part de lui-même qu'il n'a jamais su cultiver. Oui, oui, je l'aime bien, Justin…

Mais dans le fond, est-on sûr de ce qu'on éprouve ?

Je ne suis sûr que d'une chose, maintenant, tout de suite. C'est que le petit coup de couteau de Dany m'a fait mal. Je le sens encore. Piqûre. Il n'y a que Dany que j'aime vraiment bien… elle me rappelle quelque chose de perdu… perdu il y a si longtemps que je ne sais même plus ce que c'est. Ou bien je crois ne plus le savoir.

La voix de Federico l'interrompit :

– Intelligent, intelligent, c'est à voir ! Ses voyages n'ont pas l'air de l'arranger, le vieux. Il était hystérique, ce matin.

– C'est pire que ce que tu crois. Écoute-moi bien : maintenant, Justin est persuadé qu'il peut parler aux morts.

– Pratique, ça, Marco. Il va pouvoir dire aux flics qui a fait le coup.

# 16

Alex Bruce avait revêtu la même blouse en plastique transparent que Thomas Franklin et que son assistant. Deux différences entre eux cependant. Bruce était équipé d'un grand cahier et d'un stylo pour prendre en notes les conclusions du légiste tandis que ce dernier portait un masque ressemblant à celui d'un soudeur pour éviter les projections de sang. Malgré leur différence d'âge, le courant passait entre les deux hommes. À l'IML de la place Mazas, c'était souvent Franklin que Bruce retrouvait autour de la table en inox. Tous deux, ils scrutaient avec le même respect les desiderata de la Mort. Bruce la considérait comme son territoire. Aucune fascination mais une envie de rester debout et de comprendre et de chercher pour que le jeu devienne plus loyal. Pour reconstituer une image brisée avant de la laisser partir. Pas pour toujours cependant. Les visages au-dessus desquels Alex Bruce s'était penché en compagnie de Franklin ou d'un autre légiste revivaient parfois dans sa mémoire. Les victimes de Vox par exemple : elles seraient pour toujours des jeunes femmes flottant en Bruce.

Les deux hommes marquaient un temps d'arrêt devant le torse ouvert par la grande incision, celle qui allait de l'aine jusqu'au cou et révélait tous les organes d'un seul coup.

– On a repéré facilement qu'il était mort asphyxié. Blocage du thorax des suites de l'opisthotonos. Mais pour le reste, c'est plus délicat. Tu vois, à l'autopsie, la strychnine ne laisse pas apparaître de traces particulières, Alex. Contrairement à d'autres poisons qui brûlent les muqueuses et noircissent foie et estomac. Le *Nux vomica*, on va le retrouver à l'analyse des fluides. L'urine notamment. Mais tu connais la lenteur de nos services.

– C'est soluble, la strychnine ?

– Dans l'eau, c'est quasiment impossible.

– On a retrouvé une bouteille de tequila.

– Dans l'alcool, c'est difficile aussi. En tout cas, ça a l'avantage de dissimuler en partie l'amertume.

– Tu dis difficile mais pas impossible ?

– Ouais, mon vieux.

– Tu vois le tueur verser la strychnine directement dans le verre ?

– Risqué. Je le vois prendre son temps en diluant le produit dans la bouteille. C'est beaucoup plus sûr et discret.

– C'est quoi la dose fatale ?

– Dans une bouteille remplie, je ne sais pas, mais pour un individu, disons que trente à soixante milligrammes peuvent suffire, bien qu'il y ait de grandes variations suivant les gens. Ce qui ne varie pas avec la strychnine, c'est la douleur. Infernale. Alex, ce que tu as sous les yeux, c'est de la cruauté pure.

Bruce réfléchit un instant puis demanda à Franklin de sortir avec lui un moment. Il voulait questionner le légiste sur un point précis mais ne souhaitait pas le faire ici. Face à un corps autopsié, il limitait toujours ses questions à l'aspect technique. Par respect. Franklin demanda à son assistant de commencer la pesée des organes sans lui.

– Qu'est-ce qui se passe, Alex ?

– Rien, justement. Aucune trace d'effraction. Il lisait un roman policier au lit. Il a ouvert sa porte en robe de chambre, a bu un coup avec son tueur. L'appartement est parfaitement en ordre, on n'a rien volé. Celui qui a fait ça se fait appeler Cobra. Ou bien c'est une insulte à sa victime.

– Cobra ?

– Oui. Malheureusement, ça ne fait pas tilt. Je ne vois rien.

– C'est vrai qu'on ne voit pas le rapport entre strychnine et venin… quoique. Mais bon, c'est de la supputation.

– Dis toujours, Thomas.

– S'il décide que c'est *lui*, le cobra, et non pas le type qu'il empoisonne, alors il y a un rapport entre strychnine et venin.

– Pourquoi ?

– Parce qu'il n'a pas le talent que dame Nature a donné au cobra.

– Tu veux dire qu'il lui est impossible d'empoisonner en mordant…

– Exact, Alex. Ou de cracher son venin aux yeux comme le Cobra noir. Une charmante bestiole qui balance la purée à trois mètres.

– Alors il trouve un substitut.

– Ouais. Un truc symbolique et qui fait quasiment le même effet. Avec une morsure de cobra, tu crèves en quinze minutes dans la pire souffrance. Parce que le venin paralyse ton système nerveux et bloque ta respiration.

– Tous les venins ?

– Non, justement. Il faut bien faire la distinction entre crotales et vipères d'un côté et cobras de l'autre. Les premiers ont un venin pauvre en neurotoxines mais riche en enzymes. Des enzymes provoquant des troubles cardiaques et de la coagulation. Les cobras, c'est tout le contraire. Dans leur venin, grouillent des toxines qui s'attaquent directement au système nerveux. Le résultat, c'est la dépression respiratoire. En cherchant la petite bête, on peut dire que c'est ce que provoque la strychnine.

– Intéressant.

– Pas mal. Mais la métaphore trouve vite sa limite.

– Ah oui ?

– Parce que le cobra, même s'il a une sale gueule, ne tue que lorsqu'il est provoqué ou pour protéger ses œufs.

– Il se défend.

– Ton cobra à toi, Alex, vient emmerder un pauvre type en robe de chambre en train de lire, peinard au pieux, et qui ne demande rien à personne.

– Mon cobra à moi feint l'amitié, le bonheur simple du petit verre entre amis et fait crever le pauvre type en robe de chambre de la plus horrible des manières.

– Qui est la bête là-dedans, Alex ?

En plissant les yeux, elle pouvait imaginer un dragon qui galopait sur la crête d'écume. Il faut dire que le vent et la pluie brouillaient violemment le paysage et que leur furie rendait saoul. Elle aimait ça. Accoudée à la fenêtre ouverte de sa chambre d'hôtel, Martine Lewine regardait la mer. Elle était à Deauville depuis plusieurs heures. Elle avait pu courir sur la plage entre deux averses glaciales, avaler des goulées d'air marin et bouffer des moules.

Rouen était à quelques bordées. Surtout à moto. La grand-mère habitait près du palais de justice. La tante ne savait rien de Martine Lewine, capitaine de police judiciaire. Ce serait si simple. Aller à Rouen ni vu ni connu. Se rendre rue des Bons-Enfants près de la cathédrale, près de la place du Vieux-Marché, près de l'église Sainte-Jeanne-d'Arc. Entrer chez la vieille sous un prétexte ou un autre, la tuer avec l'arme de service. Un oreiller pour étouffer le bruit et une balle dans la tête. On récupère la balle dans le mur ou le matelas.

Ou, plus propre, un coup sur un point vital, tempe, cou, plexus solaire.

Ou plus charnel : un coup à l'arme blanche. Mais il faut trouver le moyen de se changer à cause du sang.

Ensuite, on passe l'aspirateur pour faire disparaître les cheveux, les terres et les poussières qu'on a trimbal- lées sous les semelles. On prend l'argent et quelques objets de valeur pour faire croire à un vol et on repart. On a fait place nette, le futur est blanc comme une page.

Comment savoir si on serait capable de ça ? Com- ment tester la force de la muraille construite patiem- ment si on ne tente jamais de l'ébranler ? Comment savoir si on est capable de laisser la vieille de Rouen continuer sa petite vie sèche ? Jusqu'à ce qu'elle en crève.

Martine Lewine regardait toujours les rouleaux d'écume rouler, dérouler. Et s'ouvrait à ce bruissement si apaisant qui commençait, c'est vrai, à l'apaiser. Elle prit une grande inspiration et encore une autre, et ferma la fenêtre avant de s'allonger sur le lit. Elle écouta les roulements de la mer et le mouvement du vent. Un long moment plus tard, à la nuit tombée, elle se releva et descendit au restaurant de l'hôtel. Comme au déjeuner, elle dégusta des moules à la crème et des frites. Puis elle alla au bar et demanda une tequila Sunrise. Le barman comprit tout de suite de quoi elle voulait parler.

# 17

Boire une bière et les yeux des filles, un bon programme. Alex Bruce n'avait pas trouvé de place assise au Café Charbon. Il était installé au bar devant un demi à la pression et cherchait des yeux la rousse en tailleur rose. Nulle part en vue dans cette mer de têtes. Mais il s'attarda parce qu'il avait cru reconnaître l'une de ses amies à une table du fond. C'est vers vingt-deux heures que son portable sonna, affichant « Martine » sur son petit écran vert. Elle lui fit remarquer qu'il y avait un « sacré boucan » autour de lui. Il sortit du café et s'adossa à la vitrine pour poursuivre leur conversation.

Bruce lui apprit que Cédric Danglet avait fait preuve de son zèle habituel. Sans attendre lundi et la réouverture de la banque de Paul Dark, le lieutenant était allé interroger son conseiller financier à son domicile. La banque gérait une assurance-vie d'une valeur de six cent mille francs non imposable. Ainsi qu'une plus-value latente de trois millions de francs sur des stock-options attribuées par Coronis lors de l'embauche de Dark : après impôt sur l'héritage, une grosse partie reviendrait à Félix, unique enfant de la victime. Environ quatre-vingts pour cent. Ce qui était loin d'être négligeable. Sans compter la valeur de l'appartement dans le 5e arrondissement. Un des plus chers de Paris.

– Ça lui fait un excellent mobile, dit Lewine.

– Je pourrais aller voir le juge d'instruction et lui dire qu'on tient un client.

– Tu pourrais.

– D'une part, l'alibi de Félix est mité et son père n'a pu ouvrir sa porte qu'à un proche. D'autre part, on n'a pas d'empreintes, les voisins n'ont rien vu, la maîtresse de Dark n'est qu'une hypothèse et Félix pouvait de par son job se fournir en alcaloïdes. Simple.

– Très. Le parricide, c'est un scénario qui te plaît, Alex ?

– Au début, assez. Maintenant, moins.

– Pourquoi maintenant ?

– Je n'imagine pas Félix Dark infligeant à son père une souffrance inhumaine. Ça ne fonctionne pas, Martine.

– Il ne faut pas se fier aux bonnes gueules.

– Félix n'a même pas une bonne gueule. Il a une gueule normale.

– C'est vrai.

– Et puis moi, la tequila me chiffonne.

– Moi aussi, répondit Martine Lewine d'un ton bizarre.

Du ton de qui sourit intérieurement et se dit « c'est pour ça que j'en bois quelquefois », pensa Bruce. Après tout, elle avait un coup dans l'aile l'autre soir. Il reprit :

– D'après Thomas Franklin, la strychnine a pu être versée dans la bouteille et le tueur a fait semblant de trinquer. C'est quelqu'un qui ne laisse rien au hasard. Il décide qu'il va utiliser de la tequila et des kumquats pour dissimuler le goût de la strychnine, il apporte donc les fruits et la bouteille de tequila. Or, Dark en avait dans son bar.

– Et ça, Félix, qui vit là, le savait.

– Si Félix était arrivé avec une nouvelle bouteille, son père aurait proposé de la garder en réserve et de boire la tequila entamée.

– Mais pourquoi laisser la bouteille sur la table ?

– Du moment qu'il ne s'agit pas de traces papillaires ou d'empreinte génétique, le Cobra se moque de ce qu'il laisse derrière lui, Martine.

– Logique.

– Nous sommes d'accord. Tequila, kumquats et polaroïds, le Cobra est méthodique, organisé et démonstratif. Rien à voir avec un amateur qui bidouille son crime passionnel.

– Et si ce n'est pas un amateur ?

– C'est quelqu'un qui n'en est pas à son bout d'essai. Et donc, tu sais ce qui nous reste à faire, Martine ?

– Aller aux archives et chercher des liens.

– Oui. Remuer ciel et terre à la recherche de similitudes.

– C'est du boulot.

– Et comment. Mais je crois que ça vaut le coup.

Un temps de silence. Il entendait sa respiration, il l'imagina visage concentré en train de gamberger dur. Mais elle le surprit et le fit sourire en demandant :

– Tu es où ?

– Je rentre chez moi après un détour pour acheter des cigarettes dans un bar-tabac. Et toi ?

– En Normandie.

– Il a fait beau ?

– Non.

– Bon, eh bien repose-toi parce que lundi on va avoir des montagnes à soulever.

– À lundi, patron.


La chaleur dans la voix d'Alex, se dit Lewine en s'allongeant sur le lit. La crise est passée, on va enfin pouvoir travailler en équipe. À sa voix, elle avait réalisé qu'il souriait. Quand il était là en chair et en os, elle trouvait toujours une grande fraîcheur à ses sourires. Étonnant chez un homme qui approchait de la quarantaine et était flic depuis longtemps. C'était beau et bon, cette fraîcheur, et en même temps, ça faisait mal.

Son petit portable toujours en main, elle se demanda si tout le monde voyait Alex comme elle le voyait.

La seule chose qui clochait c'est que Lewine ne croyait pas à l'histoire du bar-tabac. Alex était un homme bien trop organisé pour acheter ses cigarettes au dernier moment.


Vue de près et bien que ne faisant pas partie du zoo Coronis, elle avait un visage d'ocelot. Les minuscules taches de rousseur constellaient sa peau claire, à peine touchée par deux ou trois rides. Ses yeux noisette étaient fort maquillés, ses lèvres portaient un fard grenat, elle avait de grands anneaux gitane aux oreilles et un clou d'argent sur la langue. Bruce n'avait jamais embrassé de fille avec un piercing. Ni de rousse frisottée serré comme un mouton. Un mouton ocelot. Elle avait troqué son tailleur rose pour une robe grise ou plutôt argentée, ça dépendait de la lumière. C'était une robe du soir en fait. Il se demanda si elle s'était mise en

154

tenue pour le séduire, si elle avait deviné qu'il reviendrait.

Alors qu'elle lui parlait, accoudée au bar, tout près de lui parce qu'il y avait tant de monde pour les comprimer, il extrapolait toutes sortes de sensations. Elle avait de bonnes jambes aussi. Il l'avait vue arriver de loin sur le trottoir de la rue Oberkampf alors qu'il terminait sa conversation téléphonique avec Martine. Elle avait capté un bout de conversation, avait dû trouver tout ça intrigant. Des histoires de tequila, de kumquats et de polaroïds.

Elle avait commandé de la bière pour se mettre au diapason de Bruce. Il n'avait plus envie de boire, le premier demi lui ayant suffi. Elle avait à peine touché au sien et croquait des cacahuètes que le barman submergé avait bien voulu leur donner. Elle racontait qu'elle était créatrice d'affiches et travaillait dans un studio du quartier. Le fond de cette conversation était léger mais il fallait hurler. Bruce lui dit qu'il en avait assez de ce bruit et que si elle voulait bien l'accompagner, il habitait à deux pas. Elle savait déjà qu'il était flic à la Crime, divorcé et qu'il avait trente-huit ans. Et qu'il pensait à elle depuis qu'il l'avait aperçue ici la nuit dernière. Par goût de la difficulté et parce qu'elle lui trouvait une belle gueule avec ses yeux bleus, son pif d'Indien et ses dents blanches, elle accepta. Elle ne s'appelait ni Roxane, ni Rébecca. Elle s'appelait Victoire. Avec un prénom pareil, se dit Bruce, on ne pouvait aimer que le challenge.

Il flaira les ennuis très vite. Il n'avait pas voulu prendre l'ascenseur afin de monter derrière Victoire les marches de la félicité. Or dès le premier étage, les échos de Bob Sinclar se firent entendre. *I see you every night in my dreams.* Il n'était plus seul dans son immeuble à trouver que c'était la meilleure chanson du CD. Et comme Martine Lewine était en Normandie, l'amateur de musique ne pouvait être que Fred Guedj, l'homme qui mettait toujours le nez dans le scotch et les pieds dans le plat au pire moment.

Cette clé. Il faut vraiment que je fasse quelque chose pour cette clé, se dit Bruce en prenant la main de Victoire.

– Tu vis avec quelqu'un ? demanda-t-elle.

– Non. C'est un copain un peu collant. Je vais le mettre dehors.

– Comment est-il entré ?

– Je laisse toujours une clé sur le palier pour lui.

– Pourquoi ?

– Pour ses coups de déprime.

– Il en a souvent ?

– Ce soir, la consultation sera brève, rassure-toi.

Victoire hésita un peu, alors Alex Bruce l'embrassa promptement avant de pousser la porte entrouverte.

Vautré dans un fauteuil, les pieds sur la table basse, Fred Guedj s'était servi une généreuse rasade d'un alcool mordoré. Il dévisagea Victoire d'un air appréciatif et dit à la cantonade :

– Pas trop tôt, je commençais à m'ennuyer ! Et ton scotch est toujours aussi dégueulasse, Alex.

Fred Guedj eut la décence de ne pas s'attarder. Il régala Victoire en racontant quelques affaires criminelles vécues avec Bruce. La bouteille de mauvais scotch n'avait pas trop entamé son talent de conteur et s'il était déprimé, il n'en laissa rien paraître. Victoire apprécia les élucubrations de Guedj qui sut s'évaporer dans la demi-heure sur quelques formules civilisées et en marchant relativement droit.

Quand Bruce revint au salon, il la trouva occupée à étudier sa collection de CD et visiblement contente de ce qu'elle découvrait. Elle rangea Bob Sinclar et choisit Garbage. Cette chanson où Manson répétait qu'elle n'était heureuse que les jours de pluie, à l'aise seulement dans la nuit noire. C'était une musique un peu nerveuse pour une première rencontre mais Bruce prit les choses comme elles venaient et Victoire dans la foulée.

Plus tard, il était sur le pont d'un bateau, seul, se prenant les embruns en pleine figure et une corne de brume sonnait, sonnait. C'est Victoire qui décrocha machinalement le téléphone parce qu'il était de son côté et qu'elle voulait que cette sonnerie cesse. Sa seule erreur fut d'articuler « Allô ? » On lui raccrocha au nez, bien entendu, et Bruce, enfin réveillé de son rêve maritime, se dit qu'il pouvait s'agir de Nathalie, mais aussi de Martine et qu'elle allait la trouver saumâtre. Comme une nuit noire normande et solitaire sous la pluie. *I'm only happy when it rains.*

La conscience de Bruce était encore ballottée entre deux états, sommeil et veille, sur le pont glissant de son chalutier. Il se dit que Martine Lewine était une partenaire incomparable au lit. Il n'y avait guère que ce qu'elle était capable de lui donner dans la nuit noire pour contrecarrer le sentiment obsédant de la mort. Celui qui avait fait sa trouée le jour de l'accident de Victor Cheffert et montait, montait, léchant la coque pour atteindre le pont. Mais ce que donnait Martine Lewine ne se vivait bien que la nuit. Et encore, par nuit noire, bien noire. Et peut-être même par gros temps.

Bruce tendit le bras vers Victoire et la saisit à la taille pour qu'elle se déroule. Peut-être qu'un deuxième round... Parce que Victoire, dans le fond, et contrairement à Martine, avait un visage de belle de nuit *et* de belle de jour.

On n'avait rien sans essayer.

# 18

Elle se leva avant sept heures. Sa tête était vide. Normal, elle ne se souvenait jamais de ses rêves. En revanche, la voix de la fille qui dormait hier chez Alex stagnait encore entre ses deux oreilles. Lewine avait essayé de visualiser. Elle ne voyait pas grand-chose. Une fille jeune réveillée en sursaut par le téléphone et suffisamment fatiguée par les étreintes d'Alex pour éprouver le besoin irrépressible de se rendormir. Martine Lewine enchaîna une série d'abdominaux fenêtre ouverte, prit une douche glacée, un rapide petit déjeuner et se demanda en finissant sa tartine beurrée comment elle allait se faire remarquer par l'hôtelier au moment de régler sa note. Il fallait qu'il se souvienne bien d'elle. Et de son intention de passer tout le dimanche à Deauville.

En rédigeant son chèque, elle lui demanda l'adresse d'un bon restaurant de fruits de mer, précisa qu'elle rentrerait à Paris le plus tard possible.

– C'est pas trop dur en moto ? demanda le bonhomme l'air intéressé. Vous devez vous geler là-dessus, surtout la nuit.

Martine Lewine répondit qu'elle n'était pas frileuse et portait des sous-vêtements en fibres spéciales. Plus précisément des caleçons longs comme ceux des cow-boys. Elle souleva son pull pour lui montrer le caleçon qui dépassait de son pantalon de velours. Après avoir levé un sourcil intéressé, l'aubergiste l'écouta se lancer dans une histoire.

Elle prétendit s'être trouvée un jour dans un motel au Texas. Elle était entrée dans la chambre d'un vrai cow-boy en croyant qu'il s'agissait de la sienne. Elle l'avait trouvé dans la baignoire, le torse blanc, le visage buriné, un Stetson sur la tête, un cigare aux lèvres et une bouteille de tequila posée sur une chaise à côté de lui. Sous la chaise, une paire de santiags. Sur le dos de la chaise, une paire de caleçons en flanelle.

– J'ai cru débouler dans un western. J'ai bredouillé une excuse avant de filer à toute allure.

– Et qu'a fait le vrai cow-boy ?

– Il m'a parlé avec un accent texan si prononcé que je n'ai rien compris. Mais il y avait une note de regret dans sa voix.

Bon public, l'hôtelier hocha la tête d'un air satisfait. Lewine ne lui avait pas dit vingt mots depuis son arrivée. Elle rattrapait le temps perdu. Le brave homme lui conseilla La Marée, sur le boulevard Eugène-Cornuché, un peu cher mais délicieux.

Elle délaissa l'autoroute pour éviter les photos Trafipax prises aux péages. Malgré cela, elle arriva à Rouen avant neuf heures. Elle se gara dans la rue Écuyère et marcha jusqu'à celle des Bons-Enfants. L'immeuble de la vieille avait du style. Belles pierres, porche fraîchement repeint, cuivres brillants. Ça rutilait d'autant plus qu'il faisait beau. La brouillasse s'était évaporée et le ciel dégagé offrait un bleu fringant. Il y avait quelques nuages dodus et très propres, comme des blancs fouettés dur. Bien qu'en plein nettoyage, la concierge faisait une halte et discutait avec un type sur le trottoir, son balai à la main. Qu'est-ce qui pouvait arriver de mal dans un calme aussi provincial ?

À Rouen comme partout en France, on trouvait toujours un estaminet à quelques encablures. Lewine s'installa dans l'établissement le plus proche et but un café en se tordant le cou pour garder la concierge en point de mire. Le barman n'avait même pas tourné la tête à son arrivée, trop occupé par ses clients au bar. Un petit groupe d'hommes qui parlait avec animation. Il y avait des renoncules sur le comptoir. Lewine eut une idée.

Elle finit son café et alla au marché acheter un discret bouquet de roses jaunes. Puis elle attendit au coin de la rue que la concierge rentre dans l'immeuble. Elle y pénétra à son tour. Sur la gauche, la loge montrait sa porte en verre entrouverte, équipée de rideaux en dentelle. Un môme braillait pour qu'on lui rende sa Game Boy. Et une femme bougonne lui donnait la réplique

– Oh Louis ! ça va bien ! Ton bidule, tu le reverras quand les C + se transformeront en A !

Lewine passa, vit la concierge de dos, dépassa la loge, consulta vite le panneau : *Émilie Beaucaire, troisième gauche*, et s'engouffra dans l'escalier. Elle ne croisa personne, regarda par la fenêtre du deuxième étage d'où lui parvenait un bruit de moteur. Vue sur une cour intérieure et un homme portant casquette, penché au-dessus du capot d'une voiture qui avait tout l'air d'être une traction avant. Le type aussi avait l'air d'époque. *Douce France, cher pays de mon enfance, baigné de tant d'insouciance, je t'ai gardé dans mon cœur*, se récita Lewine en atteignant le troisième étage. Trenet, Charles, né à Narbonne en… à la même époque que la vieille, en fait. *Je t'attendrai à la porte du garage, tu paraîtras dans ta superbe auto.*

Elle sonna. Rien. Attendit. Puis ça trotta. Elle avait imaginé que ça allait trotter comme ça. Et une voix derrière la porte. Une voix un peu trop aiguë, les voix de vieilles le sont souvent. On se demande pourquoi.

– Qui est-ce ?

– Madame Émilie Beaucaire ?

– Oui, c'est pour quoi ?

– Une livraison de fleurs, madame. Interflora.

– Ah, mais je n'ai rien commandé.

– C'est un cadeau qu'on vous fait.

– Oh, qui ça ?

– Attendez que je regarde sur le billet. C'est signé : « Ta fille, Annie. »

– Annie ! Ah bon !

– Oui, oui, c'est signé : « Ta fille, Annie. »

La porte s'ouvrit sur une petite femme vêtue d'un twin-set bleu à boutons nacrés et d'une jupe grise. Elle avait un chignon crêpé, teint en châtain, mal fichu, qui écrasait un visage ratatiné déjà bien mangé par des lunettes à gros verres. Et cette bouche aux lèvres épaisses… la même que moi, se dit Lewine, très droite, le bouquet tenu à deux mains au niveau de sa poitrine. Elle n'arrivait pas à sourire et tendit les fleurs en disant :

– Voilà, madame ! Il faut me signer le reçu, s'il vous plaît.

En voyant le frais petit bouquet rond, la vieille eut l'air ravi. Lewine sortit sa note d'hôtel de sa poche – elle en avait arraché l'en-tête – et fit mine de chercher son stylo.

– Je vais le retrouver, madame. Je m'en suis servie il y a deux minutes pour une livraison près de la cathédrale.

– Allez-y ! Cherchez, cherchez, mademoiselle. Je reviens.

Même les vieilles salopes donnent des pourboires aux livreurs. Et n'imaginent pas qu'une jeune femme vienne les assassiner chez elles par un matin de ciel bleu et de nuages fouettés dru. Un de ces matins où Robert répare sa caisse en sifflant dans la cour, *Ah qu'il est beau le débit de lait, J'ai ta main dans ma main qui joue avec mes doigts...*

Lewine entra et referma doucement derrière elle. Puis elle sortit son stylo de la poche intérieure de sa veste et resta bras ballants. Le stylo dans la main droite, le faux reçu Interflora dans l'autre. Le visage neutre, yeux gris-vert, raie médiane, bonnes joues. Un visage banal. Celui d'une fille nommée Martine, née le 20 juillet 1964, à l'hôpital Saint-Antoine, Paris 12e.

# 19

Marco Ferenczi commença son déjeuner par une soupe aux truffes. Elle serait suivie d'un rouget barbet en écailles de pomme de terre et d'un sorbet au vouvray et poires caramélisées. Il ferait tout son repas avec un condrieu de chez Guigal. Un vin fantastique mais de qualité variable, d'où l'intérêt de bien choisir son producteur. Tant qu'à descendre à Lyon, autant sélectionner un restaurant de grande classe. Qui plus est, installé dans ce vieux quartier aux façades d'ocre qui rappelaient si bien l'Italie.

Ferenczi était seul à sa table, dos au mur. Il se régalait à double titre. Ce qui se déroulait sous son regard de spectateur privilégié et incognito était bien plus fort que le plus glauque des reality shows. Il pouvait voir Federico et Lucie Moria deviser de profil. Elle semblait ravie de déjeuner avec un jeune homme. Federico ne faisait pas ses trente-neuf ans. On lui en donnait facilement dix de moins. En revanche cette Lucie accusait bien son âge : la quarantaine dépassée comme feu son mari s'il avait pu franchir la limite avant qu'on s'occupe de son cas. Lucie Moria portait un tailleur défraîchi et des trotteurs à petits talons. Elle était mal coiffée dans le genre pétard. Ses joues étaient légèrement roses et pourtant elle avait peu bu. Federico essayait sans succès de la faire boire.

C'était la première fois que Lucie Moria voyait Federico. Elle ne savait pas qu'il était l'homme qui avait tué son mari, Vincent, trois ans auparavant en sabotant les pneus de sa voiture. Cent fois mieux qu'un reality show, se dit encore Ferenczi. « Tu te présenteras comme un journaliste indépendant désireux de faire le portrait de femmes aux métiers extraordinaires. Le sien s'appellerait *La Chasseuse de virus*, tu serais en bonne voie pour le vendre à un mensuel féminin. » « Ah oui, pas mal, Marco. » « Tu proposeras de l'inviter dans un des meilleurs restaurants de Lyon en lui disant que tu as du mou question note de frais. »

Federico, qui avait un bagout infernal, racontait à la veuve Moria toutes les interviews de gens illustres qu'il n'avait jamais rencontrés et tous les reportages qu'il n'avait jamais réalisés. Ça semblait la divertir. Elle qui passait sa vie à fréquenter des saloperies type Ebola ou sida, elle était à des lieues d'imaginer qu'elle déjeunait en face du plus dangereux des virus en activité. L'attentif Federico Androvandi qui, une heure auparavant, l'avait écoutée raconter sa vie de scientifique. Il ouvrait de grands yeux admiratifs, faisant mine d'en oublier de manger. Federico savait baratiner mais il n'était pas mauvais non plus pour écouter.

Marco Ferenczi était ravi que son beau-frère fasse le sale travail à sa place. Il n'aurait pas pu manger en face de cette femme comme si de rien n'était et puis lui asséner des horreurs au dessert. Il aurait eu trop de mal à digérer ; un véritable crime dans un établissement de cette classe.

Le rouget barbet était une pure merveille et le condrieu se mariait admirablement avec sa chair savoureuse magnifiée par la rusticité des pommes de terre. Federico Androvandi et Lucie Moria en étaient déjà au dessert. Cette femme mangeait trop vite. Sans doute l'habitude d'avaler un sandwich vite fait avant de retourner fourgonner derrière ses microscopes. Marco Ferenczi connaissait trop bien ces gens. Des ascètes, des passionnés. Sympathiques, en fait.

Federico, qui mine de rien faisait attention à sa ligne, n'avait pas pris de dessert et, en buvant son expresso sans sucre, regardait Lucie Moria attaquer le sien avec entrain. Il vida sa tasse, la reposa doucement puis sortit la photo de la poche intérieure de sa veste – toujours ce costume sombre et le coup de la chemise immaculée sans cravate – et la déposa à côté de l'assiette de Lucie Moria. Elle avait commandé ce qui ressemblait à du nougat glacé. Ascétique sauf aujourd'hui.

Elle jeta un coup d'œil au cliché. Sourire idiot. Elle leva la tête vers Federico dont le visage avait pris une expression d'une extrême dureté. Mon beau-frère est en grande forme, se dit Marco Ferenczi au moment où le maître d'hôtel apportait son sorbet au vouvray.

– Sa tête quand elle a vu la photo ! dit Federico.

La Jaguar était lancée sur l'autoroute depuis quelques minutes et il conduisait en évitant de dépasser la barre des cent trente kilomètres à l'heure.

Les papilles gustatives en fête commémorative, mains croisées sur ses cuisses et profitant du paysage, Marco Ferenczi écoutait tout en captant la musique qui venait de l'autoradio. Les suites pour violoncelle de Bach. Parfait pour l'autoroute.

– Il y a d'abord eu un moment de flottement. J'ai pas dit un mot. Elle a demandé pourquoi j'avais une photo de sa fille. J'ai répondu : « Parce que si tu ne fais pas ce qu'on te dit, on te la tue. »

Un point intéressant avec Federico, c'est qu'il ne se gênait pas pour montrer à quel point il prenait son pied avec des histoires de ce genre. Cette « gourmandise » révélait une fragilité… instructive. Mais il fallait reconnaître un talent énorme au beau-frère. Le coup de la photo et celui de l'addition étaient excellents. Federico avait ordonné à Lucie Moria de le rejoindre dans la rue après avoir réglé l'addition. Elle en avait eu pour au moins neuf cents francs par tête de pipe. Douloureux.

Et Federico l'avait longuement questionnée en déambulant le long de la Saône. Pour aboutir à ce qu'il considérait comme une certitude : Lucie Moria ignorait tout de la découverte de son mari et bien sûr du vol de cette dernière. Peu de temps avant sa mort, elle avait senti qu'il lui cachait quelque chose. Par la suite, après l'accident, à travers des photos et des objets achetés à son mari par une femme, elle avait su que Moria l'avait trompée. C'est ce qui l'avait décidé à tirer un trait et à partir à Lyon avec sa fille où on lui proposait une place de choix au laboratoire P4, poste qu'elle aurait refusé pour rester à Paris avec Moria. Depuis son déménagement, elle n'avait évoqué son deuil qu'avec une seule personne : le frère de Vincent, Antonin. Mal en point et sûrement dépressif, il vivait seul dans une petite maison de famille à La Garenne-Colombes. Il téléphonait de temps à autre pour tenir des conversations incohérentes où il était question de Vincent et du fait que les deux frères ne s'étaient jamais entendus.

– Je pense aussi qu'elle ne sait rien, dit Ferenczi.

– C'est peut-être maintenant qu'on devrait s'en débarrasser, alors ?

– Oh, doucement. Assez de morts. Il ne faut jamais en faire plus que nécessaire. Tu lui as flanqué une peur bleue. Elle va rester tranquille.

Ferenczi se repassa une fois de plus et facilement la scène que Federico, très content de son coup, lui avait décrite. Dans un recoin de quai, il avait plaqué Lucie Moria contre la muraille. Une main sur la bouche et l'autre relevant la jupe défraîchie et fouillant le slip. Elle avait les yeux grands ouverts, terrorisée. Il sentait sa salive sur sa paume. Il lui avait enfoncé trois doigts au plus profond et encore et encore. Et puis il l'avait forcée à s'agenouiller et à le sucer mais elle pleurait alors il avait laissé tomber, sans regret. Mais il lui avait dit : « Tu vois, c'est ça que je ferai à ta petite si tu causes, salope, mais en vrai, parce que toi, j'ai pas vraiment envie de te baiser. » Ferenczi se disait que cette scène était parfaite. Un bon rythme. C'était d'ailleurs amusant de la visualiser sur fond de Bach.

– Non, c'est très bien comme ça, reprit-il. Imagine que la police arrive jusqu'à elle.

– Je ne vois pas comment, dit Federico après un temps.

– L'officier venu nous interroger il y a quelques jours a oublié d'être stupide, crois-moi.

– Je m'en doute, mais tu crois que ce flic a les moyens de consacrer des heures à trouver trace des Moria ?

– C'est ce qu'ils font tout le temps. Chercher un fil blanc dans une moquette de haute laine beige. Tout le temps.

– Dans ce cas, c'est mieux qu'il trouve une fille vivante plutôt que morte. Tu as raison.

– Oui, parce que souvent les morts parlent plus que les vivants. Demande à Justin !

Federico eut ce regard rieur dans le rétroviseur qui lui donnait l'air d'un grand garçon tout simple. Mais on se lassait de tout et même des meilleures choses. Ferenczi en avait assez des gourmandises de Federico pour le moment. Il lui dit de monter le son. Puis il pensa aux femmes de sa vie.

Dany, hier dans son lit, alors que Carla pédalait vaguement sur son vélo d'appartement. Cette situation ne dérangeait personne. Tant mieux. Ferenczi avait la conscience tranquille ; il avait tendu bien des perches à sa femme pour qu'elle réagisse, qu'elle se révolte. Elle allait avoir dix-neuf ans quand ils s'étaient mariés. Elle voulait être comédienne. Il se souvenait d'elle dans cette adaptation de *L'Amour conjugal* de Moravia. Un petit théâtre d'amateurs avec ce type extraordinairement con qui se prenait pour un metteur en scène. Il se trouvait génial d'avoir voulu la Carle, toute blonde, ronde et rose pour jouer le rôle d'un homme mûr réfléchissant aux affres et aux merveilles de la vie de couple. Seule sur scène, elle disait :

« *Sapevo che mia moglie in certe circostanze divendava brutta e sguaiata ; mi pareva un fatto curioso*[1]... »

---

1. Je savais que dans certaines circonstances ma femme devenait laide et triviale ; cela me semblait curieux...

La Carle était vivante à cette époque-là, juste avant qu'ils ne viennent s'installer à Paris. Elle était câline comme une chatte, jalouse aussi malgré la différence d'âge, elle piquait des crises qui lui allaient bien, une fois elle l'avait même menacé avec un couteau. Et puis quelques mois après leur installation rue Oudinot, la Carle avait commencé à geindre, elle voulait rentrer en Italie, la France l'ennuyait, les Français étaient froids, les dîners en ville étaient assommants, les femmes des clients snobs, le climat désastreux. Et puis elle avait commencé à grossir, toujours belle mais un peu géla-tineuse à son goût. Et puis l'alcool et ainsi de suite. Il n'était pas un ange gardien. Il aurait voulu une femme forte, pas ce topinambour qu'elle était devenue. Alors il avait laissé la situation se dégrader jusqu'à l'arrivée de Dany dans sa vie, dans son lit, et vite cette espèce de consensus mou s'était développé. Mou comme la Carle. Quelquefois, à une lueur dans ses yeux, surtout quand elle observait Dany, il avait pensé qu'elle allait commettre une bêtise. Se faire mal ou essayer de faire mal à sa rivale. Mais aucun risque, la Carle n'avait pas l'envergure. Et elle ne vendrait pas la mèche à Justin : elle ne pouvait pas le voir. Elle disait de lui : c'est le franchouillard type, il râle tout le temps, son sport favori c'est l'autosatisfaction. En attendant, Marco Ferenczi veillait à ce que les réserves d'alcool ne baissent jamais. C'était mieux de pousser la Carle aussi fort qu'elle le souhaitait. Qu'est-ce que tu dis de ça, *dottore* ?

Dans le fond, Ferenczi pensait qu'il aurait été plus esthétique de renvoyer Carla à Rome vivre la *dolce vita* avec une rente. Et de recevoir Dany correctement. Dans un appartement où il n'attendrait jamais plus qu'elle.

Il la revit faisant la roue deux fois de suite en jupe corolle et escarpins à talons aiguilles. Dans la maison du Vésinet. Après un dîner. Justin, Federico et Carla faisaient tant bien que mal la conversation au client et à sa femme, au salon, juste avant que ce couple lève l'ancre. Ça s'était joué à quelques secondes. Elle et lui, seuls dans le couloir. Les voix des autres. Dany ne portait pas de slip. Deux fois de suite, cette chatte offerte au regard comme un cadeau si intense et si bref. Ouh Dany, Dany.

## 20

C'était un énorme chien avec des yeux braves. Un
bâtard qui avait du sang de beauceron. Les oreilles
pliées, une robe bien noire, les pattes et le dessous
du corps roux. Une longue queue qui gigotait tout le
temps, montrait qu'il avait une bonne nature. S'il
avait été un vrai beauceron, on lui aurait coupé cette
queue. Pour l'allure. Mais là, ce n'était pas la peine.
Le ventre était gras ; il ne devait plus être tout jeune.
Marco Ferenczi se disait que l'animal n'aurait pas fait
de mal à une mouche mais Federico avait préféré lui
mettre une muselière. Il l'avait lavé aussi parce que le
molosse sentait fort. Et qu'une Jaguar n'était pas une
bétaillère. Ce jeudi matin, Ferenczi était assis à l'avant
avec Federico tandis que la bête somnolait sur le siège
arrière, digérant la dose de barbituriques avalée hier
dans un festin de viande hachée.

Le soir même de leur retour de Lyon, Federico
s'était rendu à La Garenne-Colombes afin de commencer ses repérages. Il avait vu le frère de Vincent Moria
quitter sa maison pour aller à l'épicerie puis pour sortir
son chien. « Il boite, sa jambe chasse sur le côté et puis
il a une gueule d'idiot du village. » Le bonhomme avait
tourné vingt minutes dans le quartier avant de rentrer
chez lui. Le lendemain, pareil. Pendant toute la prome-

nade, Antonin Moria avait parlé à son gros bâtard. Quand Federico lui avait raconté ce détail, Marco Ferenczi s'était dit que les lois de la génétique étaient fascinantes. Comment les parents Moria avaient-ils pu engendrer un chercheur de génie puis un demeuré alcoolique ? *Mistero.*

Federico se gara loin du pavillon. On avait convenu qu'il ramènerait son chien à Antonin avant que Ferenczi n'arrive à son tour pour une discussion à trois. Cette fois, Ferenczi voulait capter la situation en détail. Parce que avec un type du genre d'Antonin, il était vital d'avoir tous les éléments en main pour prendre une décision. Et puis, est-ce que le kidnapping d'un chien pouvait avoir le même effet que celui potentiel d'une gamine de huit ans ? Peu de chance, mais c'était tout ce qu'on avait à se mettre sous la dent. Lucie Moria était la seule famille qui restait à Antonin l'ermite fou.

Marco Ferenczi alluma une cigarette. Dans le rétroviseur extérieur, les silhouettes de Federico et du chien s'éloignaient. Une sensation de déjà-vu. Ferenczi réfléchit. Une idée lui vint : chaque fois qu'il regardait les gens dans un rétroviseur, quelque chose de plus vrai que la réalité lui apparaissait. Une *hyper* réalité. Furtive mais riche. Avant, c'était le sourire immoral de Federico, puis la beauté altière de Dany et sa rage. Sa rage d'être délaissée. Là, c'était encore Federico et sa vraie nature. Ce qu'il redevenait une fois qu'il avait cessé de parler. Malgré ses vêtements, il avait l'air d'un paysan du Mezzogiorno. Cette démarche avec les jambes un peu arquées, fesses en arrière et les épaules qui roulaient trop. Flanqué du chien bâtard et pataud, c'était encore plus net.

Finalement, se dit-il, Federico ressemble beaucoup à mon père bien qu'il n'y ait aucun lien de parenté. Mon père, trapu, lorsqu'il revenait de tuer la volaille ou, pire, le cochon et que ses vêtements étaient imbibés de sang. Et ses bottes en caoutchouc pleines de merde. Mon père qui avait fait fortune sur le sang, la merde et la viande. Petit à petit. Et avec l'aide de ses amis. Ceux qui avaient des mains comme des spatules et des ongles noirs et qui ne parlaient jamais en présence des femmes et des mômes. Des hommes entre hommes. La merde et le sang, ça ne les dérangeait pas. Chacun son rôle.

Ferenczi fit la grimace sans s'en rendre compte. Puis il chassa l'image des bottes et pensa à la fois où Federico avait confectionné en sa compagnie une soupe paysanne au potiron. En tabliers de chef, ils travaillaient en sifflotant pendant que Carla buvait, assise sur une chaise de cuisine. On faisait revenir le poireau dans le beurre. Puis on ajoutait le potiron, le lait, le bouillon de poule, sel, poivre, noix de muscade. On laissait mijoter tout ça et on moulinait en ajoutant de la crème. La soupe devenait *paysanne* grâce à trois cents grammes de boudin noir. Paysanne et raffinée à la fois, telle une métaphore de ce que devrait être l'existence. Ou plutôt de tout le mal qu'il fallait se donner pour qu'elle soit comme ça. Donc, ce boudin noir aux oignons, il fallait le trancher finement, le parsemer de parmesan avant de le passer au gril. Les rondelles se caramélisaient, on en mettait cinq ou six dans chaque assiette fumante et encore un coup de parmesan râpé.

Ferenczi se revoyait tranchant le boudin au moyen de cette vacherie de couteau japonais trop aiguisé. Il s'était coupé le doigt au niveau de la deuxième phalange. Carla était restée assise, la coupe aux lèvres resserrées en un O d'étonnement. Décorative et inutile, Carla, la Carle. Federico, lui, s'était précipité et avait englouti le doigt, avait sucé le sang. Ses yeux inquiets, puis rieurs. « La salive, ça fait cicatriser. » Ferenczi avait aimé ce geste spontané d'allégeance. Un geste à la fois paysan et raffiné. Comme la soupe. L'existence idéale. Et tout ce qu'on arrivait à faire avec le boudin une fois qu'on avait oublié que c'était du sang.

Ce qu'il y avait de bien avec Federico, c'est qu'il ne se rendait pas compte de ce qu'il était et que ça ne l'empêchait pas de vivre. Federico Androvandi était âgé de dix ans le jour où il avait tué un gamin de son âge pour Marco Ferenczi qui en avait quatorze. L'ami du cousin, plus précisément le meilleur ami du cousin. L'ami du cousin était mort noyé parce qu'une fois de trop il avait manqué de respect à Marco Ferenczi. Il était mort, aussi, pour faire souffrir le cousin. Des années après Cappuccino, la boue ensanglantée, les vers à la strychnine. Federico était vraiment un garçon utile.

Antonin ouvrit sa porte à un jeune aux cheveux noirs et au sourire aimable. Et il l'ouvrit plus grand pour que Cerbère rentre chez lui. Il ne montra rien de sa joie. Ni au chien, ni à l'homme. Celui-là avait une dent cassée. Antonin Moria n'aimait pas les dents cassées. Dans les rêves, elles étaient symbole de mort qui rôde. Il se méfia tout de suite de ce jeune qui parlait avec un accent, qui racontait qu'il avait trouvé le chien dans la rue. « Il divaguait, personne ne connaissait son propriétaire, j'ai eu un mal fou à vous retrouver, vous savez. » Trop tard, cet homme entra et referma la porte derrière lui.

Cerbère était parti se coucher sur sa couverture. En temps normal, il n'aurait pas supporté cette muselière qu'on lui avait passée. Antonin Moria se dit : je confierai Cerbère à la voisine dès que le jeune sera parti. Je ne lui ai jamais beaucoup parlé, à cette femme, mais elle sera d'accord. Je lui donnerai quelque chose en échange. De l'argent. Oui, de l'argent, ou je lui ferai ses courses. On verra.

Le jeune essaya une des chaises de cuisine, vit qu'elle était branlante et choisit l'autre. Il s'assit et demanda à boire. Antonin lui donna du rosé du frigo. Celui qu'il avait toujours bu et boirait toujours. Il servit deux verres et s'assit prudemment sur la chaise abîmée. Le jeune but une gorgée, fit la grimace et dit :

– Je vois que tu aimes ton chien. Tu vis dans une bicoque avec du mobilier cassé mais ton animal a un bon collier, une bonne couverture, et tu le nourris convenablement.

Antonin ne but que la moitié de son verre. Il attendit.

– Tu te souviens de ton frère ?

– Je me souviens, répondit Antonin, et il but le reste du rosé.

Le jeune avait repoussé son verre pour dire que c'était mauvais. Il souriait.

– De quoi, tu te souviens ?

– De tout.

– Tout quoi ?

– Comment il parlait. Ce qu'il faisait quand on était petits.

– Qu'est-ce qu'il faisait, Vincent ?

– Il lisait tout le temps.

– Lucie dit que tu l'appelles quelquefois.

– J'appelle Lucie. Et on parle de Vincent. Lucie, c'est ma belle-sœur.

– Je sais, Antonin, mais ce que je ne sais pas c'est pourquoi tu veux te souvenir de Vincent. Pourquoi est-ce que tu parles de lui avec Lucie ?

– Je sais pas.

Quelqu'un venait de sonner. Le jeune se leva vite et alla ouvrir. Antonin se resservit un verre de rosé. Il n'avait pas peur de la mort.

L'homme qui venait d'entrer était moins grand que le jeune mais leurs habits se ressemblaient beaucoup. Du noir, du blanc. Du beau. Ses cheveux étaient noirs et gris. Son nez mince et long. Sa bouche aussi. Il marchait bien. On aurait dit qu'il glissait. Comme le Christ sur l'eau. Une chose pas naturelle. Le jeune lui donna sa chaise et resta debout à côté de lui, bras croisés. L'homme regarda le verre de vin puis salua d'un hochement de tête. Il sourit et Antonin eut une vision. Cet homme ressemblait au gardien des Enfers. Un visage oublié mais qui revenait tout d'un coup. Une figure ni laide ni méchante. C'était ça qui était trompeur avec le gardien des Enfers. Celui d'En bas. Parce que sa barbarie ne se voit pas. Mais vibre autour de lui.

Le jeune alla s'accroupir près du chien et prit sa gueule entre ses mains. Je n'ai pas peur de mourir, se dit Antonin. J'aurais dû aller chez la voisine avant. J'aurais dû les sentir approcher. Le gardien et son valet.

Le jeune sortit une arme de sa poche avec un long canon. Non, ce n'était pas un long canon. C'était le silencieux qui rallongeait. Cerbère, on partira ensemble. Attends-moi. Cerbère, là-bas, on se trouvera un coin tranquille. Rien que toi et moi à regarder le Fleuve couler. On ne se tiendra pas trop près de la rive pour que les vapeurs ne nous brûlent pas.

Le jeune posa le bout du canon contre le cœur de Cerbère et caressa son ventre de l'autre main. Et soudain Antonin comprit qu'il n'avait pas l'intention de tuer Cerbère. Pourquoi salir un beau costume ? Alors il cessa de regarder le jeune et son chien et se tourna vers Celui d'En bas. Cet homme remplit son verre et lui sourit encore puis il regarda le verre laissé par le jeune, le prit et but. Il jouait avec le vin comme le Christ, encore. Il hocha la tête, l'air content, et dit :

– Il faut bien m'écouter.

– Oui.

– Est-ce que tu as parlé un jour, à quelqu'un, du travail de ton frère ?

– Quel travail ?

– Ton frère Vincent avait trouvé un nouveau médicament. Tu sais ça ?

– Je suis pas allé à l'école aussi longtemps que lui.

– Il t'aimait bien, Vincent. Il a dû te raconter qu'il avait découvert quelque chose de formidable.

– Non.

– Tu le jures sur la tête du chien ?

– Oui, je jure.

– Je trouve qu'il a une bonne tête mais je le ferai tuer si tu me mens.

– Je mens pas. Je vis tout seul. De temps en temps, j'appelle Lucie pour entendre sa voix.

– Oui, mais tu lui parles de Vincent.

– Je sais pas quoi lui dire d'autre. C'est une intelligente, elle aussi. Comme mon frère. Et moi, vous voyez bien…

– Et à des gens ? Tu as parlé du travail de ton frère à des gens ?

– Non.

– Tu devais être fier d'avoir un frère comme ça ?

– Non.

Celui d'En bas fit tourner le verre, l'air de réfléchir tristement. Puis il se remit à sourire, ses yeux étirés. Il dit :

– Tu aimes bien le vin, Antonin.

– Oui.

– Alors tu vas dans les cafés. Et dans les cafés, on parle. Surtout en hiver, pour se tenir chaud.

– Je vais pas dans les cafés. Je bois ce vin-là chez moi.

– C'est vrai qu'en trois jours, même avant l'enlèvement du chien, il n'est pas allé au café, dit le jeune en se relevant.

– Tu as raison, dit Celui d'En bas. Tu es bien mieux chez toi qu'au café.

Il se leva, marcha vers la porte, et le valet fit la même chose. Il n'avait pas rangé son arme et Antonin se dit qu'à cette distance, il pouvait tuer Cerbère sans salir son costume. Il jura encore dans sa tête à son compagnon qu'ils partiraient tous les deux et qu'il ne fallait pas avoir peur. Mais la voix du gardien interrompit sa prière muette :

– Il va se passer deux choses maintenant, Antonin.

– Oui ?

– La première c'est que tu vas nous oublier. Tu vas nous rayer de ta mémoire. Si des gens viennent, des policiers surtout, tu n'as plus de mémoire de nous.

– Oui.

– La deuxième chose, c'est que mon ami, lui, ne va pas t'oublier. Il va te surveiller. Vérifier que tu ne vas pas au café et que tu ne parles pas de Vincent.

– Oui.

– Continue de parler à ton chien, c'est mieux. Parce que si tu te mettais à parler aux gens, tu ne pourrais plus jamais parler à ton chien.

– Parce qu'il serait mort, ajouta le valet en rangeant son arme dans un étui caché sous sa veste noire qu'il reboutonna.

– C'est clair, Antonin ?

– Oui.

– Vraiment ?

– Oui.

Le valet souriait, on voyait de nouveau sa dent cassée. Comme ça il avait l'air encore plus jeune, l'air d'un gamin des rues qui se bat. Mais Antonin se dit qu'il avait peut-être mille ans ou plus. Pourtant les yeux du valet disaient qu'il n'arrivait pas à lire les pensées d'Antonin. En bas, j'ai appris comment les cacher même aux plus puissants. Le valet dit :

– Il ne mourra pas tout de suite. D'abord, je l'attacherai, je le bâillonnerai et je lui couperai la queue. En plusieurs morceaux. Et puis, je te forcerai à les avaler.

Celui d'En bas fit une grimace dégoûtée et dit :

– Dommage, un si gentil pataud.

# 21

Dans la Jaguar, Federico et Ferenczi avaient repris leurs places respectives.

– Il est grave, le pauvre mec, dit Federico en français.

Ils se turent un instant. Puis Ferenczi chercha le regard de son beau-frère dans le rétroviseur et dit en italien :

– La fuite ne vient pas de lui. Qui écouterait un taré pareil ?

– Ni de Lucie Moria. Alors qu'est-ce qui nous reste ? Félix Dark ?

– On ne peut pas toucher à Félix à cause de la police, Federico. Et puis je ne le sens pas sur ce coup-là. C'est un chercheur lui aussi. Un pur.

– Il y a que ça autour de nous. C'est chiant à force. Et la pure Patricia Crespy ?

– Je suis presque sûr que ça ne vient pas d'elle.

– Et pourquoi ?

– Je le sais. C'est comme ça.

Federico se mit à rire puis il alluma une cigarette, la donna à Ferenczi et s'en ralluma une autre. Encore un geste que Ferenczi aimait bien. Federico attendait, goguenard, il savait que Ferenczi allait lui lâcher la fin de l'histoire.

– J'ai couché avec Crespy, dit Ferenczi.

– Oh ? lâcha Federico avec un étonnement authentique.

Et une once de dépit, paria Ferenczi. Il est jaloux ; un vrai môme. Il aurait voulu que je lui confie les détails de ma vie. On n'a plus dix et quatorze ans, Federico. Et, petit, tu ne sais pas tout. Je ne te dis pas tout parce que je voudrais qu'un jour tu en viennes à comprendre sans les mots. Un peu comme si en me suçant le doigt tu saisissais d'un coup tout ce qui se passe dans ma tête.

– De cette façon je savais ce qu'elle pensait, ce qu'elle disait et à qui. Et sans vouloir me vanter, je crois même être en grande partie à l'origine de son divorce.

– Crespy la boucle peut-être à propos de la molécule mais n'oublie pas qu'elle est de la même promo que Paul Dark et Vincent Moria. Ils étaient amis ces trois-là.

– Je n'oublie pas mais Patricia n'est pas du genre à parler à tort et à travers.

– Je suis moins optimiste que toi. Surtout après ce que tu viens de me dire. Elle a pu parler par dépit.

– C'est vrai qu'elle n'aimait pas ce qu'elle avait fait pour nous. Elle aimait et elle n'aimait pas ce qu'elle faisait avec moi. Il était trop tard quand elle s'en est rendu compte. C'est marrant, les gens ont toujours le choix de succomber à la tentation, dit Ferenczi les yeux dans le vague. Alors pourquoi regretter, hein ?

– Allons tout de même lui parler, Marco.

– J'en ai bien l'intention. Pour être tranquille. Je vais téléphoner et peut-être même passer la voir.

– On n'y va pas ensemble ?

– Je serai plus efficace en solo. Sa vieille flamme brûle toujours pour moi, j'en suis sûr.

Silence attentif de Federico, la goguenardise envolée. Subsistait ce respect de l'élève face à la parole du maître dont Ferenczi aurait bien du mal à se passer maintenant et ça, il ne fallait surtout pas que Federico s'en aperçoive. Marco Ferenczi sourit et ajouta avec l'air le plus détendu possible :

– Et puis, quand j'aurai vérifié que Patricia n'a rien révélé de tangible à qui que ce soit et encore moins à la police, il nous restera Justin.

– En fait, tu penses que c'est lui, hein, Marco ? Ou quelqu'un qu'il paye pour nous emmerder.

– Détrompe-toi. Je ne pense rien. Je me dis simplement : c'est fou ce que cette histoire de cobra ouvre de perspectives. Jusqu'à présent, on laissait le dormeur magnifique sommeiller. Mais…

– Mais ?

– Il est peut-être temps de changer de tactique. Et de penser à un repos plus… reposant.

– Un repos éternel ?

– Ah, Federico, tu vas toujours si vite, dit Ferenczi d'une voix plaisante.

Il pensait à la scène du quai à Lyon : tout bien réfléchi, à la place de Federico, il aurait pris son temps pour faire monter plus subtilement la peur de Lucie Moria. Federico sourit. Trou noir de l'incisive manquante dans tout ce joli blanc. Ferenczi avait exigé de son beau-frère qu'il reste ainsi pour avoir l'air plus coriace avec les fâcheux, et puis c'était assorti à la cicatrice. La vraie raison, c'est que Marco Ferenczi ne voulait pas que le visage de Federico Androvandi ne redevienne trop beau. Le seul visage familier qu'il voulait

contempler pour le plaisir et l'émotion était celui de
Dany.

Antonin resta assis plusieurs minutes après le départ
des deux hommes. Il but un autre verre et se leva pour
enlever sa muselière à Cerbère. Il lui caressa la tête et
lui dit :

– Après ton repas, tu iras chez la voisine.

Le chien lui lécha la main. Antonin ajouta :

– En bas, j'ai parlé à des morts. J'ai parlé aussi à
des ombres pas encore mortes mais en danger. J'ai
parlé aux gardiens. L'homme, je l'ai reconnu. C'était
un des leurs. C'était même leur chef. Peut-être même
le dieu de la Mort. Il ne me fait pas peur non plus.

Antonin ouvrit le réfrigérateur, prit la boîte en plastique dans laquelle il gardait les restes et remplit la
gamelle de Cerbère qui se leva, jappa et sautilla malgré ses pattes en coton. Pendant que le chien mangeait,
Antonin continua de lui parler.

– En bas, j'ai appris à pas avoir peur des gens d'ici.
Je sais que c'est juste une frontière à passer et qu'En
bas, c'est mieux. J'ai vu ma vie défiler dans une
lumière si blanche. Je t'ai déjà raconté ça, Cerbère.
Mais il y a quelque chose que je t'ai jamais dit.

Le chien avait englouti une bonne partie de sa pâtée
et Antonin attendit qu'il ait fini et se rallonge sur sa
couverture avant de continuer.

– Je t'ai jamais dit que c'est mon frère qui m'a forcé
à revenir. Mon frère, Vincent.

## 22

Patricia Crespy est déçue. Elle vient de recevoir un coup de fil de Julien, son ex-mari. Il ne passera pas dîner à la maison demain. Il préfère annuler parce qu'il pense que reprendre leur histoire alors qu'ils sont divorcés est un jeu dangereux. Il a peur. Il lui a dit franchement qu'il craignait qu'elle le jette une fois encore et pour de bon. Julien a cinquante-trois ans, il est trop vieux pour souffrir comme un jeune homme. Et toutes ces histoires le perturbent dans son travail et son travail c'est le seul élément tangible dans sa vie en ce moment. Julien espère qu'elle le comprend. En tout cas, si ses angoisses reviennent la tarauder dans la nuit, qu'elle n'hésite pas à l'appeler ; il sera toujours là pour lui venir en aide. Elle comprend et ne s'étonne pas. Julien a besoin de temps, c'est tout. Et dans le fond, sa prudence est rassurante. Elle regarde sa broderie : la lettre R est démarrée. Mais ce soir, elle en a assez de broder.

Patricia Crespy dîne rapidement puis consulte le programme télévisé : il y a un feuilleton policier qu'elle suit plus ou moins régulièrement. L'intrigue est banale mais ça se passe en Australie et ça offre l'avantage de dépayser sans stresser. La présentation des crimes n'a rien de sanglant, c'est plutôt l'aspect technique de l'enquête qui est mis en évidence. Le seul reproche qu'elle pourrait faire aux scénaristes, c'est qu'ils ont tendance à ne tuer que des femmes. Un peu agaçant comme démarche. Crespy décide qu'elle regardera la série ce soir si ses paupières ne se ferment pas toutes seules. Installer le téléviseur dans la chambre n'a pas que des avantages. C'est plus confortable mais on a tendance à s'assoupir. Ou alors, c'est à cause de ces fichus médicaments. Mais bon, ça commence à aller mieux, la lucidité revient peu à peu. Dieu merci.

Dans peu de temps, elle va pouvoir se passer de ces petits comprimés. L'envie de travailler est revenue. Encore quelques semaines et tout redeviendra à peu près normal. Et depuis plus de deux mois, elle ne rêve plus de Vincent Moria. Curieusement, la mort de Paul n'a pas réactivé ces songes désagréables. Vincent tout seul dans le grand amphithéâtre de leur ancienne école qui lui dit tranquillement qu'il va mourir. Vincent, en blouse blanche, assis au bord de son lit et qui la regarde dormir avec un mince sourire aux lèvres. Vincent mort sur une table pleine de cornues, du sang coule sur le carrelage blanc, quand elle s'approche il tourne la tête brusquement et lui dit « Marsupilami » d'un air suppliant. Elle y a souvent pensé. Tout ça n'a rien à voir avec le petit animal de la BD. Dans le mot « Marsupilami », il y a surtout le mot « ami ».

Le feuilleton débute dans une demi-heure environ. Elle a le temps de prendre une douche et de mettre le jogging qui fait office de pyjama et lui évite de ressembler à une mémère couverte de pilou. Il lui arrive quelquefois de penser que Marco pourrait débarquer à l'improviste. Malgré tout ce qu'il lui a fait, elle ne voudrait pas qu'il la trouve laide. Elle pense être capable de lui résister et de lui demander de sortir de sa vie une bonne fois pour toutes mais, non merci, elle ne veut pas qu'il la trouve laide. Marco, Marco. Elle aimait bien son prénom. Son profil. Son torse musclé mais sans trop. Et la façon dont il s'habille, jamais apprêté, toujours naturel, fluide. Marco Ferenczi, le tombeur de ces dames. La cruauté douce. Elle n'aurait pas cru ce mélange possible avant de croiser le chemin de cet homme. Elle se surprend à sourire de tout ça. En même temps, elle sait qu'elle le désire encore. La lucidité retrouvée. Le bout du tunnel.

Patricia Crespy vérifie qu'elle a bien pris son anti-dépresseur. Son cerveau lui fait penser à un gruyère quelquefois. La dernière fois avec cette femme capitaine dans la police, elle a eu un mal à répondre aux questions, à trouver ses mots ! Patricia Crespy ouvre l'emballage et compte : il manque le nombre adéquat de comprimés. Pas de surdose. Pas d'oubli. Tout va bien. Elle vérifie aussi qu'elle a fermé la porte à double tour. Et que la clé n'est plus dans la serrure mais sur son petit crochet. Pas question de se retrouver une nouvelle fois bloquée sur le palier avec les clés à l'intérieur, coincées dans la serrure, et le double qui ne sert à rien dans le sac à main.

Dans la foulée, elle se dit qu'il ne faut pas oublier de téléphoner au serrurier : elle veut qu'il lui installe une chaîne. Paul a ouvert à quelqu'un qu'il connaissait, quelqu'un qui a pris le temps de lui faire la conversation avant de l'exterminer. Elle boit deux grands verres d'eau coup sur coup. Un truc qui marche pour une raison incompréhensible. On se gave d'eau et la peur recule un peu.

Elle va se doucher, laisse la porte de la salle de bains ouverte. Elle ne supporte plus d'être enfermée dans cette pièce blanche sans fenêtre ; une fois la porte close on n'entend plus rien de ce qui se passe dans le reste de l'appartement. La sonnerie du téléphone, à la rigueur.

Patricia Crespy se couche et regarde le feuilleton. Un des flics a du charme malgré ses cheveux roux et le fait qu'il apprécie trop les hamburgers. Au générique de fin, ses yeux papillonnent. Elle éteint la télévision avec la télécommande et se demande une dernière fois si elle a vérifié que la porte d'entrée était bien fermée. Oui, pense-t-elle. Patricia Crespy éteint sa lampe de chevet. Elle garde un instant les yeux ouverts pour qu'ils s'acclimatent, discernent les contours rassurants des meubles, le grand rectangle de la fenêtre et celui de la porte. Pour une fois, elle ne pense ni à Julien Crespy, ni à Marco Ferenczi, ni à Vincent Moria, ni à Paul Dark. Elle pense au type qui aime trop les hamburgers puis elle s'endort.

Tequila. Tequila. Tequila. Je n'ai pas de tequila pour toi, Patricia. Pas grave, tu n'aimerais pas cela. Soleil de l'agave, chaleur ambrée, fleur qui grandit, qui fait sa percée, fruit fier, fruit si patiemment désiré, tout le monde n'est pas sensible à cela.

Tu ne t'en souviens peut-être pas mais lors de ma dernière visite nous avons bu du thé chinois fumé. Je te vois encore comme si c'était hier. Tu portais une robe bleue en coton et pour une femme qui avait dépassé la quarantaine, je t'ai trouvé une ligne sans défaut. Tu avais envie de me parler, de te confier, et mon arrivée inopinée était une aubaine. Mon livre posé sur les genoux, je t'écoutais.

Je t'écoutais attentivement parler de toi et de tes remords. Bien sûr j'aurais préféré parler du Mexique et de ses volcans d'amour mais tu n'étais pas réceptive.

Tu préférais gratter tes plaies. Tu te revoyais à dix ans, sûre de toi, sûre de vouloir devenir une scientifique. Patricia à dix ans voulait aider les gens. Les aider à mourir moins vite, à mourir en souffrant moins. La recherche de nouveaux médicaments, tu savais dès le plus jeune âge que ce serait ta voie. Avec Coronis, tu as dévié. C'est moche ce que les idéalistes deviennent quelquefois. Toutes tes tentatives avaient échoué : au Commissariat à l'Énergie atomique de Saclay, unité d'étude des protéines, tu n'avais pas retrouvé la paix.

Patricia Crespy nous avait vendu son âme et il n'y avait pas de ticket pour pouvoir la récupérer au vestiaire. Et tu me disais ça à moi. Moi qui comprenais si bien malgré tout. Malgré tout ce qui était arrivé, malgré tout ce qui arriverait.

Moi, le Cobra, je te trouvais jolie, Patricia Crespy. Il y avait encore de la fraîcheur en toi. Je te l'ai dit. Tu as eu un sourire navré, tu t'apitoyais enfin sur toi-même, après tout ce temps, ces mois passés à retenir tes confidences. Ces remords, ces soucis, tu ne pouvais pas les confier à ton mari, vous étiez en instance de divorce. Nous avons évoqué vos deux enfants qui faisaient leurs études au Canada. Pour devenir des scientifiques eux aussi. Tu ne pouvais même plus leur parler de choses simples au téléphone, une boule noire dans ta gorge t'en empêchait. Je t'ai demandé de me montrer leurs photos. Pendant que tu fouillais tes souvenirs et tes tiroirs, j'ai enlevé ton trousseau de clés de son petit crochet et *oublié* mon livre sur le coussin du fauteuil. J'ai abrégé ma visite pour aller faire un double chez le serrurier. Et puis retour chez toi, je récupère mon livre, je remets les clés sur le crochet. Tout est prêt pour une visite future et encore plus inopinée.

Cette nuit, le cobra est venu pour toi, Patricia. Il te regarde dormir. Il est minuscule et son corps est entièrement synthétique. Je l'ai trouvé au rayon jouets d'une boutique de produits exotiques.

Même ainsi, abandonnée dans l'obscurité à laquelle s'habituent facilement mes yeux, tu n'as plus rien de la fillette qui se rêvait chercheuse. J'ai le sentiment que je vais tuer une femme déjà morte, Patricia. Dans des conditions pareilles, il y a de quoi éprouver de la compassion. Tu ne peux pas le savoir, car tu dors toujours, mais cette compassion, je l'éprouve. Et je sais, dans le fond, que je vais te soulager de tes peines, de ta culpabilité. Tout en exerçant une vengeance mexicaine, je vais faire œuvre utile. Rien à voir cependant avec le châtiment de Paul. Car vois-tu, Patricia, je n'ai pas le temps d'assister à tes souffrances. Bien que figurant sur ma liste, tu n'es pas une invitée d'honneur. Tu ne te sentiras pas flotter vers cette lumière blanche qui nous appelle vers l'au-delà. Tout va aller vite, Patricia. À peine réveillée, déjà rendormie. Pour de bon.

Une dernière chose, Patricia. Si tu vois Vincent là-bas, salue-le bien pour moi.

# 23

La porte du bureau d'Alex était ouverte. En partance pour le distributeur, Martine Lewine l'aperçut, assis, immobile, les mains à plat sur son maroquin buriné. Alors qu'elle appuyait sur la touche « café allongé », Lewine mit ce léger relâchement sur le compte du « gros muet ». Avec Cédric Danglet, Alex avait passé une partie de la matinée à interroger un alcoolique du genre mutique qu'on soupçonnait d'avoir étranglé sa petite amie dans le quartier du canal Saint-Martin. Vers dix heures, le gars, un colosse à tête d'abruti, s'était mis à hurler sous l'effet du manque et malgré ses menottes avait réussi à fracasser une étagère. On avait appelé deux OPJ en renfort pour le maîtriser et le coller au dépôt.

Contrairement au gros muet, Lewine se sentait maîtresse d'elle-même. L'intérêt des week-ends pluvieux en Normandie c'est qu'on pouvait y laver ses tensions. Les jours passant, la voix de la « standardiste » d'Alex était presque diluée. Il serait toujours temps de savoir si c'était pour cette fille qu'elle avait été plaquée. Lewine avait limité ses contacts avec Alex au minimum ces derniers temps. Aujourd'hui, se sentant fière de son self-control récupéré à quatre-vingt-quinze pour cent, elle décida de lui offrir un café.

Quand elle entra dans son bureau, il était toujours dans la même position, ses yeux clairs dans le vide. Elle posa le gobelet blanc sur le maroquin fatigué et s'assit. Depuis la mort de Paul Dark, Alex et elle avaient abattu, dans leurs bureaux respectifs, un travail considérable. Ces derniers temps, Alex n'avait même pas eu le temps d'aller voir Victor à Saint-Bernard. Tout en travaillant sur plusieurs autres affaires, dont un règlement de comptes sanglant, ils avaient compulsé près de soixante fichiers tirés des archives de la PJ et des arcanes du STIC, le système de traitement de l'information criminelle. Étaient remontés à la surface une majorité de suicides et homicides en milieu rural et sans relation avec les secteurs médicaux concernés. Et quelques accidents.

Restaient les dossiers plus urbains et plus prometteurs, comme celui qu'Alex avait creusé un bon bout de temps, un assassinat au curare. À Paris, en 1998, un médecin anesthésiste jadis convié à un séminaire Coronis aux Bahamas avait tué le mari de sa maîtresse hospitalisé dans son service en utilisant ses compétences techniques. Fausse piste : le médecin purgeait sa peine en prison et rien ne montrait de liens directs avec Paul Dark, un membre de sa famille, une de ses relations ou un autre employé de chez Coronis.

Lewine s'était intéressée aux faits divers en rapport avec l'euthanasie médicalisée. Et venait de clore le dossier d'une infirmière spécialisée dans les soins à domicile mais qui avait travaillé un temps pour un laboratoire pharmaceutique installé en grande banlieue. Il y a trois ans, à Paris, elle avait décidé de mettre fin aux souffrances d'un vieillard atteint d'Alzheimer en l'empoisonnant avec des éclairs au chocolat bourrés de benzodiazépine, un sédatif puissant.

Restaient cinq dossiers, et deux attendaient sur le bureau d'Alex. Les trois autres étaient empilés de la même façon sur *son* bureau.

– Un jour j'ai passé trois semaines à remonter une piste à partir d'un ticket de métro, dit Alex. C'était tout ce qui restait dans la poche d'un mort.

– Aujourd'hui, c'est différent, répondit-elle en souriant. Le cobra nous parle.

– Oui, je sais qu'il nous parle. Mais pour l'instant, on l'entend mal.

– On est sourds, dit Lewine. Comme lui. Le cobra ne danse pas au son de la musique, il réagit aux mouvements de la flûte. Tu savais que les charmeurs leur enlevaient leurs crochets à venin ?

– Oui, je le savais. Je savais aussi que les cobras étaient sourds.

C'est dommage, j'aurais aimé t'étonner, pensa Lewine. Elle sortit du bureau en disant qu'elle repartait étudier ses dossiers. Quand elle se retourna, Alex avait toujours les yeux dans le vague. Un visage en voyage. Elle l'emporta avec elle.

Lewine tenta de faire parler les dossiers restants avec l'aide du petit nouveau, le lieutenant Morin. Les documents contenaient les mêmes échantillons de misère et de mort que les précédents. La mort volontaire. La mort infligée. Une secrétaire du CNRS battue, poignardée et violée dans un parking était restée plusieurs jours dans le coma avant de décéder. Un généraliste s'était suicidé en mer avec toute sa famille quand son entourage s'était aperçu qu'il n'avait jamais été diplômé de médecine. Enfin, un chercheur de l'Institut Pasteur avait perdu le contrôle de sa voiture sur une voie express en Bretagne Sud alors qu'il roulait à cent

trente à l'heure. Il était mort en même temps que l'automobiliste arrivant en face de lui, qu'il avait percuté de
plein fouet. Son corps avait été carbonisé. La voiture
contenait un jerrycan d'essence qui avait provoqué une
explosion. Mort à trente-huit ans, l'âge d'Alex, c'était
facile à retenir. Mort brûlé dans une voiture comme
Bertrand le steward, ça aussi c'était facile à retenir. Le
chercheur avait un nom à consonance italienne : il
s'appelait Moria.

Lewine n'apprit la mort de Patricia Crespy que vers
onze heures. Un voisin de la victime, nommé Léopold
Oppel, appela en exigeant de parler à « l'inspectrice
Lénine » de la brigade criminelle. « Lé-ni-ne », insista-
t-il en ajoutant que les préposés du commissariat de
Gif-sur-Yvette l'avaient envoyé sur les roses et ne sem-
blaient pas pressés de prévenir l'inspectrice. Elle alla
voir Bruce. Cette fois ses yeux n'étaient plus dans le
vague, ils focalisaient même très bien.

Julien Crespy, patron d'une entreprise de matériel
de réanimation, était un homme grand, maigre et avait
le crâne dégarni. Il était assis en face de Bruce tandis
que Lewine restait comme à son habitude adossée à
la fenêtre fermée. Julien Crespy venait d'expliquer
qu'il avait découvert le corps de son ex-femme hier
dans la soirée. Inquiet de ne pas réussir à la joindre au
téléphone alors qu'elle passait ses journées chez elle, il
s'était rendu à son domicile. Il avait fait appel à un
serrurier. Patricia Crespy était couchée sur le dos dans
la chambre aux volets clos, morte depuis plusieurs
jours. Il y avait un petit serpent en plastique posé sur sa
poitrine. Un cobra, si l'on se fiait au dessin en forme
de lunettes sur sa tête ovale.

– C'est dur de tout reprendre depuis le début, dit Crespy en soupirant. Vos collègues de Gif m'ont pressé le citron, je ne m'en suis pas encore remis. Je leur ai répété que je ne possédais pas de double des clés de l'appartement de Patricia. J'ai dit mille fois que ses clés étaient sur le crochet à côté de la porte quand je suis entré dans l'appartement et que la porte avait été fermée à double tour. Enfin, d'après le serrurier.

– Alors je vais essayer de faire court. Votre femme se sentait-elle menacée ?

– Si elle l'était, je ne m'étais aperçu de rien.

– Sûr ?

– Certain et… je m'en mords les doigts. En fait sa déprime cachait tout le reste.

– Vous étiez en instance de divorce.

– Oui, mais…

– Mais ?

– C'est elle qui avait demandé le divorce.

Bruce attendit. Crespy mit ses mains derrière la tête et s'étira d'un air douloureux, dit qu'il avait encore eu une de ces journées de dingue. Que remuer tout ça, c'était dur. Surtout à cette heure-ci.

– Pourquoi voulait-elle divorcer ?

– Elle avait changé… *On* avait changé, elle et moi. Nos chemins, nos centres d'intérêt…

– Excusez-moi. Vous avez commencé par dire : elle avait changé.

– Oui ? Eh bien ?

– Dans quel sens ?

– Oh, c'est pareil pour tout le monde, je suppose. Cette fatigue qui à mesure que l'on vieillit devient plus lourde à porter.

– En quoi avait-elle changé ?

– Par exemple, elle avait mis un temps fou à accepter ce poste au CEA de Saclay. Pourtant, c'était un boulot passionnant. J'en connais beaucoup qui n'auraient pas hésité.

– Elle n'était pas d'un tempérament hésitant avant, vous voulez dire ?

– Oui, c'est vrai. Dans sa jeunesse, elle avait tendance à savoir ce qu'elle voulait. C'était quelqu'un de très volontaire, ma femme. De très doué aussi.

Il avait ce petit sourire intérieur assez tendre mais ça ne dura pas. Encore un soupir épuisé alors que Bruce demandait :

– Vous savez pourquoi elle a fini par quitter Coronis ?

– Elle n'aimait pas l'ambiance, je crois.

– Elle ne vous a rien dit de plus précis ?

– Non, désolé. Vos collègues m'ont questionné pendant des heures et je n'ai rien pu leur dire de significatif. Je ne sais pas pourquoi on a empoisonné ma femme et ce que signifie cette bestiole en plastique. Patricia n'avait rien à cacher. Elle était fragile et seule et… vous permettez que je fume ? Je sais que c'est interdit dans les bureaux mais…

– Allez-y.

Julien Crespy alluma sa cigarette avec un soulagement évident et dit :

– Au téléphone, vous m'avez dit être sur une autre affaire d'empoisonnement.

– À la strychnine. Le tueur a laissé une signature. Le mot « cobra » sur le parquet.

– Avec quoi ?

– Le sang de la victime.

– Qui était-ce ?

– Un ancien chercheur, Paul Dark.

– Dark ? C'était un ami de ma femme !

– Elle ne vous avait pas parlé de sa mort ?

– Ah non ! Et pourtant, ils se connaissaient depuis leurs années d'étudiants. Ensuite, ils s'étaient retrouvés à l'Institut Pasteur. Et encore une fois chez Coronis.

– Vous connaissiez Paul Dark ?

– Oui, je l'ai rencontré une fois.

– Quand ça ?

– Il y a trois ou quatre ans, je crois. C'était à Rome.

– Le long week-end dans la villa des Androvandi ?

– Oui, c'est ça. La fois où Coronis avait mis les petits plats dans les grands.

– Vous n'avez rien remarqué de spécial ?

– Qu'est-ce que vous voulez dire ?

– Entre votre femme et Dark, par exemple.

– Pourquoi ?

Bruce dit que Dark avait une maîtresse mais que personne ne savait de qui il s'agissait.

– Pas de Patricia, déclara calmement Crespy.

– Vous en êtes sûr ?

– Certain, sinon elle me l'aurait dit. Elle était comme ça. J'ai su pour Marco Ferenczi.

– Et pourtant, elle ne vous avait pas parlé de la mort de Dark.

– Ce n'est pas la même chose.

*Elle me l'aurait dit.* Les mots résonnaient dans la tête de Bruce. Encore une de ces histoires qu'on se racontait entre hommes et qui restaient là entre nos deux oreilles avant qu'un jour, éventuellement, on puisse s'en servir ? Elle me l'aurait dit. Certaines femmes parlaient à peine et c'était pour cacher leurs secrets, d'autres parlaient beaucoup mais c'était pour mieux les cacher encore. Il lui avait semblé que tout à l'heure Martine avait voulu lui dire quelque chose à propos de la danse du serpent sourd. Il lui avait coupé la parole. Vague regret.

Il fallait prendre congé de Julien Crespy qui manifestement ne savait rien. De plus, cet homme était en voyage d'affaires à Francfort la nuit de l'assassinat. Et à Mannheim, le jour de la mort de Paul Dark. Il avait l'air vraiment fatigué. Abattu, en fait. C'était l'adjectif pour quelqu'un qui venait d'apprendre la mort d'un être avec qui il avait partagé une partie de sa vie.

Bruce regarda sa montre. Une fois de plus, il était trop tard pour aller voir Victor.

Victor Cheffert faisait le même cauchemar que la veille. Comme dans la réalité, il était allongé sur son lit d'hôpital, seul dans sa chambre, la nuit. Contrairement à la réalité, sa chambre imaginaire, dépourvue de veilleuses incrustées dans le plafond, était plongée dans le noir et en plus il pouvait ouvrir les yeux. Il avait appris à les accoutumer à l'obscurité et distinguait les formes. Il les distinguait même très bien. Le bout carré de son lit, le rectangle de la fenêtre, la table de chevet, le lavabo, les deux fauteuils parce que les visites étaient limitées à deux personnes en même temps, la porte entrouverte. Exactement ce qu'il avait vu avant qu'on ne l'endorme.

Dans ce cauchemar, le ronronnement du périphérique était devenu une respiration. Et Cheffert cherchait d'où elle pouvait bien provenir. Une respiration qui semblait humaine. Calme, normale. Le Cheffert de son rêve tourna la tête vers la fenêtre, espérant distinguer un lit voisin du sien où serait alité un autre malade endormi et respirant paisiblement. Mais il n'y avait pas d'autre lit. Cheffert tourna cette fois la tête à droite et vit quelqu'un assis sur le bord de son lit et qui le regardait. Encore une fantaisie puisque personne ne pouvait s'asseoir sur ces lits trop élevés et entourés de barres de protection. L'obscurité lui cachait les traits de son visiteur mais Cheffert savait qu'il s'agissait d'un ami.

Ce qui faisait du songe de Cheffert bel et bien un cauchemar et non pas un rêve, c'est qu'il savait que cet ami au visage probablement bienveillant était décidé à le tuer.

# 24

Patricia Crespy n'avait pas haussé la voix. *Elle me l'aurait dit.* Elle n'avait rien dit. Hormis Justin Lepecq, les gens concernés par cette affaire parlaient tous bien volontiers mais n'avaient rien à dire de fondamental. Quant au cobra, il continuait de chuchoter mais on ne percevait pas ses paroles. Alex Bruce était assis à son bureau, rue Oberkampf, la main posée sur le combiné du téléphone. Le numéro de la rue Clapeyron ne répondait pas et Martine avait débranché son portable. Un message enregistré, sa voix qui disait simplement : « À vous. » Cela peut vouloir dire « à vous de parler », se disait Bruce ; mais aussi « à vous de jouer » ; ou bien « je suis à vous ». Poétique finalement, Martine Lewine. Mais puits. Puits toujours. Puits d'amour. L'amour ne peut pas s'y arrêter parce qu'un puits c'est sans fin. À l'image de nos doutes.

Bruce l'appela encore une fois à son domicile et sur son portable puis renonça. De toute façon, il n'y avait rien de nouveau, il n'avait rien à lui dire de spécial. Mais il aurait bien voulu avoir un compte-rendu de sa visite à l'Institut Pasteur. On savait que Dark et Crespy avaient été camarades de faculté puis collègues pasteuriens puis collaborateurs de Coronis. Et c'est à peu près tout ce qu'on avait en main. Et c'était mince. Martine aurait pu au moins se fendre d'un coup de fil.

Vingt minutes plus tard, c'est Victoire qui téléphona depuis le Café Charbon. Elle hurlait. Il y avait beaucoup de monde et à défaut d'entendre correctement Bruce elle aurait bien voulu le voir. Ce soir. Pour prendre un verre. Alex Bruce lui répondit qu'il avait trop de travail en retard et qu'il la rappellerait une autre fois.

– Je ne serai peut-être pas libre, une autre fois, hurla-t-elle en raccrochant.

Il était près de 20 h 30. Martine Lewine se frayait un chemin à moto dans les embouteillages. Elle revenait du 15e arrondissement et de la rue du Docteur-Roux, siège de l'Institut Pasteur, où elle avait rencontré Rachid Tara, chef du département de physiopathologie et jadis patron de Paul Dark et de Patricia Crespy. Dark et son amie de promotion avaient travaillé dans l'unité de pharmacologie cellulaire, l'une des cinq branches du département de physiopathologie, de 1982 à 1998 pour Crespy, de 1981 à 1996 pour Dark. Et Rachid Tara, comme les collaborateurs et patrons de Coronis, n'avait rien à révéler de particulier à leur sujet. Courtois, travailleurs, efficaces. Une odeur de déjà-vu. Crespy et Dark. Dark et Crespy. Deux chercheurs parmi les deux mille quatre cents et quelques salariés des cent neuf unités de recherche, sans compter tous les collaborateurs extérieurs venus d'autres organismes ; l'horizon était surpeuplé et les individus indiscernables. Lewine entendait encore Rachid Tara lui dire : « Pasteur est tout de même, dans sa spécialité, l'un des plus importants centres de recherche en santé publique du monde. » Par acquit de conscience, elle l'avait fait parler de protection des inventions et Tara lui avait certifié qu'à Pasteur, on était prudent dans ce domaine. Et d'ailleurs Patricia Crespy avait déposé un brevet avec son équipe en 1995. Lewine se dit qu'en rentrant, pour mieux comprendre tout ça, elle chercherait le site de l'Institut sur le Net.

— C'est encore moi, Alex baby. Devine !

— Qu'est-ce qui se passe ?

— J'autopsie ta cliente dans moins d'une heure. Delmont m'a appelé. Il ne peut plus se passer de moi. Je suis le meilleur légiste de la place de Paris. J'autopsie le jour et la nuit, j'autopsie toujours, sans retour. Tu viens ou tu m'envoies quelqu'un ?

— J'arrive.

— Tu peux peut-être envoyer Lewine ou Danglet à ta place. Ça leur durcira le cuir à ces blancs-becs.

— Non, non. J'arrive.

Le territoire des morts, c'est mon affaire, Thomas, qu'est-ce que tu crois ! se dit Bruce en raccrochant. C'est moins dangereux que mon quartier où certaines nuits les filles se changent en ocelots et rôdent.

— Cette fois, Alex, c'est pas une histoire de strychnine.

— C'est quoi alors ?

— Une ingestion de sels cyanurés. L'odeur d'amande amère est flagrante.

Thomas Franklin remarqua qu'Alex Bruce le considérait d'un œil dubitatif. Le légiste admettait bien volontiers que l'odeur du corps en décomposition couvrait pas mal d'autres effluves. Le mari de la victime ne l'avait trouvée que quatre jours après sa mort.

Mais quand même, on la discernait bien, cette odeur d'amande, se disait Franklin. Il reprit :

— Et l'intérieur de l'œsophage et de l'estomac est noir comme une peau de figue. Tu vois, en cas d'empoisonnement cyanhydrique par ingestion, la muqueuse est complètement érodée par l'altération du sang.

— Je vois. Il faut une forte dose ?

— Non. La dose fatale est seulement de cent cinquante à trois cents milligrammes, en principe. Mais certains s'en sortent après avoir avalé jusqu'à deux grammes de cyanure et plus. Parce que s'ils sont stockés trop longtemps, les sels peuvent être en partie désactivés.

— Tu vois un rapport avec la strychnine ?

— Non. Le cyanure est un poison plus propre, Alex. Parce que bien plus rapide. On n'a pas le temps de souffrir.

— Tu veux dire qu'elle n'a rien senti ?

— Non, parce que dès que les sels ingurgités rencontrent de l'eau ou de l'acide gastrique, du HCN se libère et…

— De l'acide cyanhydrique ?

— Si tu préfères. Ce poison cellulaire bloque l'oxygénation des tissus. Et en général le processus ne prend que quelques secondes. Mais c'est toujours la même histoire : certains individus résistants meurent en quinze à vingt minutes. Enfin, je dirais que vu son petit gabarit, elle a dû mourir vite. Tu dis qu'il n'y a pas d'effraction ?

— Non, et le serrurier qui a ouvert au mari dit que la porte était fermée à double tour. La clé était sur son crochet. Et le double dans le sac à main. D'après le mari, ce sont les deux seules clés existantes.

– Et vous avez retrouvé un cobra en plastique ?

– Oui, posé entre ses seins, la tête au niveau du cou.

– Posé, c'est vite dit.

– Pourquoi ?

– Elle a pu l'installer là elle-même.

– Comment ça ?

– Le cyanure, c'est rare pour un homicide, Alex. J'ai lu récemment une étude sur les morts par cyanure. Eh bien soixante-dix pour cent concernaient des suicidés. C'est fréquent chez les employés des laboratoires et du secteur chimique parce qu'ils peuvent s'en procurer facilement.

– On en revient à Coronis, Thomas.

– Oui, mais les deux seuls homicides dont je me souviens n'avaient rien à voir avec ce milieu. Le premier concerne une gamine de neuf ans tuée à la place de quelqu'un d'autre avec du sirop Josacine dans lequel on avait mis le cyanure. L'autre s'est déroulé en Guyane. Et encore, ce coup-là était tangent. Des adeptes d'une secte « suicidés » par leur gourou. Tu te souviens ?

– Le type se faisait appeler le révérend Jones, je crois.

– Ouais, Alex baby, et il a zigouillé neuf cents mecs d'un coup. Pas mal, non ?

Lewine se réveilla vers deux heures du matin avec la sensation d'avoir la cervelle dans un étau. Elle avait oublié d'ouvrir la fenêtre et le chauffage de l'immeuble toujours poussé au maximum avait transformé sa chambre en étuve. Elle alla boire un verre d'eau. Elle ouvrit la fenêtre de la cuisine et l'air lui rafraîchit le visage. Elle se revit à Deauville courant sur la plage. Presque heureuse. En tout cas, très bien physiquement.

Quittant la gare Saint-Lazare, un train coupa le silence. Lewine écouta attentivement, imagina les passagers engourdis dans cette plainte de fer qui s'étirait, s'étirait. Un train qui partait en banlieue, il n'y avait pas de quoi rêver mais ça lui suffisait cette nuit. Cette idée que jamais rien ne restait figé. Ni nos joies ni nos peines. Il y avait des chansons de cow-boys dans ce genre-là. Des cow-boys en caleçons de flanelle.

Elle décida de boire tout de même un fond de tequila et pendant un moment, assise à sa table de cuisine, ne pensa plus à rien. C'est grâce à cette immobilité que la minuscule idée qui s'était forgé un chemin dans ses rêves et restait immobile entre deux eaux ou sous une pierre se remit en mouvement et remonta lentement à la surface comme une bulle d'oxygène dans un étang calme. Il lui sembla tout à coup que les listes de l'Institut Pasteur consultées tout à l'heure sur le Net s'étaient imprimées dans sa tête. De longues listes bourrées de noms scientifiques. Des titres bleus soulignés sur lesquels on pouvait cliquer pour approfondir. Cent neuf unités. Une multitude de voies de recherche.

Lewine emporta son verre et s'assit devant son ordinateur. La pendule à droite de l'écran indiquait 02 : 37. Il lui fallut près d'une demi-heure pour repérer ce qu'elle cherchait. Et qu'elle avait enregistré inconsciemment.

À l'Institut Pasteur, Paul Dark avait travaillé dans l'unité de pharmacologie cellulaire, l'une des cinq branches du département de physiopathologie. La cinquième était consacrée aux venins.

# 25

Martine Lewine trouva Rachid Tara dans l'annuaire, mais 3 heures du matin n'était pas le créneau idéal pour réveiller un pasteurien. Demain après-midi, en compagnie d'Alex, elle devait se rendre à Gif-sur-Yvette afin de rencontrer les collègues du commissariat local et de passer en revue l'appartement de Patricia Crespy. Elle réfléchit et décida de partir sans attendre. Si elle trouvait une information intéressante, elle pourrait en parler à Tara dès l'arrivée de ce dernier à son travail.

L'impressionnant silence de la banlieue. Lewine eut la sensation de le perforer en garant sa moto sur le parking de la résidence. Elle connaissait ce silence par cœur, elle avait vécu quelques années dans une banlieue de ce genre avec une de ses familles d'accueil. Pas un mouvement humain ou animal, pas un carré de lumière aux fenêtres, pas un véhicule sur la route qui longeait les bâtiments ou au-delà. L'immobilité avait tout colonisé à des kilomètres à la ronde.

Cette fois, elle emprunta l'ascenseur. Dans la cabine tendue d'une moquette rouge ternie, elle pensa que la mort s'était faufilée dans la puissance de ce silence pour atteindre Crespy. On ne savait pas exactement à quelle heure, en tout cas, ça s'était passé la nuit.

Lewine écarta les bandes en plastique marquées *police zone interdite* qui barraient l'entrée de l'appartement d'une grande croix jaune. La serrure étant défoncée, elle n'eut qu'à pousser la porte. Elle se souvint que l'interrupteur était à droite en entrant. Elle l'actionna. Plus de clé au crochet : les gars de l'IJ l'avaient embarquée – ils avaient aussi transformé les lieux en capharnaüm. Mais l'odeur des chairs pourrissantes était restée derrière eux. Pas étonnant. Elle se souvenait de cette atmosphère d'étuve lors de sa dernière visite, de quoi hâter la décomposition du corps. Cette fois, quelqu'un avait coupé le chauffage.

Elle avait gardé son blouson et ses gants. Il lui semblait que l'air glacial de la nuit était encore à danser autour d'elle, à chercher les interstices où se faufiler. La fatigue accroissait un peu la sensation. Mais la pesanteur n'avait pas encore gagné le combat contre ses épaules et sa nuque. Une fois de plus, elle avait craché ses tripes lors de son dernier cours de kung-fu. Et en fait cette intense activité physique maintenait son niveau d'énergie. Si ça devait s'effriter, elle avait tout prévu et transportait sous le bras une bouteille Thermos pleine de café.

Couvert d'un faux parquet collé, le sol ne couinait pas comme dans les appartements anciens, celui de Dark aux lattes sombres par exemple, mais il semblait tout de même à Lewine que ses pas résonnaient dur. Elle enleva ses bottes. Elle n'avait pas envie que le voisin du dessous appelle les collègues.

Elle s'assit dans le même fauteuil que la dernière fois, d'ailleurs il était encore encombré de ses vieux magazines, enleva ses gants et s'offrit un café. Elle se revit interrogeant Patricia Crespy penchée sur son aiguille, se demanda où était passé l'alphabet dans tout ce bazar. En le voyant elle avait pensé : M comme mort ou comme maréchaussée ou comme Martine. Elle avait senti l'anxiété de Crespy, s'était dit que ce n'était rien de précis, juste la peur du monde qu'éprouvent les déprimés. Les collègues de Gif n'avaient pas trouvé de lettre de menaces, ni de message sur le répondeur. L'agenda de Crespy était désormais à la Brigade et Alex, Danglet ou Morin commencerait à le faire parler dès demain.

Elle plissa les yeux pour revoir la silhouette de la brodeuse, lents mouvements, diction assortie. Elle lui avait dit : « J'étais sa meilleure amie. On se connaissait depuis vingt ans et notre entrée à la fac de sciences. C'est Paul qui m'avait fait signe de le rejoindre à Coronis. » Et puis elle avait parlé de Federico Androvandi, le chef de la sécurité. D'après Alex, l'homme à tout faire de Marco Ferenczi. Lequel Ferenczi avait fait plus de mal que de bien à Patricia Crespy. Elle ne voulait pas que Lepecq sache qu'elle voyait toujours Paul Dark. En fait, elle m'a raconté pas mal de choses ce jour-là, se dit Lewine. Mais, de même qu'avec son mari, elle ne disait que ce qu'elle avait envie de dire. En réalité, elle cachait un iceberg. Puisqu'on l'a tuée. Cette histoire de clé ouvrait la possibilité du suicide. Mais Lewine ne sentait pas l'histoire comme ça ; Lewine flairait le cobra, aussi bien que l'odeur de mort dans cet appartement dévasté.

Elle se leva pour aller entrouvrir la porte-fenêtre qui donnait sur un petit balcon plein de pots vides entassés. Il y avait aussi un arrosoir en ferraille. C'était si moche ces bouts de jardin rabougris à la morte saison, rien ne valait une bonne dalle de béton dépouillée. Lewine n'avait jamais saisi l'utilité d'un balcon dans une zone climatique qui n'était pas au minimum méditerranéenne. Elle se pencha pour voir sa moto neuf étages plus bas puis elle se demanda par quoi elle allait commencer : mission difficile, elle ne savait même pas ce qu'elle cherchait.

En tout cas, elle savait pourquoi elle était là. Pendant son voyage à moto, elle avait admis une vérité de base : elle voulait courir plus vite que le commandant Alexandre Bruce sur l'affaire Cobra. Elle devançait l'appel pour qu'il ne trouve pas matière à aller consulter Mathieu Delmont au sujet de son cas. Le cas Martine Lewine qui ferait merveille partout ailleurs que dans le groupe Bruce. Est-ce que tout au fond de lui, il n'avait pas envie de supprimer de sa vue un reproche ambulant ? Lewine réalisa qu'elle avait inconsciemment éteint son téléphone mobile et n'avait pas vérifié sa boîte vocale. Alex attendait sûrement qu'elle l'appelle au sujet de Rachid Tara. Il avait envie de confronter leurs points de vue, faute de mieux, faute de Victor. Demain, elle mentirait un peu en disant que la pile de son téléphone mobile était tombée à plat.

Et soudain, sans raison précise, elle aperçut un morceau de l'iceberg qui pas plus tard que la dernière fois flottait dans la cervelle de Crespy. Elle avait dit : « On se connaissait depuis vingt ans et notre entrée à la fac de… C'est Paul qui m'avait fait signe de le rejoindre à Coronis. » Mais Crespy n'avait pas mentionné leur expérience commune à Pasteur. Il avait fallu la déposition de Julien Crespy pour l'apprendre. Pourquoi ? Pour une femme qui aimait la recherche, la vraie, au point de quitter l'aisance offerte par Coronis pour rejoindre le CEA, qu'est-ce que cette omission signifiait ?

Lewine décida de fouiller tiroirs et bibliothèque à la recherche d'une réponse. Elle trouva des dizaines d'ouvrages scientifiques de tous ordres et parmi eux de nombreux recueils intitulés *Annales de l'Institut Pasteur*. Elle les ausculta un à un, lut des phrases telles que : « Les similitudes structurales et pharmacologiques qui existent entre les SRTXs et les Ets suggèrent fortement que ces dernières soient des "toxines endogènes" chez les vertébrés, ce qui rend l'étude des SRTXs particulièrement attrayante », et ça la fit sourire. Attrayante, attrayante. Elle découvrit des articles signés Paul Dark et d'autres signés Patricia Crespy. L'envenimation ophidienne en Afrique, les toxines de venins de scorpion, les venins d'araignée et toxines peptidiques et ainsi de suite. Elle trouva des comptes-rendus de séminaires et de congrès scientifiques, des fiches de paye provenant de l'Institut et d'autres de Coronis et du CEA. Au bout d'un temps indéfini, elle dut admettre qu'elle n'avait pas avancé d'un centimètre. Pas étonnant, aurait dit Alex, lui qui évoquait ses trois semaines consacrées à faire parler un ticket de métro. Qu'est-ce qu'elle croyait ?

Martine Lewine alla à la salle de bains, regarda les cosmétiques de Crespy puis son visage dans le miroir de l'armoire à pharmacie : il n'avait pas l'air en trop mauvais état malgré la nuit qui blanchissait à vue d'œil. Elle pénétra dans la chambre. Le lit double avait été débarrassé des draps et couvertures. Restait un pitoyable matelas taché et de guingois. Face à ce désastre, une petite télé sur une étagère. La télécommande était sur la table de chevet.

Lewine ouvrit le placard. Il y avait quelques vêtements et un coffre en bois. Elle souleva le couvercle. C'était une boîte de couture à l'ancienne, pleine de fils bariolés et de ces outils mystérieux que connaissent bien les couturières. Sous une paire de ciseaux, l'alphabet tendu dans son métier de bois. Lewine le prit et passa le doigt sur la douceur de la dernière lettre en devenir. Patricia Crespy était allée jusqu'au R. « La broderie, qu'est-ce que ça vous apporte ? » Qu'avait-elle répondu exactement ? Elle avait répondu... quelque chose comme :

« L'apaisement... enfin je crois.

– Votre alphabet est plus qu'à moitié terminé. Ce n'est pas la mort de Paul Dark qui...

– Depuis mon divorce peut-être.

– À cause de Marco Ferenczi ?

– Non... je ne crois pas. Lui ou un autre, non... »

Martine Lewine remit la boîte à sa place et retourna au salon. Elle tourna un peu sur place, alla jeter un coup d'œil par la fenêtre – rien de plus à voir que tout à l'heure – et se campa face à la bibliothèque. Moins luxueuse que celle de Paul Dark mais tout aussi fournie. Patricia et Paul, P et P, amis depuis des années. Patricia et Paul avaient des points communs, aimaient tous deux beaucoup la lecture. Avec une préférence pour les bouquins scientifiques. Une nette préférence. *Les similitudes structurales et pharmacologiques qui existent entre les SRTXs et les Ets suggèrent...* et ainsi de suite.

Elle alla se rasseoir dans le fauteuil, jeta les magazines sur le parquet pour être plus à son aise. Elle but un autre café tout en scrutant les recoins de l'appartement. La porte, le crochet à clé, les quelques meubles anodins et la bibliothèque, tous ces livres. Tous ces livres. Et tous ces gens, tous ces spécialistes qui s'étaient pressé le citron pour produire une montagne de livres complexes. Là, pour le coup, elle trouvait ça plus utile et bluffant que tous ces romans qu'elle ne lisait jamais et ne lirait jamais parce qu'elle les détestait d'avance. Elle se leva, fit la navette entre le fauteuil, la porte d'entrée, la chambre, la porte-fenêtre s'ouvrant sur la nuit toujours aussi silencieuse. La nuit, la baie, la chambre, la nuit, la porte, plus de clé.

Elle se rassit, but encore. Fit le vide un instant. Le cobra avant l'attaque. Au moment où les muscles de la bête semblent relâchés, au moment où son adversaire peut croire à un répit. Corps souple, esprit vide, aucun sentiment d'agressivité, le mental n'est qu'une petite lueur du type de celles qu'on voit sur les téléviseurs en veille.

Lewine se dit qu'au milieu de ces ouvrages fourmillant de formules, de schémas, de démonstrations imparables, il y en avait un qui tranchait. Elle l'avait vu sans le voir tout à l'heure. Un livre récréatif. Un livre sur la broderie.

La broderie, l'apaisement.

Elle se leva d'un bond et chercha, le retrouva vite, coincé à côté d'un pavé en anglais. *Guide de la broderie*. Elle le feuilleta avec une certaine excitation. Entre deux pages, elle trouva un petit article jauni, découpé dans *Ouest-France*. Il était daté du 22 mai 1997 et évoquait la collision sur la voie express reliant Vannes à Auray d'une voiture de tourisme et d'un break commercial. L'accident avait causé la mort d'un jardinier paysagiste de la région et d'un Parisien. Et également un énorme embouteillage provoqué par l'incendie des voitures. Son conducteur, V. Moria, trente-huit ans, travaillait à l'Institut Pasteur.

Lewine sourit. Moria. Moria ! Elle se souvenait de ce nom à consonance italienne. Vincent Moria était l'accidenté de la route niché dans les derniers dossiers compulsés par le groupe Bruce. Elle s'était même dit que ce chercheur était mort à l'âge d'Alex, qu'en périssant carbonisé il avait connu le destin de Bertrand le steward[1]. Le fil pouvait être aussi ténu que celui d'une brodeuse. Mais il pouvait aussi provenir d'une pelote d'or.

Ou bien il était le fil d'Ariane qui permettrait à l'autre type, elle avait oublié son nom à celui-là, de sortir du labyrinthe. Voilà une image qui plairait à Alex. Il ne jurait que par les mythes grecs. Et surtout celui d'Orphée et de sa copine Eurydice. J'en ai rien à foutre des mythes grecs, moi, se dit Lewine avec une intense satisfaction.

1. Cf., du même auteur, *Vox*, éd. Viviane Hamy, collection Chemins Nocturnes, 2000.

# 26

Pour rallier la rue du Docteur-Roux dans le bon créneau horaire cette fois, Lewine slaloma au cœur d'un trafic intense. Une odeur de vieux pneu brûlé avait capturé la ville. Les gaz d'échappement s'affolaient dans l'air glacial mais statique, furieux d'être confinés sous la coupole d'un ciel plombé. À 8 h 20, Lewine gara avec soulagement sa Kawasaki dans le parking de l'Institut Pasteur. Ses jambes commençaient à s'ankyloser, elle n'avait dormi qu'une paire d'heures sur le canapé de Crespy.

En poste depuis deux ans, le patron de l'unité de pharmacologie cellulaire avait bien connu Patricia Crespy, un peu Paul Dark avant son départ pour Coronis mais le nom de Vincent Moria n'évoquait rien pour lui. Les employés du service du personnel n'étant pas encore arrivés, Tara consulta lui-même les listes, ouvrit plusieurs fichiers en prenant des notes au fur et à mesure. Lewine sentait l'excitation lui nouer le ventre.

– Le voilà votre Vincent Moria, finit par dire Tara. Il travaillait dans notre département de physiopathologie mais dans l'unité des venins.

Lewine ne put réprimer un sourire de satisfaction. Tara qui l'avait déjà reçue se souvenait bien sûr de l'histoire du cobra. Il la fixa un instant avec un air où se mêlaient curiosité et connivence avant de poursuivre ses investigations. Enfin, il lut ses notes :

– Je vous avais dit la dernière fois que Crespy était restée à Pasteur de 1982 à 1998. Dark de 1981 à 1996.

– Exact.

– Eh bien ce Vincent Moria a travaillé chez nous d'octobre 1993 jusqu'à mai 1997.

– Oui, c'est la date de son accident.

– Sa spécialité était les venins de serpents exotiques.

– Les cobras ? demanda Lewine.

– Moria travaillait surtout sur les atractaspidés. Très dangereux, eux aussi. Leurs toxines tuent une souris en quelques minutes et un homme en moins d'une heure. Mais contrairement aux cobras de la famille des élapidés dont le territoire est surtout l'Asie, la majorité des atractaspidés vit en Afrique, et on en trouve un peu dans la péninsule arabique et…

– Vous êtes sûr qu'il ne travaillait pas sur le venin de cobra ?

– Moria avait travaillé un temps sur les cobras mais ses grandes avancées théoriques c'était aux atractaspidés qu'il les devait. Il a publié des articles passionnants là-dessus.

– Et rien sur le cobra ?

– Récemment, deux équipes ont montré séparément que des protéines du système immunitaire favorisaient la tremblante du mouton. Ces chercheurs ont utilisé le venin de cobra pour bloquer les protéines et ralentir l'infection. Mais il ne s'agissait pas de Moria pour la bonne raison que ça ne se passait pas à l'Institut Pasteur. Désolé de vous décevoir.

– Moria avait-il fait une découverte notable ?

– Oui, mais pas tout seul. On fonctionne tous en équipe ici. En fait, son groupe avait réussi un beau coup. Ils ont identifié un activateur de plasminogène chez un serpent chinois. L'Institut l'a breveté, bien sûr. Une découverte qui peut déboucher sur un médicament capable de dissoudre les caillots sanguins. Vous imaginez l'utilité quant aux accidents vasculaires !

– « Peut déboucher » ? Le médicament n'existe pas encore ?

– Bien sûr que non. Ce sont des travaux de longue haleine. L'Institut est en pourparlers pour vendre le brevet à un gros laboratoire international.

– Rien à voir avec Coronis ?

– Non. Trop petit.

– Je suppose que les enjeux financiers sont importants.

– Ils sont énormes parce que les applications semblent illimitées. En génétique notamment. On espère fabriquer à partir de venin des médicaments ciblés qui fonctionneront comme des seringues moléculaires. C'est la médecine du futur. Et c'est paradoxal quand vous savez que les venins remontent à la nuit des temps. Le scorpion, par exemple, existe depuis plus de quatre cents millions d'années. On peut le taxer de fossile vivant. Et donc, en résumé, découvrir les secrets des venins, c'est plonger dans la mémoire du vivant.

– On peut les utiliser directement comme médicament ?

– Disons plutôt qu'ils offrent d'énormes perspectives pour leur mise au point. Ce sont des cocktails mortels complexes, composés de centaines de molécules différentes. C'est en arrivant à comprendre comment ils bloquent nos processus vitaux que nous apprenons beaucoup de choses sur le fonctionnement du corps humain. Par exemple, la connaissance du système nerveux a énormément progressé grâce à l'étude d'une toxine de serpent qui se fixait sélectivement sur certains récepteurs. Mais c'est déjà une vieille découverte.

– Revenons à cette histoire de venin de cobra…

– Si vous y tenez.

– Y aurait-il moyen de vérifier si Moria en utilisait ?

– Je suppose qu'il faudrait que je consulte la comptabilité de son groupe. Nous nous fournissons sur le Net auprès de sociétés spécialisées. Il y a tout ce que vous voulez dans leurs catalogues, cobra ou autre.

La porte du bureau d'Alex Bruce était ouverte. Il y avait un type menotté de dos, un nouveau mastodonte, mais avec le crâne rasé, celui-là. Alex l'interrogeait avec Cédric Danglet. Et cette fois, il y avait un OPJ qui surveillait le type de près. Elle attendit qu'Alex la repère et vienne la rejoindre dans le couloir.

– Un braquage, dit-il sobrement. Ensuite, il a descendu un jeune gars dans la rue sans raison apparente. Décidément, c'est la série des muets : le type est aussi causant qu'une pierre tombale. C'est pas gagné. Dis donc, t'étais où ? J'essaie de te joindre depuis un bail.

– Mon mobile était à plat.

– Les piles, ça se change, Martine. Comment veux-tu travailler dans ces conditions ?

– Mais j'ai du nouveau. J'ai revu le patron de Paul Dark à l'Institut Pasteur.

– Et ?

– Je crois qu'on tient quelque chose.

Il hocha la tête, l'air impassible. Elle ne parla pas de son passage à Gif mais raconta sa conversation avec Rachid Tara. Puis la relation entre Crespy, Dark et Moria, le chercheur accidenté. La mémoire du vivant, les gigantesques bons en arrière et en avant, des fossiles vivants à la médecine du futur. Après avoir été poussé dans ses retranchements, l'ex-patron de Moria avait accepté de fouiller sa comptabilité. Le groupe dans lequel travaillait Vincent Moria avait bel et bien commandé du venin de cobra. Entre autres. Bruce posa sa main sur son épaule, exerça une légère pression et dit doucement :

– Beau boulot, Martine.

Elle sentit un frisson lui parcourir le ventre. Et toi, qu'as-tu fait cette nuit, où as-tu dormi ? pensa-t-elle mais elle lui dit :

– Rachid Tara m'a présenté quelqu'un qui a travaillé avec Vincent Moria dans l'unité des venins. Son collègue m'a donné les coordonnées de sa veuve. Une spécialiste des virus qui travaille pour le laboratoire Mérieux P4 à Lyon.

– Tu l'as appelée ?

– Oui. Elle est à peu près aussi causante que ta pierre tombale. Je crois qu'on a tout intérêt à se déplacer.

– Je ne peux pas bouger d'ici aujourd'hui. Mais vas-y, toi Martine.

Elle s'était imaginé qu'ils se rendraient ensemble à Lyon. Malgré sa déception, elle aima le ton de sa voix, cette tranquillité entre eux, maintenant.

– Moi aussi, j'ai du nouveau, dit-il. Thomas Franklin a autopsié Crespy.

– Déjà ?

– Delmont veut qu'on active. La nouvelle, c'est que ce n'est plus de la strychnine mais du cyanure. Thomas dit que ça pourrait être un suicide. Plus de souffrance, Crespy est morte en quelques secondes. Elle n'a ouvert sa porte à personne. N'a rien bu avec qui que ce soit. Elle était allongée dans son lit.

– Tu la vois éteindre la lumière, s'allonger, mettre le serpent entre ses deux seins et avaler son cyanure, Alex ?

– Je ne sais pas. En tout cas, il ne faut pas se laisser enfermer dans l'évidence. On en déduit que c'est le cobra mais qu'est-ce qu'on en sait ?

Elle se dit qu'une femme aussi organisée que Crespy, même fatiguée, aurait terminé son alphabet avant d'en finir. Elle serait allée jusqu'à la lettre Z.

– Alex, ce n'est pas se laisser enfermer dans l'évidence que de penser à 1+1+1 = 3.

Il leva le sourcil, ses yeux bleus plus brillants que jamais. Il a vraiment une gueule de tombeur, se dit Lewine. Et de la pire espèce : il ne sait même pas qu'il en est un et il nous jette une à une comme des Kleenex. Elle continua :

– Dark + Crespy + Moria = cobra.

– Je croyais que Moria était mort dans un accident de voiture.

– Il ne faut pas s'enfermer dans l'évidence, Alex. C'est toi qui le dis.

– Oui, c'est moi qui le dis.

Ils se turent un moment et la voix de Danglet cassa leur silence.

– Mon gars, c'est quand tu veux, toute ma journée t'appartient.

La porte du bureau d'Alex était ouverte sur une scène d'interrogatoire. Danglet se racla la gorge, sourit et ajouta d'une voix claire et calme :

– Toute ma journée pour toi. Toute ma journée, et peut-être bien toute ma nuit.

Lewine eut envie de dire qu'il se débrouillait impeccablement tout seul mais Alex fit signe au lieutenant qu'il arrivait.

– Bonne chance à Lyon, ajouta-t-il avec le même sourire amical qu'il aurait eu pour Victor.

Assez asexuée comme ambiance mais c'était toujours ça de pris.


Qu'est-ce que trois Italiens foutaient dans un sauna scandinave ? C'était ce que se demandait Federico en riant intérieurement tout en renversant une louche d'eau sur les pierres chauffées. L'odeur d'essence algérienne les enveloppa en même temps que le nuage de vapeur. Décidément, Marco avait eu une bonne idée. Federico se sentait vivre un moment hors du temps. Ils n'avaient jamais fait ça à trois, jamais fait ça à deux avec Marco. Dommage. Quand Lepecq était de sortie, Federico y allait seul quelquefois. Pour suer sa fatigue et toutes ses futures hésitations. Il était venu suer la mort de Vincent Moria. Évaporée avec l'essence algérienne, la mort de Moria. Magique. À refaire mille fois jusqu'à la fin des temps. Invincible.

Pourquoi avait-il fallu attendre le court voyage de l'illuminé à Londres pour profiter de *son* sauna en famille ? Pourquoi le dormeur mirifique était-il toujours perçu par tous comme le vrai propriétaire de Coronis ? Et eux comme une bande d'immigrés, de luxe mais immigrés tout de même ? Après tout, Marco avait autant de parts que Lepecq dans Coronis.

Federico prit une grande inspiration et allongea les jambes. Il y avait longtemps qu'il ne s'était pas senti aussi bien. Carla et Marco étaient assis côte à côte et face à lui, décontractés. Ils étaient agréables à regarder. Elle, si blonde. Lui, le visage intense dans sa maturité pleine et ce torse de jeune homme, sans un poil de graisse. En costume ou seulement couvert d'une serviette éponge, Marco avait tout d'un roi. Et maintenant, à se reposer dans le sauna, Carla et lui avaient presque l'air d'un couple normal. La Carle n'avait rien bu de la matinée. Elle faisait un effort. C'était son anniversaire aujourd'hui. Trente et un ans. Après le sauna, Marco avait dit qu'on irait manger à La Cuccina.

La Carle avait été la favorite du grand-père. Marcello Androvandi la couvrait de cadeaux. Des petits présents mais aussi de bien belles choses. Et même un bijou de temps en temps. Et beaucoup de vêtements parce qu'il disait que les parents malgré leur argent n'avaient pas de goût. Marcello ne mégotait jamais, il répétait que les comptables faisaient ça beaucoup mieux que lui. Marcello disait toujours ce qu'il pensait mais il avait la manière de le dire. Il disait aussi de la Carle qu'elle avait des cheveux d'ange, était sa petite beauté, récitait à merveille les poèmes de l'école. Federico n'avait jamais été jaloux, au contraire. Il aimait que sa sœur soit aimée de tous, bien cajolée, bien habillée. Ils jouaient au défilé de mode tous les deux, elle lui prêtait les robes choisies par Marcello, et ils se déguisaient, riaient comme des fous. Un jour, il avait même fabriqué à sa petite sœur une robe de fée dans un vieux rideau. Son corps si petit alors, cette impression qu'il avait à sa disposition une montagne de mousseline blanche. Il avait été étonné du résultat. « Federico, tu m'as fait une magnifique robe de princesse. » Lui savait que c'était une robe de fée – ce qui n'avait rien à voir – mais il n'avait pas voulu la contrarier. Carla la Carle était si contente. La Carle avait toujours fait partie de sa vie, à tel point qu'il s'était demandé s'ils n'avaient pas exactement le même cerveau. Elle dans un corps de fille, lui dans le sien. Il n'avait jamais été jaloux d'elle.

L'idée qu'elle doive retourner à Rome pour laisser la place libre à l'autre ne lui plaisait pas. La Carle et lui se parlaient peu, inutile, ils savaient ce qu'ils pensaient. Elle savait qu'elle pouvait compter sur son grand frère. Et pourquoi vivait-on dans une époque où une femme ne pouvait plus se reposer entièrement sur un homme ? Et pourquoi la Carle ne pouvait-elle pas être une jolie fée vivant à côté d'un homme qui la protégeait, même si physiquement, entre eux, ce n'était plus tout à fait ça ? De toute façon, avec la vieille, ce n'était pas ça non plus. Elle donnait son grand corps bizarre à Marco et lui refusait sa tête compliquée tandis que la Carle ne faisait rien d'autre qu'être elle-même. Il faudrait que la vieille lui laisse voir une bonne fois pour toute l'intérieur de son crâne pour que Marco soit rassasié et qu'on ait la paix. La paix royale de trois Italiens dans un sauna scandinave.

Marco sortit un petit coffret gris de la brume du sauna, de nulle part. Il l'avait coincé dans sa serviette sans qu'on le voie et il le tendit à la Carle avec un sourire à faire fondre, comme si c'était encore possible dans une atmosphère à plus de soixante degrés. Émue, Carla l'ouvrit. C'était une bague magnifique. La Carle la passa à son doigt en riant, l'enleva pour la tendre à Federico qui fit mine de la découvrir alors que Marco la lui avait montrée ce matin. Une rondeur dorée de bague seigneuriale, une pierre centrale verte entourée de quatre pierres rouges. Federico eut un sifflement appréciatif puis la rendit à sa sœur et attendit la suite.

Marco avait tout préparé soigneusement. Il faut réussir à le suivre, pensa une nouvelle fois Federico, il va si vite. Plus tard, en fonction de la manière dont ça tournera, on pourra toujours se débrouiller pour faire revenir la Carle à Paris. Ou, mieux, pour la rejoindre à Rome.

– Carla, on va partir en vacances, dit tout simplement Marco.

– Ah oui ?

– Ça fait trois ans que je n'en ai pas pris, j'en ai besoin. Et toi aussi, chérie.

– On va où ?

– À Rome. Je veux revoir la famille, les amis.

– Quand part-on ?

– Tu pars la première, je te rejoins dès que possible.

– Mais, Marco…

– Tu pars, ma Carle.

– Sans toi…

– Tu en as besoin. Quand je te retrouverai, tu seras dorée comme un croissant. La tante va te retaper. Et je prendrai un congé sabbatique. On restera un bout de temps tous les deux en Italie. Et peut-être pour toujours, qui sait ?

– Mais, Marco…

– Tu pars, ma Carle.

– Et Dany ?

Le ton agressif, fusée d'enquiquinements prête à jaillir de la serviette-éponge. Federico retint son souffle. Jusqu'à présent, il pensait que sa sœur acceptait la situation sans trop souffrir. Avec patience. Ou qu'elle s'était fait une raison. Règle numéro un : pour garder Marco, le laisser vivre à son gré. Depuis qu'ils habitaient Paris, elle n'avait plus posé de questions directes sur ce ton. En fait, depuis leur départ de Rome, les scènes d'hystérie étaient terminées.

– On ne s'occupe pas de Dany pour le moment.

– Tu me rejoindras vite, hein, Marco ?

– Promis.

Soulagement. La fusée n'était qu'un pétard éteint par la vapeur. Federico pensa que si Marco renvoyait Carla maintenant, c'est parce qu'il voulait avoir l'esprit libre. Il avait sûrement décidé que le moment était venu pour le dormeur mirobolant.

Je ne suerai ni ma fatigue ni mes hésitations avec le dormeur somptueux, se dit Federico. Pour une fois, je suerai de la joie.

## 27

Lewine arriva à Lyon-Perrache à 16 h 37 et prit un taxi pour le quartier de Gerland. Sur l'avenue Tony-Garnier, le laboratoire Mérieux P4 était une structure de verre et d'acier à première vue transparente. Lewine savait qu'il n'en était rien. Ce bâtiment était une forteresse inviolable, aux vitrages à l'épreuve des balles et des explosions. Rachid Tara avait expliqué que le P4 était un labo de sécurité maximale consacré à l'étude des virus les plus dangereux du monde et notamment les fièvres hémorragiques Lassa et Ebola. Des sas assuraient une protection totalement hermétique. Les déchets étaient incinérés à haute température et le personnel portait des scaphandres liés à des prises d'air indépendantes. Les chercheurs étaient tenus de prendre une douche au phénol après chaque sortie. De plus, ils avaient tous reçu une formation pour faire face à une éventuelle prise d'otages.

Lewine sortit du taxi et étudia le bâtiment un instant. La démarche normale aurait voulu qu'elle se présente à l'accueil et demande à parler à Lucie Moria. Elle déclinerait son identité, présenterait sa carte de police. Et serait enregistrée dans l'ordinateur. Nom, raison sociale, propos de la visite, heure d'arrivée. Or la veuve de Vincent Moria avait été extrêmement froide au téléphone et expéditive. Il y avait une stratégie d'approche plus fine que celle du chien dans le jeu de quilles. Lewine sortit son portable de son sac.

– Lucie Moria !

Toujours cette même voix décidée. Lewine dit à la chercheuse sur le même ton :

– Capitaine Martine Lewine, de la Brigade criminelle de Paris. Je viens d'arriver à Lyon.

Soupir sur la ligne et silence.

– Madame Moria ?

– Oui, je vous écoute.

– Il faut que je vous voie. Je suis devant votre laboratoire.

– Je n'ai rien à vous dire de plus que ce matin.

– C'est à la police d'en décider.

– Vincent est mort depuis plus de trois ans et…

– On peut toujours parler.

– Je n'ai pas le temps.

– Prenez-le.

– Je voudrais qu'on me laisse tranquille avec tout ça.

– Madame Moria, j'ai préféré rester discrète.

– Oui et alors ?

– Vous avez le choix entre prendre un café incognito avec une femme qui n'a même pas une tête de flic. Ou me voir débarquer officiellement après avoir ameuté le P4 au grand complet. Qu'est-ce que vous préférez ?

Un nouveau temps mort puis d'une voix moins décidée :

– C'est bon, je descends. Mais il va falloir être patiente. On ne sort pas d'ici comme d'un moulin.

– Je suis patiente.

C'était une petite brune mal coiffée, à peine maquillée et l'air en pétard. Veste en cuir noir, chemise hawaïenne, jean. Elle marchait vite, mains dans les poches, mais Lewine remarqua qu'elle scrutait la rue et ce n'était pas seulement à cause du trafic. Pas de bonjour, ni même un vague hochement de tête, Lucie Moria demanda sèchement :

– Où va-t-on, capitaine ?

Il y avait une note ironique sur « capitaine ». En concentré : flics, militaires, fascistes de tout poil, je vous fourre dans un sac que je jette à l'eau.

– Dans un café, qu'en pensez-vous ?

– Le premier fera l'affaire.

Le premier café était un établissement tranquille. Ambiance rétro, vraie ou fausse ? Il y avait de la sciure sur les vieux carreaux en ciment et le serveur portait un long tablier sombre et fumait une gitane papier maïs. Mais la radio passait un morceau qui hachait l'air sur un tempo ultrarapide et ce n'était pas du Charles Trenet. Alex aurait aimé ça.

Elles s'assirent et Lewine commanda d'emblée deux expressos. Le visage de Lucie Moria était fermé, ses yeux mobiles mais froids.

– Alors ? demanda-t-elle d'un ton calmé.

– Madame Moria, je vais jouer franc jeu parce que je n'ai pas plus de temps à perdre que vous. Un ancien chercheur a été assassiné à Paris. Paul Dark. Pas de traces d'effraction, pas d'empreintes, pas de témoin. Ce que nous savons, c'est qu'il a travaillé avec deux personnes. Mortes, elles aussi. Patricia Crespy, ancienne de chez Coronis, chercheuse au CEA, et votre mari.

– Et que voulez-vous savoir ?

– D'abord si vous connaissiez Paul Dark.

– La réponse est non.

– Votre mari vous avait parlé de lui ?

– Jamais.

– Pourquoi en êtes-vous si sûre ?

– Parce que Dark est un nom peu banal.

– Et Crespy ?

– Ça ne me dit rien non plus.

– Votre mari travaillait sur les venins ?

– Oui.

– Le tueur de Dark se fait appeler le cobra.

– C'est possible.

– Votre mari est mort dans un accident de voiture.

– C'est un fait.

– C'est une certitude pour vous ?

– Qu'est-ce que vous voulez dire ?

– Vous n'avez jamais eu de doute ?

– Vincent a perdu le contrôle parce qu'un de ses pneus a éclaté alors qu'il roulait vite sur une voie express en Bretagne. Il a essayé de redresser mais sa voiture a percuté de plein fouet celle qui arrivait en face. Et tout le monde est mort.

– Vous en parlez comme si ça ne vous touchait plus.

– J'ai l'habitude de garder mes sentiments pour moi.

– On voit tout de suite que vous êtes solide. J'imagine que la plupart des scientifiques sont comme ça, non ? Des gens rationnels qui savent garder leur calme. En plus, au P4, on vous entraîne à vous dominer en situation extrême. Je me trompe ?

– C'est juste. Mais dites-moi tout de suite où vous voulez en venir. Et évitez-moi les généralisations sur les scientifiques, s'il vous plaît. Je vous éviterai celles sur la police.

– Je me demande si Dark et votre mari sont restés calmes jusqu'au bout.

– Calmes ?

– Oui, quand ils ont senti la mort arriver. Lentement pour Dark, très vite pour Moria.

Lucie Moria gardait les bras croisés, son expresso intact, son visage aussi.

– Je sais que vous avez peur. Et que si une femme de votre trempe a peur, c'est pour une bonne raison.

– Je ne peux pas vous empêcher de penser ce que vous voulez, capitaine.

– Alors vous croyez qu'on va en rester là ?

– Comment ça ?

– Vous, vous retrouvez vos virus et moi je rentre à Paris ?

– Faites ce que vous voulez.

– Votre mari était menacé.

– Je ne crois pas, non.

– Votre mari était menacé et vous avez peur d'eux, c'est ça ?

– Mon mari ne m'a jamais parlé d'une quelconque menace.

– Il y avait un jerrycan d'essence dans la voiture.

– C'est pas ça qui a fait éclater le pneu.

Une sonnerie. Le mobile de Lucie Moria coincé dans la poche arrière de son jean. Elle répondit. S'ensuivit une courte conversation avec un collègue qui la réclamait pour leur travail. Lucie Moria dit d'un ton neutre qu'elle était au Père Picrate et arrivait dans quelques minutes. Lewine attendit qu'elle ait terminé et demanda :

– Votre mari était prévoyant ?

– Comment ça ?

– Le jerrycan. Je suis mon idée.

– Plutôt, oui. Ça n'a rien d'anormal d'avoir une réserve d'essence dans son coffre.

– C'est vous qui avez reconnu le corps ?

– Oui.

– Et ?

– Et quoi ?

– Le corps de votre mari était-il reconnaissable, madame Moria ?

– Il était… brûlé au dernier degré. Mais il y avait la voiture, les papiers dans la boîte à gants, l'alliance. Et ce voyage prévu.

– Qu'est-ce qu'il allait faire en Bretagne ?

Là, Lewine capta un léger voile dans les yeux marron de Lucie Moria.

– Ses parents possédaient une maison à Auray.

– L'accident a eu lieu un vendredi soir. Il partait pour le week-end ?

– Oui.

– Et vous ?

– J'avais prévu de le rejoindre.

– Pourquoi ne pas être partie avec lui ?

– J'avais du travail.

Le ton un peu moins assuré. Lucie Moria était droite et nette. Elle ne devait pas aimer mentir. Ça arrivait souvent quand on interrogeait des gens. La plupart n'aimaient pas mentir. Dire non, dire oui, c'était facile. Mentir, beaucoup moins, surtout si on avait commencé une petite histoire et qu'il allait falloir la poursuivre et déployer un talent fou pour ne pas s'enferrer.

– Vous en êtes sûre ?

– J'ai *toujours* du travail.

– Comment comptiez-vous aller en Bretagne ?

– Par le train.

– Vous avez des enfants ?

– Oui.

– Combien ?

– Une fille.

– Quel âge ?

– Huit ans.

– Pourquoi n'est-elle pas partie en voiture avec son père ? Après la sortie de l'école, histoire de profiter du week-end le plus longtemps possible ? Vous étiez occupée, elle ne pouvait être qu'une gêne pour vous.

– Le train, c'est moins fatigant.

Lucie Moria regarda sa montre, mit deux sucres dans son café qui devait être froid et le but d'un trait. Elle se leva à demi et dit :

– Merci pour le café.

– On en boira d'autres, dit Lewine en la retenant du bras.

– Je ne crois pas.

– Mais si, on va en boire un tout de suite.

– Mon collègue m'attend.

– Je sais.

– Rien ne m'empêche de partir.

– Mais si, souvenez-vous, la peur. Si vous sortez d'ici avant de répondre à mes questions, je fais un scandale à P4. J'ai une voix sensationnelle, vous savez.

– Je ne sais rien.

– Peut-être, mais vous m'avez menti pour l'histoire du week-end en Bretagne. Et ce petit mensonge me gêne. Votre mari ne partait pas avec vous, n'est-ce pas ? Il allait rejoindre quelqu'un. Qui ?

– Je ne sais pas.

Lucie Moria s'était rassise et la fixait, impassible. Martine Lewine se tut un instant et attendit. Elle déballa le petit carré de chocolat noir qui accompagnait son café et le croqua. Puis elle croqua celui de Lucie Moria.

– Alors ?

– Je vous jure que je ne sais pas.

– Ça allait mal avec votre mari ?

– Moyen.

– Il voulait vous quitter ?

– Ça, je ne le saurai jamais.

Un courant d'air dans le dos de Lewine et les yeux de Lucie Moria qui fixent un point au-dessus de son épaule, mais son regard ne cille pas.

– Eh Lucie ! Qu'est-ce que tu fais, ma grande ? On t'attend tous en salle de réunion !

– J'arrive, David.

– Tu me présentes ?

– Martine Lewine. Une amie. Elle est de passage à Lyon.

– Bonjour, mademoiselle.

– Bonjour. Je m'appelle bien Lewine mais je crois que votre boulot va devoir attendre.

– Ah bon ?

– On a plein de choses à se dire, Lucie et moi. Pas parce que je suis une amie – on vient de se rencontrer. Mais parce que je suis un flic de la Criminelle.

– Tu es sûre que ça va, Lucie ?

– Oui, attends-moi dehors, David. J'arrive. (Une fois son collègue sorti, elle reprit :) Mon mari avait un frère. Antonin. Il vit à La Garenne-Colombes, rue Sartoris.

– J'espère pour vous que sa conversation est plus intéressante que la vôtre.

– Il me téléphone souvent. Il me parle toujours de Vincent. Je crois qu'il s'est passé quelque chose entre eux de pas clair.

– Vous croyez. C'est tout.

– Je ne sais rien. Vraiment rien. Mais… allez-y doucement avec Antonin. Il est fatigué. Il boite.

– Je ne suis pas une tortionnaire.

Et Lucie Moria lui donna le regard auquel elle s'attendait : tous des fascistes et hop dans le sac.

Lewine paya l'addition et sortit du café. Elle croisa le dénommé David qui attendait en fumant à côté d'un abribus. Il la considérait d'un air peu amène.

– Au revoir David, lui dit-elle.

Il ne répondit pas. Elle se dit qu'il y avait des millions de Français qui détestaient les flics mais qu'ils étaient prêts à oublier tout ça le jour où on leur volait leur bagnole.

– AU REVOIR DAVID ! hurla-t-elle sans se retourner.

Elle héla un taxi un peu plus haut et se fit conduire à la gare.

# 28

C'était un froid à pierre fendre. Et ça n'allait pas s'arranger avant longtemps. Même le soleil n'était plus qu'une faible lueur derrière la masse grise du ciel. C'était un petit pavillon en meulières ; on en voyait pas mal de ce genre, rue Sartoris et ailleurs. Le jardinet n'était guère entretenu mais rien de catastrophique. Et Antonin Moria n'était pas chez lui. Lewine avait rangé son casque dans le coffre de la moto et attendait, assise sur le bord du trottoir, le derrière posé sur un isolant de fortune mais qui remplissait son office, un vieux *France-Soir* trouvé dans une poubelle. C'était aussi un début de matinée tranquille à La Garenne-Colombes mais en un peu plus d'une heure, il s'était tout de même passé quelque chose : la voisine de la maison mitoyenne était venue frapper chez Moria d'un air excédé. Avec un gros chien du type beauceron en laisse.

Il arriva enfin. C'était sûrement lui puisqu'il boitait. Un homme maigre. Sa jambe gauche vivait une vie indépendante par à-coups. Elle chassait vers la route, comme travaillée par l'envie de quitter ce type d'une quarantaine d'années, à la tête blonde et dégarnie, au faciès d'épervier fatigué ou de hibou moyennement en forme, à l'air absent en fait. La voisine le guettait. Elle sortit en trombe en tirant le chien, jeta un coup d'œil à Lewine pour bien montrer qu'elle l'avait repérée, cette motarde désœuvrée mais prête à tout sur son bout de trottoir. La voisine dit bien fort à Moria qu'elle ne pouvait pas garder le chien. Il puait trop et faisait du bruit la nuit. Il fallait trouver un chenil ou l'emmener chez le vétérinaire. Lewine n'entendit pas ce que répondit Moria à la femme qui venait de lui fourrer la laisse dans la main et rentrait déjà chez elle. Un dernier coup d'œil noir et elle avait refermé sa porte.

– Monsieur Moria, s'il vous plaît !

Il se retourna et fixa Lewine quelques secondes. Ses yeux s'écarquillèrent et il disparut derrière son portail avec le chien. Vif pour un boiteux, se dit-elle en se précipitant. Moria refermait la porte du pavillon dans un cliquetis de verrous. Elle y frappa du poing en le sommant d'ouvrir. Elle ne voulut pas pour autant l'affoler davantage en criant « Police ». Lewine attendit encore un peu puis descendit la rampe d'accès qui menait à un garage. La porte basculante n'était pas fermée, elle entra. Elle laissa le battant se refermer derrière elle, sortit sa lampe de poche de son blouson, repéra l'escalier et monta sans bruit.

Il l'attendait en haut, derrière la porte entrouverte. Le souffle d'un mouvement, barre grise au-dessus de sa tête. Moria hurlant fonçait sur elle. Batte de base-ball.

Lewine se laissa partir dans l'escalier, se rétablit, réussit à tomber sur le flanc plutôt que sur le coccyx. Elle se releva, genoux en flexion, agrippa la batte dans le bon timing et tira de toutes ses forces. Moria valdingua, lâcha prise et atterrit en travers de l'escalier. Lewine lâcha la batte qui roula et s'échoua dans un

bruit métallique, sortit son Walther de son étui de ceinture et mit Moria en joue. Son cœur battait à se rompre.
Ses jambes étaient molles. Son flanc, un nid de douleur compacte. La voix de Lucie, en arrière-fond,
presque tendre : *Allez-y doucement avec Antonin. Il est
fatigué. Il boite.*

Haletante, elle ordonna :

– Tu te relèves ! Police !

Il grimaçait mais ne bougeait pas. Lewine lui donna
un léger coup de pied dans la cuisse :

– Lève-toi, je te dis !

Il rampa pour se caler le dos contre le mur et se
redressa avec grand mal. Son visage était blanc et ses
yeux humides. Il articula :

– Je n'ai pas peur de la mort.

Lewine attendit de reprendre son souffle. Elle dit :

– C'est une drôle d'idée, pourquoi ?

– Parce que je l'ai vue.

– Elle est chouette ?

– Elle est pas comme on croit qu'elle est.

Et il retomba sur le sol avec un gros soupir soulagé.
Il avait l'air plus rompu que fou, en fait. Mais c'était
moins lié à leur courte bagarre qu'aux petits ennuis
merdeux du quotidien qu'il devait collectionner,
pensa Lewine en revoyant le visage excédé de la voisine. Elle pensa aussi au chien, il avait disparu, ce
gros beauceron. Et puis elle l'entendit. Des coups de
griffes sur le bas d'une porte et des couinements
inquiets. Moria l'avait enfermé dans une pièce, tout
près d'où ils se faisaient face, elle et lui. Pour paraître
moins menaçante, Lewine s'assit à son tour sur une
marche et laissa sa main armée sur sa cuisse. Elle
sentait l'odeur d'Antonin Moria monter jusqu'à elle. Il

ne s'était pas lavé depuis un bail, l'amateur de base-ball.

– Moi, hier, c'est ta belle-sœur que j'ai vue à Lyon. Elle dit que tu sais des choses sur Vincent.

Il la fixa, ses yeux d'oiseau de nuit hébétés mais pas méchants. Il prit le temps de répondre :

– Vincent, j'ai pas pu le voir En bas.

– Où ça, en bas ?

– Au pays de la mort.

Il articulait assez bien. Sa respiration était plus normale maintenant et il se détendait. Lewine n'avait décidément pas l'impression d'avoir affaire à un dément mais à un type plongé dans un cauchemar très personnel et qui avait perdu contact avec la réalité.

– Pourquoi tu ne l'as pas vu ?

– À cette époque, il était pas mort. En fait, je suis mort avant lui.

– Qu'est-ce que tu racontes, Antonin ! Tu m'as l'air en pleine forme. En général, les morts n'assomment pas les flics à coups de batte.

– C'est la première fois que je fais ça.

– Ça quoi ?

– Me bagarrer. J'ai acheté la batte à l'hypermarché.

– Pourquoi tu t'es bagarré ?

– Bagarré ?

– Oui, pourquoi tu m'as attaquée ?

Il haussa les épaules. Elle demanda encore :

– Tu as peur de quelqu'un ?

– Non. J'ai pas peur.

– On t'a menacé ?

Il hocha la tête négativement.

– Alors pourquoi, Antonin ?

– À cause de mon chien. Je veux pas qu'on lui fasse du mal.

– Pourquoi est-ce que je lui ferais du mal ?

– Parce que vous, je vous ai vue. En bas.

– En bas, dans le garage ?

– Non. En bas. Dans les ténèbres.

Elle réfléchit un instant. Il avait une drôle de façon de prononcer *en bas*. Sa voix devenait… pompeuse.

– Les ténèbres, en bas, le pays de la mort, c'est quoi ?

– C'est où vous étiez.

Martine Lewine soupira. Ça allait être beaucoup plus long que prévu. Elle se concentra pour ne rien laisser passer dans sa voix et demanda :

– J'étais morte, moi aussi ?

– Non. Pas morte, en danger. La mort tournait autour de vous. C'est comme ça, En bas. Il y a ceux qui sont morts et ceux qui sont en risque. Vous, si personne ne faisait rien, vous alliez mourir.

– Et toi, qu'est-ce que tu faisais là ?

– Moi, j'ai… voulu mourir. J'en ai eu assez. C'était il y a longtemps. Mais ça n'a pas marché.

– Bon. Revenons à Vincent. Lucie dit que tu lui téléphones souvent au sujet de ton frère. Pourquoi ?

– J'ai besoin d'appeler. C'est plus fort que moi.

– Tu as une raison, Antonin. Cherche un peu, tu veux ? Pourquoi appelles-tu Lucie au sujet de Vincent ?

– Je crois que je suis triste à cause de mon frère.

– Parce qu'il est mort, c'est normal.

– C'est surtout parce qu'on s'est quittés fâchés.

– Qui était fâché, lui ou toi ?

– C'était moi.

Il avait la tête en arrière et l'air paisible à présent. Elle attendit qu'il reprenne :

– Je voudrais qu'il sache que je ne suis plus fâché.

– Tu lui diras, le jour où tu retourneras au pays de la mort.

– C'est pas possible. C'est trop tard.

– Pourquoi ?

– Il y a plusieurs pays. Moi, j'irai dans celui des gens qui voulaient la mort ou qui l'ont rencontrée dans la violence. Comme vous. Quand on a voulu vous tuer. Vincent est mort dans un accident. Il est où je pourrai jamais aller.

– Ne crois pas ça. Je pense que ton frère a été assassiné. Alors il t'attend dans le pays de la mort violente. C'est certain.

Antonin Moria releva la tête. Elle lut dans son regard quelque chose de nouveau : un véritable intérêt. D'ailleurs il se releva et proposa d'aller à la cuisine. Martine Lewine remonta l'escalier à reculons, l'arme au bout du bras souple. Elle s'écarta pour laisser Moria partir vers la cuisine. Il ne boitait pas plus qu'avant. Lewine se sentit soulagée. Il alla directement ouvrir le réfrigérateur pour y prendre une bouteille de vin rosé. Il sortit deux verres d'un placard et les remplit, lui fit signe de s'asseoir en face de lui. Elle saisit le verre et préféra rester debout, les reins contre l'évier. On entendait plus distinctement encore le chien gratter et couiner.

La cuisine était vieillotte mais pas trop sale. Pas de vaisselle oubliée. Il y avait une couverture à carreaux sur le carrelage et une écuelle avec un reste d'eau. L'odeur du gros bâtard flottait, tenace, couvrant presque celle, bien plus aigre, de Moria.

– Pour mon frère, vous êtes sûre de ce que vous dites ?

De l'espoir sur le visage d'Antonin. Un visage comme essoré avec en prime les tremblements de l'alcoolisme. Il but son verre d'un coup et se resservit.

– Si tu m'as vue au pays de la mort, tu te doutes bien que j'ai beaucoup appris là-bas.

– Oui, comme moi. Alors je vais revoir Vincent ?

– Tu vas le revoir. Mais il faut que tu me donnes quelque chose en échange de ce que je viens de t'apprendre.

– Oui, quoi ?

– Dis-moi pourquoi tu lui en veux tant.

– J'avais voulu… mourir et…

– Et ?

– Vincent m'a forcé à revenir.

– Il est allé te chercher au pays de la mort, c'est ça ?

– Non. Il était resté chez les vivants, lui.

Fatigue, se dit Lewine. Moria gardait sa main serrée sur le verre, il le faisait tourner tantôt à droite, tantôt à gauche. Le chien grattait encore, il devait ronger cette porte régulièrement, en faire un désastre. Immobile, Lewine attendit un bon bout de temps.

– C'est pas ça, non, non, c'est pas ça, dit-il.

– C'est quoi, alors ?

– Je flottais entre deux mondes et il m'a donné quelque chose pour me faire revenir. Mais moi, j'étais bien au pays de la mort. Je ne voulais pas revenir. Je n'avais pas peur. Même pas du fleuve avec les eaux qui brûlent comme de l'acide.

– Il t'a donné quelque chose, Vincent ?

– Oui.

– Qu'est-ce que c'était, Antonin ?

– Je sais pas.

– Tu dois bien avoir une idée.

– Non. Il m'a donné quelque chose et ensuite mon esprit est revenu. J'ai fait marche arrière. La mort m'a lâché.

– Il t'a donné un objet ?

– Non, Vincent m'a fait prendre quelque chose.

– Ton frère t'a fait… boire quelque chose ?

– Je sais pas comment il a fait.

– Il était à ton chevet et il te soignait ?

Antonin Moria hocha la tête et répéta qu'il l'ignorait.

– C'est Vincent qui t'a dit qu'il t'avait fait revenir ?

– Oui.

– À ton réveil ?

– Je sais plus quand c'était.

– Qu'est-ce qu'il a dit exactement ?

– Il a dit : « Je t'ai ressuscité, Antonin. »

– Et c'est tout ?

– Oui, c'est tout.

– Tu es sûr ?

– Je crois mais… Ma tête était vide, je savais plus rien. Je vois encore la figure de Vincent à ce moment-là, j'entends ce qu'il me dit mais après c'est…

Il s'arrêta, le regard perdu de nouveau. Elle lui prit doucement la bouteille des mains et lui dit d'attendre un peu, de se concentrer.

– J'étais… en colère.

– Pourquoi ?

– Parce qu'il m'avait forcé…

– Forcé à quoi ?

– À revenir.

– Du pays de la mort, c'est ce que tu m'as dit.

– Oui. Et après, avec Vincent… après on ne s'est plus vus. C'était à cause de ma colère. Je voulais plus le voir. J'étais fou. Et puis, il est mort. Dans un accident de la route. Lucie m'a appelé pour me le dire.

– Je t'ai expliqué que ce n'était pas un accident.

– Oui, c'est vrai, vous l'avez dit.

– Des gens lui en voulaient ?

– Je sais pas.

– Quand Vincent t'a donné quelque chose, tu étais à l'hôpital.

– Je crois. J'étais dans une salle blanche, dans un lit. Il y avait des bruits de machines et des murmures. J'avais la tête pleine de cauchemars. Mais je revenais, je savais que je revenais.

– C'était quel hôpital ?

– Je m'en souviens plus.

– Et Lucie, elle était là ?

– Je me souviens pas de Lucie dans cette pièce blanche. Je vois juste le visage de Vincent. Le visage gentil de Vincent. Et j'entends sa voix : « Je t'ai ressuscité, Antonin. » C'est ce qu'il a dit. Et je me suis fâché. Je ne voulais pas revenir. Non, je ne voulais pas revenir ici.

Lewine resta longtemps avec Antonin Moria mais elle n'apprit plus rien de nouveau. Son histoire s'était mise à tourner en boucle. La tentative de suicide, le pays de la mort peuplé de visages, la résurrection, la colère contre Vincent, son accident.

Une fois sortie du pavillon, elle nota toutes les informations recueillies auprès de Moria. Elle laissa de côté ce qu'il avait dit d'elle : il avait vu son visage dans l'au-delà alors qu'elle était de ceux que la mort n'avait pas encore... attrapés. Un visage entre deux mondes. Sans vouloir l'admettre, Lewine avait déjà fait un petit calcul. Sa séquestration remontait à l'hiver 1995. Vincent Moria était mort il y a trois ans mais l'accident ou le suicide d'Antonin de quand datait-il ?

Vous, si personne ne faisait rien, vous alliez mourir. Je vous ai vue en bas, dans les ténèbres.

Elle se dit : la première fois, je m'en suis sortie seule. La seconde, Vox m'aurait tuée si Alex n'était pas venu à mon secours. Est-ce qu'Antonin Moria a un abonnement pour le pays de la mort ? Va-t-il régulièrement serrer la pince de ses vieux copains les morts-vivants pour leur demander des nouvelles de ceux qui vont y passer ? Lewine sourit. Elle respira plusieurs bouffées d'air glacial et humide. C'était nettement mieux que l'odeur qui traînait dans le pavillon. Ou que celle du pays des morts. Elle rentra au Quai. Contrecoup de sa chute dans l'escalier, la Kawasaki pesait des tonnes.

Antonin Moria libéra son chien et le laissa boire tout son saoul avant de lui dire :

– Une femme est venue me voir et m'a dit que je reverrai Vincent. C'est un beau jour, tu sais.

Le chien remua la queue, vint quémander quelques caresses puis alla se coucher sur sa couverture. Il posa sa gueule brune sur ses pattes rousses et regarda son maître.

– Cerbère, il se passe quelque chose au pays de la mort. Le gardien, tu sais, Celui d'En bas, l'homme en noir qui t'avait emprisonné ! Il représente les forces du mal, c'est sûr. Eh bien, cette femme qui est venue, elle, je crois que c'est le contraire. Je me suis d'abord battu avec elle et puis j'ai compris. Elle vient du pays de la mort, elle s'est déjà battue au moins une fois pour en remonter. C'est une guerrière.

243

Cerbère ne quittait pas son maître des yeux. Antonin réfléchit un moment et continua :

– La lutte entre le Mal et le Bien ne s'arrête jamais, et nous, les petits, au milieu de la tempête, on est secoués comme des branches. Eh bien moi, moi la branche battue par le vent, j'ai dit à cette femme des choses qui vont l'aider.

La queue de Cerbère remuait tel un balancier bien huilé. Il lâcha un jappement joyeux avant d'enfoncer son museau dans la chaleur de sa couverture odorante.

– Mais elle va en avoir du mal contre Celui d'En bas ! Et c'est pas dit qu'elle gagnera. Peut-être qu'elle retournera au pays de la mort pour toujours.

– Wourmf, fit Cerbère dans sa couverture.

– En attendant, la voisine veut plus de toi. Il va falloir qu'on aille se cacher. Eh, Cerbère ! Est-ce que ça te dirait d'aller voir Lucie à Lyon avec moi ? C'est une belle ville, il paraît.

– Ourmpf !


– C'est toi qui as failli mourir et c'est moi qui ai peur de la mort, Victor.

Alex Bruce était debout à côté de ce lit qu'il commençait à ne plus pouvoir supporter et jouait avec les doigts de la main gauche de Victor, celle qui n'avait pas de perfusion.

– Victor, tu m'entends ?

Bruce lui trouvait son visage de tous les jours. Les serpents en plastique ne le dérangeaient pas le moins du monde. La machine amplifiait à peine sa respiration. Le trafic bourdonnait dehors. Victor.

– Ce matin, quand j'essayais de faire parler une sorte de bœuf avec Cédric Danglet, je me suis senti mal d'un seul coup. Ce type nous toisait comme si nous étions des tas de boue et j'ai eu envie de lui foutre mon poing dans la gueule. Je suis sorti prendre un café à la machine. Ensuite, je suis allé fumer une cigarette dans la rue. Ensuite, j'ai poussé jusqu'à la brasserie Beaucaire pour un autre café, un vrai. En sortant, j'ai pris un taxi sur une impulsion et me voilà. Victor, je ne savais pas que j'avais peur de la mort. Je croyais que je pouvais de temps à autre me balader sur son territoire. Parler dans ma tête aux filles, là-bas. Je me disais que c'était par respect et que je leur devais bien ça. Mais j'ai l'impression que ça palpite dans ce territoire noir. Ça palpite pour moi et ça veut m'aspirer. Pour... un long... baiser. Un baiser éternel. Tu comprends ? Bouge un doigt si tu comprends ! Le pouce, l'index, n'importe lequel. Vas-y, vieux ! Remue un doigt un peu pour voir.

Le corps de Victor ne bougeait pas plus que sa paire de lunettes posée sur la table à côté de la photo de ses enfants. Pour voir sa cage thoracique se soulever régulièrement, il fallait l'observer de près.

– Et puis j'ai plaqué Martine, je te l'ai déjà dit. Mais quelquefois, je me surprends à avoir envie d'elle. Fort. Et puis, j'ai couché avec une petite rousse. Pour le regretter le lendemain matin. Et ce n'est pas à ce misogyne de Fred Guedj que je vais raconter tout ça. Victor, tu m'entends ?

Comme appâté par une odeur inconnue de désarroi, le médecin habituel ouvrit la porte et dans la seconde qui suivit son sourire de circonstance Bruce lui renvoya le sien en pilotage automatique, en même temps qu'il lâchait la main de Cheffert et croisait les bras. Le médecin commença une conférence optimiste sur le rétablissement de Victor Cheffert, sur le retour à la normale. Il avait un accent de Marseille qui renforçait encore ses propos réconfortants. Bruce écouta sans faire de commentaires.

Vite fait, il salua l'équipe et sortit. En remontant le couloir vers l'ascenseur, il regarda les dalles blanches qui brillaient sous les néons. Elles vous donnaient l'impression de marcher sur l'eau. À la Crime, le linoléum était noir et n'avait été changé qu'une fois en cinquante ans. Certains trouvaient ça rassurant. Et éprouvaient le besoin de le dire. Encore ces méthodes de conjuration à la con.

En sortant de l'hôpital, Bruce leva le nez vers un ciel d'un gris métallique. Le soleil paraissait englouti et un vent humide s'était levé. Il frissonna. Il passa le sas d'accueil en faisant un signe amical au gardien et s'arrêta un instant au bord du trottoir pour allumer une cigarette. Il se revit, couché sur Martine Lewine, l'emprisonnant dans l'étau de ses bras, leurs souffles mêlés et, lui, murmurant son prénom en litanie. Martine, Martine, Martine. Il aurait pu dire « Lewine, Lewine, Lewine », c'était comme un prénom. Féminin.

Il l'appela sur son portable. La messagerie se déclencha : « À vous. » Tu rigoles, Martine. Tu te fous de moi, Lewine. Bruce raccrocha et héla un taxi pour rentrer au Quai. Son mobile sonna au bout de quelques minutes de route. Ce n'était pas elle, il le sut avant même de décrocher.

– Bruce ?

– Oui, patron.

– Je viens d'avoir un appel du laboratoire P4 à Lyon. Qu'est-ce que c'est que ces conneries ?

– Quelles conneries, patron ?

– Il paraît que Lewine a harcelé une employée du labo.

– Il y a une plainte officielle ?

– Non. Juste le coup de fil d'une dame qui se trouve être la directrice de P4. Je vous avais dit que je ne voulais pas de vagues.

– Il y a eu de la casse ou quoi ?

– Pas que je sache.

– Il arrive souvent qu'on ait des geignards au téléphone.

– Oui mais rarement des directeurs de centre de recherche. Qui plus est de renommée internationale. Tirez-moi ça au clair, voulez-vous ?

– Entendu, patron.


Lewine était assise derrière son ordinateur, occupée à taper le compte-rendu des témoignages de Lucie et d'Antonin Moria lorsque Alex Bruce entra. Elle interrompit sa frappe en voyant son visage. Fermé à double tour.

– Qu'est-ce qui se passe, Alex ?

– Delmont a eu la patronne du P4 de Lyon au téléphone.

Elle soutint son regard, eut une moue qui voulait dire « et alors ? ».

– Elle dit que tu as harcelé une de leurs employées. (Il referma la porte pour s'y adosser et continua :) C'est quoi, cette histoire ?

– À toi de me le dire.

Sa voix était contenue. Comme quand il asticotait les « clients ». Elle avala sa salive et pensa aux judicieux conseils de son maître de kung-fu. Contrôle, canalise, Martine. Mais envoie un peu la sauce, tout de même.

– C'est faux, répondit-elle. Je l'ai interrogée, c'est tout. Discrètement en plus. C'était un interrogatoire de police, pas une discussion mondaine. Mais je suis sûre que ça ne vient pas de Lucie Moria. Elle n'a pas intérêt à faire du scandale.

– De qui alors ?

– Un petit con.

– Tu développes, s'il te plaît.

– Un collègue de Moria qui s'inquiétait de son absence. Il m'a prise de haut. Je l'ai juste un peu envoyé balader.

– C'est-à-dire ?

– C'est-à-dire rien.

– Pourquoi voudrais-tu que la directrice d'un centre de recherche de cette envergure téléphone au patron à propos d'une broutille ?

– Eh bien, je n'en sais fichtre rien, vois-tu.

– C'est un peu court, excuse-moi.

– Il avait ses nerfs et il lui a raconté n'importe quoi. Ça arrive.

– Ah bon ?

– Je suis un officier de police judiciaire, Alex. Je sais ce que je fais et avec qui.

– Pas sûr, Martine. Ici, c'est la Criminelle, pas l'antigang. Si tu veux jouer au cow-boy, tu t'es trompée de brigade.

– Alex, ne me mets pas sur le dos l'hospitalisation de Cheffert.

– De quoi tu parles ?

– Tu m'as parfaitement comprise. On était à trois sur l'affaire Vox et c'est Victor qui a morflé. Je suis désolée pour lui. Autant que toi, crois-moi.

– Ça m'étonnerait, tu n'es jamais allée le voir à l'hôpital.

– Je déteste les hôpitaux et je ne vois pas ce que ma présence pourrait lui apporter. C'est toi qui mets du sentiment où il ne devrait pas y en avoir. On n'est pas à l'antigang, d'accord, mais c'est pas pour autant la patrouille des boy-scouts.

Il se tut un instant puis sortit du bureau en refermant calmement la porte. Lewine réfléchit et décida de finir de taper son rapport. Ensuite, elle prit son blouson, son écharpe, son casque de moto et alla déposer le rapport sur le bureau de son patron dans lequel elle entra après avoir frappé. Il était debout à côté de la fenêtre et regardait dehors, la Seine ou autre chose. Alex Bruce tourna vers elle un visage de marbre. Elle déposa le rapport au milieu du maroquin de cuir fané et sortit sans un mot.

Alex Bruce attendit à la fenêtre. Il savait qu'il allait la voir sortir à moto, voulait vérifier que même sous le coup de la colère, elle conduisait correctement. Il vit bientôt son corps mince surmonté du casque gris argenté. Elle engagea vivement la Kawasaki dans le trafic. Vivement mais sans heurt. Bruce se dit qu'à la suite de cette histoire du P4, Delmont était dans les meilleures dispositions possible pour transférer Martine Lewine dans un autre groupe, voire une autre brigade. Un fin politique n'hésiterait pas une seconde à agir dans ce timing de rêve. Le seul problème, c'est que je n'aime pas les politiques, se dit Bruce en s'asseyant à son bureau pour commencer la lecture du rapport de Lewine.

Il releva la tête un instant. Il savait pourquoi il avait été dur avec elle. Ça avait peu à voir avec Delmont. C'était lui. C'était dans sa tête. Il ne supportait pas ce besoin qu'il avait eu de l'appeler alors qu'il se sentait mal. Avant de se replonger dans son dossier, Alex Bruce sourit tout seul. S'il était vraiment déprimé, il ne serait pas si lucide. Vu les circonstances, c'était déjà ça de pris. Hein, Victor ? Remue un doigt si tu l'oses.

# 29

*Je flottais entre deux mondes et il m'a donné quelque chose pour me faire revenir. Mais moi, j'étais bien au pays de la mort. Je ne voulais pas revenir.*

*Hallucinant, l'interrogatoire d'Antonin Moria par Martine Lewine. Hallucinant.*

Bruce était un homme économe sur le plan du vocabulaire. Il n'appréciait guère la profusion d'adjectifs outrés qui encombrait le discours moderne : délirant, épatant, écœurant, craquant, extravagant, ahurissant, dément et ainsi de suite.

Mais il n'y avait pas d'autre mot qu'« hallucinant » pour le texte de ce rapport. Si, « halluciné », peut-être.

Le frère d'un chercheur qui s'était appelé Vincent Moria était un cas psychiatrique. Un dingue en liberté. Un type travaillé par le nouveau millénaire. Et Martine Lewine avait retranscrit tout ça avec force détails. On aurait presque dit un extrait d'une pièce de théâtre mais pas du meilleur. En plus, le type avait voulu la frapper armé d'une batte de base-ball. Martine avait immobilisé son agresseur avec le talent martial qu'on lui connaissait – Bruce imaginait bien la scène – pour lui permettre au bout du compte de raconter un tas d'inepties. Cerise sur le gâteau, Martine avait laissé Antonin Moria en liberté. Bruce se doutait aussi qu'elle avait pénétré dans le pavillon de la rue Sartoris par effraction bien que ce détail n'apparût pas dans le rapport.

N'importe qui d'un tantinet rationnel aurait considéré le document comme un élément supplémentaire à glisser dans l'« acte d'accusation » destiné à Mathieu Delmont. Mais Bruce le relut une seconde fois en prenant bien son temps. Puis il le reposa sur son maroquin et réfléchit. Enfin, il chercha le téléphone du centre Mérieux P4 à Lyon et appela Lucie Moria. Il expliqua qu'il était le supérieur du capitaine Lewine et que la directrice du P4 s'était plainte de ses méthodes auprès du patron de la Brigade criminelle. Lucie Moria répondit qu'elle préférait qu'il lui donne son numéro à la Brigade afin qu'elle puisse le rappeler. Elle prétexta un travail en cours. Bruce accepta et attendit. Il se dit que si Antonin Moria avait des hallucinations, Lucie Moria avait une tendance à la paranoïa. Ce qui était un bon point pour Martine. La chercheuse rappela quelques minutes plus tard.

– Écoutez, commandant, je n'ai pas voulu faire de vagues. En fait, c'est un de mes collègues qui a grossi l'affaire et…

– Croyez que je suis désolé pour ce qui est arrivé, madame. Mais en toute honnêteté, ce n'est pas la raison de mon intervention.

– Ah bon ?

– Vous avez donné au capitaine Lewine les coordonnées du frère de votre mari.

– Oui, Antonin.

– Il a tenu des propos incohérents. Et j'aimerais savoir ce que vous en pensez.

– Antonin a toujours été un peu étrange. Mais pas méchant.

– Il a aussi agressé le capitaine Lewine. Physiquement.

– C'est peut-être parce que le capitaine Lewine est particulièrement agressive, commandant.

– Je ne nie pas qu'elle a son tempérament, mais de là à la frapper avec une batte de base-ball…

– Elle est blessée ?

– Non. Heureusement pour tout le monde.

– Antonin a fait une chute il y a quelques années.

– Combien exactement ?

– Environ quatre ans. On n'a jamais su si c'était une tentative de suicide ou un accident. En tout cas, il s'est retrouvé dans le coma pendant plusieurs semaines. Et depuis, il est encore plus bizarre qu'avant. On a essayé de le faire soigner mais il refuse. Il a une pension d'invalidité et depuis qu'il a son chien, ça va mieux.

– Il boit beaucoup, je crois.

– Vincent lui a fait faire plusieurs cures de désintoxication. Il y a des moments où on ne peut plus rien pour les gens qui ne veulent pas s'aider un peu. Vous ne croyez pas ?

– Où a-t-il été hospitalisé ?

– Les premiers jours aux urgences de la Pitié-Salpêtrière. Ensuite, on l'a envoyé dans une institution spécialisée dans les comas. Les Rivages, c'est près de Bordeaux.

– Vous vous souvenez d'un médecin en particulier ?

– Non, parce que je n'ai pas pu aller voir Antonin. À cause de ma petite fille. C'est mon mari qui s'est déplacé.

Bruce remercia Lucie Moria et raccrocha. *Ma petite fille*. Une femme seule avec une petite fille. Une femme qui ne doit pas avoir un tempérament craintif, étant donné son métier, mais qui se protège, qui vérifie, qui lui téléphone et en dit le moins possible à Martine Lewine alors que l'enquête sur la mort de son mari a toutes les chances d'être rouverte. On peut ne pas avoir peur pour soi. Mais pour une petite fille, bien sûr que oui. Alors, elle renvoie Martine sur Antonin. Antonin l'halluciné. Pour se débarrasser des questions mais aussi parce que tout au fond d'elle, Lucie Moria voudrait bien que son beau-frère parle à sa place. Ce qui expliquerait pourquoi elle venait d'être assez complaisante au téléphone. Ça se tient, tout ça. Bruce appela Thomas Franklin à l'IML. Un des assistants dit que le légiste était à la découpe. Bruce apprécia la poésie de l'expression et laissa son nom avant de raccrocher. Il sortit s'acheter un sandwich et un jus de fruits.

Il vit Martine Lewine arpenter le couloir au linoléum noir ancestral, « celui qui n'avait pas été changé en cinquante ans », et donnait à leur décor quotidien un aspect suranné. Celui qui rassurait sans qu'on sache trop pourquoi. Mais je m'en contrefiche de ces histoires de lino, pensa Bruce. Lewine est de retour et ça me fait plaisir. Elle a son casque argenté sous le bras.

– Je suis revenue.

– Oui, je vois ça.

– J'ai passé l'âge de faire la gueule, Alex.

– C'est vrai que ça ne ressemble pas trop à une cour de récré, ici. À un musée peut-être. Faut voir. Allons manger un sandwich. J'attends que Franklin me rappelle.

– À quel sujet ?

– Je voudrais qu'il me renseigne sur les comas. Je pense comme toi qu'Antonin Moria n'est pas si dingue qu'il en a l'air.

– J'ai jamais écrit ça dans mon rapport, Alex.

– C'est ce que j'ai lu entre les lignes.

– C'est bon signe.

– Signe de quoi ?

– Que tu commences à t'habituer à mon style.

– Tu crois ? Quand même, c'est pas orthodoxe de laisser en liberté un type qui a tenté de vous assommer.

– Tu aurais préféré que je ramène Antonin Moria à la Brigade pour enregistrer ses déclarations dans un procès-verbal ?

– Le procès-verbal le plus verbeux du siècle. Non, pas utile, je crois.

– Tu vois bien.

– En fait, tu aimes assez n'en faire qu'à ta tête, Martine.

Ils étaient accoudés au comptoir de la brasserie Beaucaire et Lewine finissait son double expresso. Beaucaire, c'était aussi le nom de sa grand-mère Émilie et de sa mère Clotilde, et jusqu'à présent elle n'avait pas fait le rapprochement. En fait, elle venait tout juste de le faire et ça ne l'avait pas remuée. Lewine, qui avait mangé son carré de chocolat, vola celui de Bruce. Il se dit qu'il n'avait jamais remarqué qu'elle aimait le chocolat. C'est le moment que choisit Thomas Franklin pour rappeler.

– T'es comme Delmont, Alex baby, tu peux plus te passer de moi.

– Exact, Thomas. Tu t'y connais en comas ?

– J'ai quelques notions.

– Tu as entendu parler d'anciens comateux qui seraient dans un état mental bizarre ?

– Séquelle de coma traumatique. Oui, ça arrive. Je suppose que ça dépend de la façon dont le cerveau a été touché. En général, c'est plutôt des séquelles motrices. Tu penses à quel genre de troubles ?

– Des hallucinations.

– Je crois qu'on observe souvent des désordres rayon mémoire et capacités intellectuelles mais les troubles psychiatriques sont rares. Quoique.

– Oui ?

– Tu sais, la tête, c'est l'homme. Le cerveau reste l'objet le plus mystérieux de l'univers, on ne sait pas exactement ce qui se passe quand il y a eu traumatisme et que ça a déconnecté là-haut. Et puis il y a eu des enquêtes cliniques sur les histoires bizarres racontées par des gens sortis du coma. Ceux qui ont été exposés à une mort imminente ou à un danger mortel racontent souvent la même histoire : ils traversent un tunnel, leur âme plane au-dessus de leur corps, ils se voient dans un au-delà baigné d'une lumière blanche.

– Je croyais que le coma faisait plonger le cerveau dans un état de perte de conscience.

– Oui, mais il y a une phase d'éveil que les comateux confondent ensuite avec le coma à proprement parler. Dans ce lent retour à la conscience, le cerveau se remet à produire des rêves. Pourquoi toutes ces questions, tu as un comateux sur les bras ?

– Un ancien comateux. Le frère d'un chercheur. Il lui reproche de l'avoir forcé à revenir du pays de la mort. On a des médicaments pour réveiller les comateux ?

– Pas que je sache. Ce sont les techniques classiques de réanimation et puis l'assistance respiratoire et les perfusions pour aider mécaniquement le corps à tenir le coup. Il y a une échelle des comas et le plus profond correspond à la mort du système nerveux. On fait des tests pour savoir où en est le patient. S'il remonte à la surface ou pas.

– Je te remercie, Thomas.

– Y a pas de quoi. À la prochaine.

Bruce fit le compte-rendu de sa conversation avec Franklin à Lewine lorsqu'ils rentrèrent au Quai. Il s'arrêta au milieu du pont Saint-Michel. Il était à ce moment où il faut s'arrêter pour essayer de faire tenir les faits en place même s'ils vous coulent entre les doigts. Les hallucinations d'Antonin Moria *résonnaient*. C'était l'évidence à admettre. Elles résonnaient comme les histoires des collègues. *J'encule la Mort, j'encule le Ciel, j'encule la Haine*, disait l'ado de Stalingrad, mais sa voix n'était plus aussi forte que celle d'Antonin. Le frère du chercheur mort avait dépassé tous les autres. Il était une pythie. Il fallait l'écouter. Cette histoire d'Antonin résonne puissamment parce qu'elle est le récit de ma propre obsession, pensait Bruce. Celle de la descente d'Orphée aux Enfers. Il alluma une cigarette, la regarda grésiller un instant et dit à Lewine :

– Antonin parle du fleuve dont il ne faut pas s'approcher de peur de se brûler.

– Et des visages du pays de la mort.

– Il a vu ça dans un rêve au moment où il remontait à la surface.

– Depuis, il y croit.

– Ces histoires de fleuve, de pays noir, de revenants, on les retrouve dans les mythes que partage l'humanité. Pas étonnant que les témoignages des rescapés et autres miraculés concordent. Je crois que les gens utilisent inconsciemment les légendes qu'ils connaissent depuis l'enfance, Martine.

– Oui, sûrement.

– Mais il y a quelque chose dans le témoignage d'Antonin Moria qui ne ressemble à rien de connu.

– Quand il dit que son frère l'a forcé à revenir.

– Exact. Je crois qu'il faut qu'on creuse la question.

– Comment tu comptes t'y prendre ?

– En téléphonant d'abord aux Rivages, le centre de réanimation où a été hospitalisé Antonin Moria.

– Tu crois qu'un médecin se souviendra de lui ?

– On n'a rien d'autre en magasin, Martine.

– Juste une supposition. Celle que le cobra a tué trois fois. Et qu'il recommencera.

– On dirait une petite chanson, dit-il avec un léger sourire.

Elle pensa que les nuages qui lui brouillaient l'humeur s'étaient dissipés et qu'elle aimait le voir sourire à demi comme une promesse.

Il pensa qu'il aimait son obstination et son énergie. Que c'était peut-être communicatif. Et salvateur ; au moins dix minutes. Que retourner à la brasserie Beaucaire s'enfermer dans les toilettes avec elle lui ferait un bien fou. Mais que c'était d'une vulgarité inouïe. Et qu'ils avaient un cobra à attraper. Un animal digne et royal, lui, qui pouvait dilater son cou à volonté et agrandir les lunettes incongrues tatouées sur ses écailles. Celui qui même lorsqu'il vous crachait la mort aux yeux avait une classe folle.

# 30

Il avait décidé de confectionner des tagliatelles à la carbonara. Le prix de revient était peu élevé. Que coûtaient deux cents grammes de pâtes, un morceau de lard, un peu de parmesan, un œuf, une cuillerée de crème ? Peu de chose mais le résultat était goûteux et Charlotte aurait la sensation qu'il s'était creusé la tête pour lui faire plaisir. Après ça, il y avait de la compote de pommes faite maison et on boirait un petit vin italien. Félix Dark déboucha la bouteille pour que ça respire et entreprit de râper cent grammes de parmesan. Charlotte ne serait pas de retour avant une heure, il avait le temps de préparer tous les ingrédients, de mettre la table et même de ranger le studio.

Il fallait un peu de décorum, ce soir. Félix avait l'intention de demander Charlotte en mariage. Ensuite, il lui laisserait le choix. Soit ils répondraient présents à l'invitation de sa mère et de son beau-père et iraient tenter leur chance en Californie. Soit ils resteraient à Paris et vendraient la Montagne-Sainte-Geneviève pour pouvoir s'acheter un nouvel appartement. Félix avait l'intention de l'acheter de toute façon, qu'ils partent en Amérique ou pas.

Il commença à râper le parmesan. Il disposait d'un morceau de taille moyenne très sec qui lui avait été recommandé par sa fromagère et d'une petite râpe achetée dans un magasin suédois. Il n'avait pas l'habitude de faire la cuisine et par conséquent de râper des carottes ou du parmesan. Félix réussit donc l'exploit de s'entailler le bout du majeur gauche avec une râpe à tout faire. Il lâcha un « merde » retentissant et courut à la salle de bains se mettre un sparadrap waterproof. Ça ne sonne pas anglais, se dit-il en enroulant le sparadrap autour de son doigt avant de lire la notice sur le versant anglophone de la boîte. *Waterproof*, ça sonne allemand. C'est guttural pour de l'anglais. Félix se dit qu'aller vivre quelque temps en Californie lui plairait beaucoup. Palo Alto, San Francisco, il connaissait déjà. Mais pas San Diego, Los Angeles, Sausalito ou Big Sur. Des noms mythiques tout ça. On avait envie d'y aller et d'y rester un peu, ne serait-ce qu'un an ou deux. Félix espérait que Charlotte allait choisir la première solution. On ne vit qu'une fois.

La sonnette de la porte d'entrée avait retenti. Il laissa la boîte de sparadrap en plan sur la tablette du lavabo, se dit qu'il rangerait plus tard. Il regarda par l'œilleton et vit un gros visage sur un corps tout maigre qui lui disait quelque chose. Tous les œilletons déformaient les gens comme dans une galerie des glaces de fête foraine, mais celui de la porte de Charlotte était impitoyable. Une seconde de battement et Félix Dark avait remis cette personne. Il la connaissait mais l'hésitation venait du fait qu'il n'aurait jamais imaginé la voir à travers cet œilleton. Il ouvrit donc la porte sans hésiter. Ce fut sa dernière impulsion. Parce que Félix ouvrit la porte à la Mort. Elle n'était pas du tout comme il l'aurait imaginée. Ses mouvements étaient calmes et rapides, son visage n'exprimait aucune haine. La Mort de Félix était équipée d'une matraque, d'une seringue emplie du contenu de quatre ampoules de potassium et son plan allait se dérouler vite et sans heurts. Une fois plantée dans la chair de Félix, la seringue diffuserait la fatale substance dans les replis de son organisme à une vitesse supersonique. Et il mourrait. Sans recours. Et surtout sans savoir ce que la Mort lui voulait. Ou si Charlotte aurait préféré la Californie à Paris.

Lewine était installée dans le bureau d'Alex, le regardait et l'écoutait téléphoner – le haut-parleur était branché, la voix du médecin des Rivages douce et calme. Elle se sentait un peu gourde de jouir rien qu'à regarder Alex. Ce genre de niaiserie ne lui était pas arrivé depuis longtemps. Vingt ans pour tout dire. Et peut-être même plus. Bon sang, mais qu'est-ce que je vais devenir ? se demandait-elle en riant intérieurement. C'était bizarre, cette sensation. Elle en bavait, de ce manque d'Alex mais en même temps, ici et maintenant, elle était parfaitement heureuse. Elle était en mouvement, elle exerçait le métier qui l'excitait et elle partageait le même espace-temps qu'un homme à la fois fragile et fort, qui lui faisait un effet renversant. Avec ou sans fouet, menottes et tout le bastringue. Quelquefois elle allait jusqu'à se dire que ça n'avait plus rien à voir avec le sexe. Alex disait :

– Antonin Moria prétend que son frère Vincent lui a donné quelque chose qui l'a fait revenir à la vie. Vous vous souvenez de Vincent Moria ? On m'a dit qu'il était venu voir Antonin lors de son séjour chez vous.

– Non, je vois circuler tellement de gens ici. Aux Rivages, nous impliquons les familles dans l'assistance aux comateux. Vous imaginez les allées et venues que ça représente !

261

– Pensez-vous qu'Antonin Moria soit sorti de son coma et ait récupéré plus vite que la moyenne ?

– D'après son dossier, oui. Mais ça arrive à une certaine proportion sans qu'on sache pourquoi. Certains s'en sortent plus facilement que d'autres et on peut juste en faire le constat mais pas l'analyser avec certitude.

– Rien ne vous a semblé exceptionnel dans son rétablissement ?

– Je vous l'ai dit : il a vite récupéré. D'autant qu'il était alcoolique et que son système nerveux était déjà fragilisé.

– Personne n'a vu Vincent Moria faire prendre un médicament à son frère ?

– Je ne pense pas, c'est tout de même très surveillé. Les patients sont sous monitoring constant. Mais aux Rivages, nous assurons plutôt le suivi de l'éveil du coma. Dans un premier temps, Antonin Moria a été emmené aux urgences de la Pitié-Salpêtrière. C'est peut-être là que son frère a joué à l'apprenti sorcier. Ceci dit, ça m'étonnerait que vous trouviez quelqu'un pouvant se souvenir d'un détail à quatre ans de distance. La Pitié est une ruche où, certains jours, les accidentés arrivent non-stop.

À partir de là, le dialogue patina un moment puis Alex raccrocha sur des remerciements et s'enfonça dans son fauteuil et dans un silence assez long. Lewine le regarda allumer une blonde et lisser le maroquin d'une main experte. J'aimerais bien être un maroquin en bout de course, pensait-elle lorsque Alex déclara :

– Je vais à Saint-Bernard.

– Tu crois vraiment que c'est le moment ? demanda-t-elle d'une voix suave.

– C'est exactement le moment et tu viens avec moi.

Elle ne dit rien de plus parce que le regard qu'il lui lança était sans appel. De toute façon, elle était prête à respirer l'odieux remugle des hôpitaux pour lui. Elle était prête aussi à revêtir une tenue d'infirmière en latex blanc pour lui infliger toutes sortes de traitements exotiques. Je ne sais plus ce que je raconte, pensa-t-elle. Tout à l'heure je prétendais que ça n'avait rien à voir avec le sexe. Tu parles. Tout est dans tout et réciproquement. En fait, je crois que si je m'en donnais la peine, j'arriverais à le reconquérir, ce sale flic.

– Bon, alors tu viens, Martine ?

# 31

De sa voix sudiste bien chantante, le médecin anesthésiste qui suivait Victor Cheffert à Saint-Bernard
demanda :

– En gros, vous voulez savoir s'il existe un médicament susceptible de tirer les gens du coma ?

– On m'a déjà expliqué que ça n'existait pas, répondit Bruce. En fait, je pense plutôt à des axes de
recherche.

– Des axes, ça au moins ça existe. On essaie de
mettre au point en laboratoire un médicament qu'on
pourrait appeler un lazaroïde. En référence à Lazare.

– Ressuscité par Jésus.

– Lui-même, celui dont la légende a fait le premier évêque de Marseille. Eh bien, des axes de
recherche, il y en a plusieurs. On cherche par exemple
à déjouer l'action des molécules toxiques que pro-
duisent les cellules nerveuses lorsque le cerveau
souffre. D'autres essaient de trouver le moyen d'éco-
nomiser l'oxygène des cellules cérébrales. Et certains
travaillent directement sur les neurotransmetteurs. Ah,
et j'oubliais les travaux d'une équipe écossaise qui a
montré que certains comateux récupéraient plus ou
moins bien suivant qu'ils possédaient ou non un certain gène.

– Conclusion : tout le monde cherche, mais personne n'a encore réussi à l'inventer, ce lazaroïde, dit Bruce.

– C'est bien ça, commandant.

– D'après ce que vous venez de dire, ce serait une mise au point assez complexe.

– Non. Un chercheur peut trouver ça tout seul dans son coin, sans gros moyens. C'est souvent une question de chance et de talent. D'intuition, si vous préférez.

– Pensez-vous qu'on puisse inventer ce médicament à partir de venin de serpent ? demanda Lewine.

– C'est possible, mais pas à partir d'un venin provoquant une paralysie musculaire. Il faudrait que ça agisse sur le système nerveux.

– Que pensez-vous des cobras ou des serpents africains atractaspidés ? poursuivit-elle.

– Pas grand-chose. Parce que je ne suis pas zoologiste. Et si un tel lazaroïde avait été mis au point, nous serions parmi les premiers informés ici.

– Lape, lape, dit Victor Cheffert.

– Alex, Victor a dit quelque chose !

– Ce n'est rien, il rêve, dit le médecin.

– Lape, lape, le… jardin !

– Admettons tout de même qu'un chercheur trouve une molécule à partir d'un venin et qu'elle agisse correctement sur le système nerveux comme un lazaroïde, qu'est-ce qui se passe ensuite ? demanda Bruce.

– Pour lancer un médicament, plusieurs années de tests sont nécessaires, qui correspondent à différentes phases d'expérimentation. D'abord sur cellule in vitro, puis on mène des expériences sur les animaux, ensuite sur des adultes volontaires puis enfin sur un groupe à plus grande échelle. Une population témoin pendant

265

quelques mois. Ensuite, ça passe dans le domaine public. Mais la particularité d'un médicament contre le coma, c'est qu'on ne peut le tester que sur des gens atteints. Il faut donc demander aux familles les autorisations. Les délais peuvent être soit plus longs, soit plus courts. Vous voyez les aléas que ça suppose, tout ça.

– Et j'imagine que le laboratoire qui réussira à trouver et lancer ce lazaroïde sur le marché s'ouvrira de belles perspectives, reprit Bruce.

– Non, pas forcément.

– Ah bon ?

– Ça serait sans commune mesure avec un vaccin contre le virus du sida, par exemple. Les malades du sida, c'est une population en expansion. Les comateux, pas du tout. Économiquement, les enjeux sont très faibles.


Alors que le médecin était parti faire la tournée des onze autres sédatés du service, Bruce et Lewine conversaient de part et d'autre du lit de Victor Cheffert.

– « Un chercheur peut trouver ça tout seul dans son coin, sans gros moyens. C'est souvent une question de chance et de talent. » Ça me plaît, cette phrase, pas toi, Martine ?

– Oui, beaucoup.

– Pour autant, on n'a rien de plus concret que tout à l'heure, continua Bruce.

– C'est vrai. Antonin Moria est sorti du coma plus vite que la moyenne mais il n'y a pas eu de miracle. Personne n'a vu Vincent Moria lui administrer un lazaroïde…

– Théoriquement réalisable avec du venin de serpent… ou de la poudre de perlimpinpin. Dark a été assassiné, et probablement Crespy, mais pour Moria rien ne prouve que ce ne soit pas un accident.

– Moi, je pense que ça n'en est pas un.

– Peut-être, Martine, mais tu n'as rien pour le prouver.

– On sait tout de même que Dark, Crespy et Moria se sont croisés à l'Institut Pasteur. Alex, tu crois que Dark et Moria ont pu faire une découverte ensemble ?

– Ils ne travaillaient pas dans la même unité, non ?

– Exact, et l'Institut n'a jamais homologué de lazaroïde.

– Et en plus, un lazaroïde n'intéresserait jamais un laboratoire de la taille de Coronis. Trop cher à développer.

– Le jardin, dit Victor Cheffert.

– Il rêve qu'il se promène dans un jardin ! dit Lewine.

– Le veinard, dit Bruce.

– Quand vont-ils le sortir de son coma ?

– Dans une dizaine de jours, je crois.

– Je trouve qu'il a bonne mine.

– Alors, dis-lui.

Elle sourit, haussa légèrement les épaules et dit :

– Je te trouve bonne mine, Victor. Et j'ai hâte de te revoir à la brigade.

– Lape, lape, Es-cu... lape, dit Cheffert.

Mais le dernier mot fut couvert par la sonnerie du téléphone de Bruce.

Son visage vira au blanc puis il lui tourna le dos et se laissa tomber sur le petit fauteuil rabougri. Il raccrocha et elle lui demanda ce qui se passait.

– Félix.

– Quoi Félix ?

– Danglet vient de me dire que la fiancée de Félix Dark l'a trouvé mort chez elle. Le mot « cobra » tracé au feutre rouge sur son front.

Ils étaient assis dans la voiture de fonction garée sur le parking de l'hôpital. Elle s'était installée derrière le volant et avait entrouvert la vitre parce que Alex fumait. Il fumait en silence depuis un bout de temps. Elle se demandait ce que Félix venait faire dans cette série. Elle avait mal pour cette Charlotte qu'elle ne connaissait pas. Elle avait mal pour le jeune chercheur, le gamin attardé. La colère dans la voix d'Alex était contenue lorsqu'il dit :

– Coronis, avec son côté petite entreprise familiale, me fait penser à une cuvette.

– Ah oui ?

– Pleine de bacilles. Qui grouillent. On va balancer un caillou dans tout ça, Martine.

– Si je traduis bien, tu mets Lepecq et Ferenczi en garde à vue ?

– Pas qu'un peu.

# 32

– Je suis très à l'aise sur ce coup-là, inspecteur. Quel intérêt j'aurais à tuer ou faire tuer tous ces gens ? Hein ? Je suis un homme d'affaires. Et justement mon laboratoire est une affaire qui marche. À condition qu'on nous laisse travailler, mon associé et moi. J'espère que vous vous rendez compte de ce que vous faites ? Coronis fonctionne sans directoire. Nous sommes à votre disposition. Nos clients aussi. C'est une prise d'otages.

– Vous m'en direz tant.

– Franchement, je considère que vous me faites perdre mon temps. Parce que je vous le répète, Marco et moi n'avons rien à voir avec cette histoire sordide. La nuit du meurtre de Dark, je dînais à La Cuccina. Pour ce qui est de Patricia Crespy, je n'ai jamais foutu les pieds à Gif-sur-Yvette et cette nuit-là, je dînais aussi avec des clients. Et puis j'en ai marre de me répéter et j'exige la présence de mon avocat.

– Pas la peine d'exiger, c'est légal. Vous aurez le droit de le voir une demi-heure après la vingtième heure de garde à vue.

– Vous rigolez ?

– Ça fait deux fois que vous me demandez ça. C'est curieux, cette obstination.

Dans le bureau de Martine Lewine, l'ambiance était toute différente. Marco Ferenczi avait déclaré que c'était bien agréable de rencontrer une jeune femme dans cet univers policier, plutôt viril a priori. Il souriait à la moindre occasion et répondait à toutes les questions avec bonne volonté.

– Connaissiez-vous Vincent Moria ?

– Le nom me dit quelque chose mais…

– Un chercheur, dit Lewine en lui montrant une photo récupérée auprès de la direction du personnel de l'Institut.

– Oui, son visage m'est familier.

– Un ancien collègue de Patricia Crespy et de Paul Dark.

– Ah oui, je m'en souviens maintenant. L'Institut Pasteur. Il nous a proposé une idée de médicament. Censé favoriser la sortie du coma. Mais ça ne nous a pas intéressés.

– Pourquoi ?

– Ce n'était pas rentable. Moria avait découvert une molécule à partir d'un venin. Mais attendez ! Vous pensez que ça a un rapport avec cette histoire de cobra ?

– Et vous ?

– Je ne m'en souviens pas bien. Justin et moi avons rencontré Moria il y a quelques années.

– Chez Coronis ?

– Non, à Rome, dans la villa de la famille de ma femme. J'avais organisé un week-end pour les membres du directoire et leurs conjoints. Moria était un ami de Dark, il a donc été invité.

– Une idée à vous ?

– Non, de Dark je crois. Il était divorcé, j'imagine qu'il m'a demandé si son ami pouvait venir. Le souvenir est flou. Mais qu'est devenu ce monsieur Moria ?

– Vous n'avez pas idée ?

– Pas la moindre.


– Connaissez-vous Vincent Moria, monsieur Lepecq ?

– Je devrais ?

Silence de Bruce. Excédé, Lepecq répéta :

– Je devrais ? hein ? C'est qui ?

– Un chercheur de l'Institut Pasteur. Voici sa photo.

– Ah oui, je l'ai déjà vu, ce type.

– Où l'avez-vous vu ?

– À Rome, je crois. Chez les Androvandi.

– Que faisait-il là ?

– Demandez ça à mon associé. Les mondanités, c'est son rayon.

– Avez-vous été en relation avec Vincent Moria ?

– Je crois me souvenir qu'il avait un brevet à vendre. Un truc bidon. C'est un ami de Dark, c'est ça ?


– Vincent Moria est venu vous voir alors qu'aucun brevet n'avait été déposé à l'Institut Pasteur pour sa découverte. C'est bien ça, monsieur Ferenczi ?

– Effectivement.

– Que vous a-t-il proposé ?

– De développer cette molécule.

– Et ça vous a paru normal ?

– Je ne me suis pas posé la question, mademoiselle. Quand j'ai compris que la découverte de ce monsieur Moria ne présentait aucun intérêt pour Coronis, je me suis contenté de lui expliquer poliment notre point de vue.

– Vous a-t-il dit s'il avait testé cette molécule ?

– Ça ne me dit rien.

– En vous la proposant, il a forcément essayé de vous convaincre.

– Le détail de nos conversations ne me revient pas. En revanche, je me souviens d'avoir fait comprendre à Moria que nous n'étions pas intéressés.

– Patricia Crespy était responsable de la recherche chez vous. Elle participait à ce week-end à Rome ?

– Oui, bien sûr. Avec son mari.

– A-t-elle assisté à vos entretiens avec Moria ?

– Bien entendu. Tout nouveau projet passe par la direction de la recherche.

– Comment a-t-elle réagi ?

– À quoi ?

– À la proposition de Moria ?

– Elle m'a dit tout de suite que ce n'était pas rentable.

– À vous, pas à Moria ?

– Ils se connaissaient de longue date. Elle ne voulait pas le vexer, je suppose.

– Dark et Crespy ont dû se rendre compte immédiatement que la molécule n'était pas pour Coronis.

– Oui, c'est logique, mademoiselle.

– Pourquoi vous avoir présenté Vincent Moria, alors ?

– J'ai pensé à un prétexte. Dark avait peut-être envie de faire entrer Moria chez Coronis. Comme il l'avait fait pour Crespy.

– Et ce n'était pas le cas ?


– J'ai un souvenir vague de tout ça. Je me souviens surtout d'un excellent week-end de détente à Rome. C'était l'objectif. On ne travaille bien que lorsqu'on sait aussi prendre du bon temps. Vous ne croyez pas ?

– Lors de notre premier contact, vous avez été virulent à propos de Félix Dark, monsieur Lepecq.

– Oui, et alors ?

– Pourquoi ?

– Je suppose que Paul a dû me parler de son fils un jour ou l'autre. J'ai pensé que c'était un parasite comme ils le sont tous dans cette génération. Et puis voilà, c'est tout. Vous avez remarqué que je ne suis pas du genre à prendre des pincettes.

– Je croyais que Dark ne vous *régalait* pas avec sa vie privée.

– On ne parlait pas cul mais, pour le reste, il nous arrivait d'échanger quelques mots. Entre humains normalement civilisés, ça se fait.

– Quand avez-vous vu Félix Dark pour la dernière fois ?

– Je ne fréquente pas ce gamin.

– Réfléchissez.

– À la pendaison de crémaillère de Dark, je crois. C'était il y a un bail. Mais pourquoi s'obséder sur Félix ?

– Parce qu'il est mort.

– Vous voyez bien ! Vous nous pressez le citron alors qu'un dingue assassine à tour de bras tous ceux qui ont approché Paul Dark !

– Qui vous dit que Félix Dark a été assassiné ?

– Vu son âge, pas besoin d'être grand clerc. Et si je sais bien compter, on arrive à quatre : Moria, Crespy, Dark senior et Dark junior. À partir de combien de macchabées peut-on commencer à parler de serial killer ? Et qu'est-ce que vous attendez pour faire enfin quelque chose ? Qu'il massacre nos femmes et tous nos collaborateurs ? Et puis les clients aussi ?

– Je ne vous ai jamais dit que Moria était mort.

– Et moi, je fais une supposition. Vous me parlez pas d'un gars que j'ai croisé il y a perpète pour le plaisir de causer ? Bien sûr que non. Ce gars est mort lui aussi. Tué par le dingue. Et je vous le répète, je n'ai rien à voir avec tout ça. Sauf si le dingue décide de continuer à se foutre de votre gueule en m'exterminant moi aussi.

Federico Androvandi sortit la Jaguar du parking et prit la direction du Quai des Orfèvres. Il aimait conduire cette voiture, sentir son corps épouser le cuir fauve du siège. Il aimait par-dessus tout conduire avec Marco installé à l'arrière sur fond de musique classique ; il aurait aimé rouler la nuit jusqu'en Italie, Marco et lui seuls à bord, leurs silences confortables, leurs rires. Un aller simple pour rentrer au pays.

Il était allé laver la voiture ce matin. Federico ne voulait pas que Justin trouve quoi que ce soit à redire. Le chef de la sécurité de Coronis venait chercher ses patrons au sortir de leur garde à vue. Il était ponctuel, la voiture était impeccable, on pouvait compter sur lui.

Quant à la circulation, elle était merdique et bien entendu il pleuvait. Federico pensa à sa vie dans le Trastevere, à ses balades avec Marco dans ce quartier où lui, Federico, partageait un appartement décati mais spacieux avec une bande de copains. C'était juste après le mariage de Marco et Carla et leur emménagement dans un quartier autrement plus chic. Le grand-père Marcello avait choisi et acheté le duplex au Parioli ; il voulait que la Carle et son mari vivent au mieux. Mais Federico avait deviné que Marco aurait préféré le Trastevere. Plus chaud, plus sale, plus vivant.

Federico se gara en double file puis il redémarra parce qu'un flic lui faisait des signes et enchaîna trois tours de pâté de maisons avant de voir Marco et Justin descendre le grand escalier de la Crime dans la bouillasse de l'hiver trop précoce. Le froid, la pluie, les gardes à vue. Qu'est-ce qu'on foutait là, bon Dieu, à des années-lumière de la vraie vie ?

Ils s'assirent tous les deux à l'arrière et Federico démarra en souplesse. Bien sûr, Marco avait été le seul à dire bonjour et il souriait malgré la fatigue. On avait l'impression qu'il sortait d'une fête carabinée mais classe. Justin, c'était autre chose. Federico se retourna au feu pour le voir mieux. Une pâleur de suaire et il avait pris quelques années de plus. Federico se dit que le voyageur extatique était devenu un vieux junkie. Pas d'accoutumance, tu parles ! Il avait besoin de sa dose comme un des camés du Trastevere de son shoot.

Personne ne parla pendant un bon bout de temps et Federico rompit le silence pour demander si on déposait Justin au Vésinet. Il y eut une courte conversation pendant laquelle Justin répéta que jamais plus personne ne le mettrait en garde à vie. Eh oui ! un beau lapsus : *garde à vie*. Et Marco le lui fit remarquer d'un ton léger, histoire de rire un peu de tous ces déboires, et l'autre, le dormeur splendide, ne sourit même pas. Alors que la villa Napoléon machin se profilait au bout de la rue, Marco conseilla à Justin de se modérer en matière de voyages, du moins jusqu'à ce que les flics se calment. Justin lui répondit sèchement qu'il contrôlait la situation.

Dany était à la grille. Elle avait son manteau de fourrure et le vent jouait avec ses cheveux. Elle souriait à son mari, chaleureusement. Elle lui ouvrit les bras et Justin se laissa faire pour une brève accolade. Ferenczi attendit que le couple soit rentré dans la villa avant de demander à Federico de redémarrer. Cette étreinte, bien que guère sensuelle, était tout de même agaçante. Ferenczi se dit que pendant cette garde à vue, c'était la voix et la simple présence de Dany qui lui avaient manqué. Il lui fallait à tout prix la convaincre de venir cette nuit rue Oudinot. Et la nuit suivante aussi. La voix de Federico le sortit de son idée fixe :

– C'était dur chez les flics ?

– Vingt-quatre heures, ce n'est rien comparé à toutes ces années avec Justin. Je crois qu'en ce qui le concerne, on arrive au bout du voyage.

– Ça me soulage de t'entendre me dire ça, Marco ! Tu as réfléchi pendant tout ce temps.

– Oui, j'ai réfléchi et je vais demander la permission à Dany d'envoyer son mari voir ses copains Isis et Osiris pour de bon.

– La permission ?

Ferenczi ne répondit pas. Il regardait Paris défiler sous ses yeux. Les visages mornes des passants piégés sous la pluie. Les livreurs sur leurs engins pétaradants et nerveux qui se faufilaient dans le trafic comme des kamikases. Et là, un homme téléphonant, planté tête nue au milieu du trottoir et le visage heureux. Il parle à celle qu'il aime, se dit Ferenczi.

Son beau-frère lui jetait des regards interrogatifs dans le rétroviseur mais n'osait pas le questionner. Justin allait mourir grâce à l'arrivée inespérée d'un cobra. Toutes ces années pour gagner le fric des Lepecq. Carla allait rentrer en Italie. On allait divorcer de Carla. On allait épouser Dany Lepecq. Pour l'argent, puisque c'était le plan initial, mais pas seulement. Ensuite, il irait vivre avec elle où elle voudrait : l'Italie, Paris, New York. Où elle voudrait. Et c'était bien le minimum de lui demander sa permission pour Justin.

– C'est vrai que c'est le moment rêvé, dit Federico tout en évitant en souplesse un con à vélo qui confondait chaussée et piste cyclable.

Encore un regard dans le rétroviseur et, comme le sourire de Ferenczi l'encourageait, il ajouta :

– Il mourra d'une overdose dans sa chambre des Morts. Et après ça, on lui collera toutes les victimes du cobra sur le dos. Et on se barrera en Italie dès que possible.

– La Chambre des Morts. Tu as bien deviné.

– Mais pour ça, il nous faut le code et Dany est la seule à le connaître, poursuivit Federico. Je comprends pourquoi tu veux sa permission. En fait, tu dois la convaincre.

– Tu nous mets un peu de musique, Federico ?

Marco Ferenczi alluma une cigarette et entrouvrit la fenêtre. L'air chargé de pluie pénétra dans l'habitacle et il pensa à la bouche humide de Dany descendant, descendant. Il se dit aussi que si les choses tournaient mal, il lui faudrait peut-être sacrifier Federico. Ce serait dur mais envisageable. Il prit une inspiration, ferma un temps les yeux et sentit, au creux de son ventre, une petite pépite d'énergie. Tout ce qu'il avait jamais ressenti pour un autre être était là. Dany était là, au centre de sa peau et de sa vie. Ainsi, en ne s'attachant qu'à elle, il était libre. Libre de tous les autres, même des plus fidèles. C'était nécessaire. Le prix de la survie.

Cette nuit, il avait dormi trois ou quatre heures et rêvé de son père. Le maquignon s'enfonçait dans une mare de boue et de sang. Et dans ce rêve, Ferenczi était un énorme chien noir qui crachait paisiblement du feu. Il était resté planté au bord de la mare, immobile, jusqu'à ce que le haut du crâne du père disparaisse sous quelques bulles brunes éclatant dans un gargouillis. Le chien dragon Ferenczi s'en était allé ensuite vers une ville blanche où on l'attendait. Il y avait un soleil d'aube, clair mais chaud, sur cette belle ville, et un vent doux. Et ce soleil et ce vent l'appelaient, lui, l'animal merveilleux, avec patience.

– Ça me fait mal au ventre de les avoir relâchés, ces deux-là, dit Lewine.

– Pas moi. Les serpents dorment sur les pierres en attendant qu'une proie passe, on va faire pareil, dit Bruce.

Elle se dit que les métaphores de Bruce étaient panachées. Tantôt on s'agitait en balançant des cailloux dans des cuvettes, tantôt on roupillait sur des pierres.

– Et où veux-tu qu'on aille dormir ? demanda-t-elle en essayant de ne pas laisser passer dans sa voix le moindre sous-entendu.

– Devant chez Lepecq et Ferenczi, Martine. Danglet et un autre officier au Vésinet, toi et moi rue Oudinot. Préviens Danglet et trouve-lui un coéquipier. Morin, par exemple. Je rentre chez moi me reposer une paire d'heures et on se retrouve directement là-bas à dix-sept heures. Tu ferais bien d'aller dormir, toi aussi.

Il posa une main sur sa joue mais la caresse inespérée se transforma vite en petite tapette. Puis il la planta là, au milieu de ce couloir, au milieu de ce linoléum préhistorique. *Toi et moi, rue Oudinot.* Lewine eut l'impression qu'une colonne de joie venait de s'allumer tout le long d'elle. Du précipice de la mâchoire à celui du rectum.

# 33

Une sensation merveilleuse de la tête aux doigts de pied. Et le cerveau qui fonctionnait à plein comme sous l'effet d'une drogue sophistiquée et sans risque. Allongé dans son lit, Marco Ferenczi sentait de chaudes vibrations l'irriguer. Le bras gauche replié sous la nuque, l'autre tenant une cigarette, il se disait que faire l'amour avec Dany était une expérience limite. Ferenczi n'était pas ce qu'on appelle un grand lecteur. Il se savait picoreur d'informations prenant à petites doses tout ce que le hasard lui glissait entre les mains. Dans ce contexte, il avait donc emmagasiné des données disparates. Parmi celles-ci : les prouesses de ces gens qui se jetaient d'un pont arrimés à un élastique ou les souvenirs de ceux qui avaient vécu une NDE. Autant dire les aventures bigarrées des Justin Lepecq de ce monde. Les Américains étaient férus de ce genre de sujets, alors dans leur foulée on appelait ces expériences de mort imminente des *Near Death Experiences*. Eh bien l'amour avec Dany, se disait Ferenczi, était plus fort que le saut à l'élastique ou qu'une NDE. L'amour avec Dany était l'expérience la plus terrienne et la plus mystique qu'il ait vécue jusque-là. Maintenant, pour lui, somnolant à ses côtés, elle était une femme sans âge. Sans questions. Dans le sens où on ne questionnait rien d'elle. Elle était Dany. Elle était.

Ses cheveux noirs caressant sa joue, elle gardait les yeux fermés, un sourire rassasié magnifiait sa bouche. C'était étonnant, comme lorsqu'elle lui avait dit : « J'ai besoin d'un homme dans mon lit. » Ce n'était pas vulgaire. Elle aurait pu articuler toutes les grossièretés de la terre, prendre les poses les plus lascives qu'elle n'aurait jamais été vulgaire. Comment dire ? Cette femme existait vraiment et bien que ça paraisse la chose la plus naturelle pour tout le monde, elle faisait ça comme personne.

Tout à l'heure, il lui avait montré le pistolet que Federico lui avait donné après la mort de Dark. Pour l'impressionner et lui faire comprendre que s'il se protégeait il l'englobait dans cette protection. Avec lui à ses côtés, elle n'avait rien à craindre. Dany l'avait manipulé, ce Beretta, retourné, soupesé en disant qu'il était moins lourd que ce qu'on imaginait. Puis elle l'avait replacé dans le tiroir de la table de chevet sans un mot. Elle ne voulait pas parler de cette histoire de cobra. Quel contraste avec la Carle toujours prête à régaler son auditoire de ses peurs et de ses joies.

– À quoi crois-tu que s'intéresse Lepecq dans la vie ? demanda Bruce en se pelotonnant sous la couverture.

– À pas mal de choses. Drogues, partouzes, saut à l'élastique, rallyes automobiles, Cité des Étoiles, dit Lewine.

Elle finissait de boire son café à la bouteille Thermos et revissait le bouchon en scrutant la rue Oudinot déserte sous les lampadaires.

– Cité des Étoiles, saut à l'élastique !

– Oui, c'est ce que m'a dit le très coopératif Marco Ferenczi. D'après lui, Lepecq aime les expériences limites. Il est allé faire du tourisme au centre d'entraînement des cosmonautes russes près de Moscou où il est monté à bord d'un avion spécial pour connaître la sensation de l'apesanteur. Il s'est jeté d'un certain nombre de ponts, les pieds arrimés à un élastique. Il a gâché des hectolitres d'essence dans le désert. Et j'en oublie.

– Et lui, tu crois qu'il en oublie sa femme ?

– Faut croire.

Depuis leur voiture à vitres fumées, ils avaient vu près de deux heures auparavant Dany Lepecq garer sa Land Rover dans la rue puis monter chez les Ferenczi. Une arrivée bien trop tardive pour un dîner. Surtout pour la seconde nuit consécutive. Il était 1 h 50 du matin et l'épouse de Justin Lepecq n'était toujours pas redescendue.

– Et Carla Ferenczi ? demanda Lewine.

– Dany Lepecq prétend qu'elle ne sait rien. Ou bien, elle est très conciliante. Ou alors ils font ça en trio. C'est un classique dans la grande bourgeoisie.

– Tu crois ça, Alex ?

– C'est ce qu'on prétend.


J'ai envie de pisser, se dit Ferenczi, et il se leva pour aller à la salle de bains attenante. Debout devant la lunette des WC, sa cigarette entre les lèvres, il se soulagea avec grand plaisir. Quand Dany est dans les parages, tout est un petit bonheur, se dit-il. Les gestes les plus anodins. Tout. Même la sensation du carrelage froid sous les pieds. Même la contemplation de cette trousse de toilette rouge bourrée de cosmétiques qu'elle apporte à chacune de ses visites. Ils avaient déjà leurs habitudes, et lui les aimait.

Il la retrouva assise contre les oreillers ; elle lui avait emprunté le sien. Le drap tiré, lissé bien net et coincé sous les aisselles, ses beaux cheveux dégagés, elle lui souriait gentiment.

Et pendant ce temps, Carla dort ou fait du vélo d'appartement devant la télévision. Elle fait ça à n'importe quelle heure ! Est-ce que ça servait à quelque chose de pédaler sur place ? Surtout à cette cadence d'octogénaire. Surtout avec une bouteille à portée de main. Carla n'était pas dérangeante mais Carla était là. Le seul fait de savoir qu'elle respirait dans ce même appartement et qu'elle acceptait sans tiquer tout ce qui se passait dans cette chambre était inesthétique. Ferenczi était content de s'être enfin décidé. Il lui avait pris un aller simple en première classe sur Alitalia. Départ pour Rome mercredi prochain. Il avait commencé à préparer leurs amis pour qu'ils l'accueillent à bras ouverts. De toute manière, le climat était pourri à Paris. Carla était italienne jusqu'au bout des cheveux, il fallait qu'elle aille se replanter là-bas.

Marco Ferenczi se recoucha et dit en posant doucement sa main sur celle de Dany :

– Bon ! Parlons sérieusement.

– De quoi, Marco ?

– Je renvoie Carla en Italie. Mercredi.

– Pour quoi faire ?

– Elle m'empêche de respirer.

– C'est nouveau, ça ?

– Cette garde à vue m'a ouvert les yeux, chérie. C'était comme une retraite dans un monastère.

– Tu exagères un peu.

– Bien sûr que j'exagère mais c'est pour que tu comprennes mieux mon état d'esprit. Il y a des étapes dans nos vies qu'il faut savoir reconnaître. Donc, exit Carla. C'est mieux pour tout le monde.

– Si tu le dis, Marco.

– Mais il y en a un autre qui me pompe l'air.

– Qui ça ?

– Justin.

– Qu'est-ce qui se passe avec Justin ?

– On le lâche, oui ou quoi ?

– Oh, tu sais, ça fait longtemps qu'on s'est lâché, lui et moi.

– Raison de plus.

– Ici ou ailleurs, Marco.

– Non. C'est faux, voyons. Tu aimes être avec moi, Dany.

– Oui, j'aime.

– Moi aussi. Regarde-nous, on est déjà vieux, chérie. Mais à côté de toi, je brûle. Alors, il faut éliminer tout ce qui est moche. Maintenant, après toutes ces années, on peut. Il faut avoir un idéal et s'y tenir. Comment vivre autrement ?

– Peut-être.

– Tu ne regretteras pas, Dany. Je te le promets.

– Qu'est-ce que tu veux lui faire ?

– « Lui faire. » Ne me dis pas que tu as deviné, chérie ?

– Deviné quoi ?

– Pour Justin.

– Arrête de jouer, Marco. Dis-moi ce qui se passe.

– Federico.

– Quoi, Federico ?

– Federico est au Vésinet dans un van de location garé près de chez vous. Il attend mon coup de fil.

Elle se pencha pour prendre ses cigarettes. Il vit son dos, elle tenait le drap d'une main. C'était joli, cette pudeur. Il la contempla pendant qu'elle allumait sa cigarette – c'était toujours un spectacle, ce simple geste – et il continua :

– Je ne ferai rien sans ton accord et c'est pour cette raison que Federico attend les ordres, depuis deux nuits. Hier, j'ai senti que ce n'était pas le moment de t'en parler. Mais là…

– Cette nuit ?

– À mon signal, Federico va trouver Justin et le tue. Avec un mélange digitaline-somnifère. Le dernier sommeil du dormeur magnifique.

– Il le tue pendant un de ses voyages ?

– Oui.

– Impossible, j'ai caché le produit parce que je ne voulais pas qu'il l'utilise en mon absence.

– Ah oui ?

– Il est de plus en plus accroché.

– Bon, peu importe. Federico le tue et l'installe ensuite dans la Chambre des Morts. Tu nous donnes le code et tu nous dis où est le produit. Qu'on l'injecte avant ou après la digitaline n'a aucune importance. Si on leur avoue que Justin se défonçait avec un produit à base de venin, les flics n'iront pas chercher plus loin.

Il attendit. Elle tourna vite la tête vers lui et il ne lut rien de précis dans ses yeux sombres. Un point d'interrogation, c'était tout. Il ajouta :

– Il le tue et il signe cobra. Toi et moi, on a passé la nuit ici. Carla peut en témoigner. Et je dirai à la police que Federico y était aussi. C'est son domicile après tout.

Silencieuse, elle fumait, parfaitement calme.

– Justin et toi, vous n'avez pas d'enfant, continua Ferenczi. Il n'a ni frère ni sœur. Tu hérites de ses parts. Crois-moi, c'est l'occasion rêvée.

– Pourquoi me demandes-tu d'y croire ?

Ah, jolie, cette réplique, et inattendue. Je n'aurai jamais assez du reste de ma vie pour faire le tour de cette femme, se dit Ferenczi. Maintenant, c'était facile. Leur dialogue glissait. Elle était au diapason de son corps. Au diapason de ses pensées. Elle avait simplement un peu peur. C'était bien normal. D'une traite, il dit :

– Parce que c'est toi qui décides.

– Tu penses !

– Mais si. C'est pour toi que je fais tout ça.

Elle haussa un sourcil. Il dit encore :

– Federico le tue si tu le souhaites.

– Comment compte-t-il entrer dans la villa ? J'ai branché l'alarme électronique avant de partir.

– Un jour, j'ai fouillé ton sac pour prendre ton trousseau de clés. Pendant que nous étions ensemble dans cette chambre, Federico est parti faire un double.

– Tu fouilles mes affaires !

– Ce n'est arrivé qu'une fois. En prévision.

– Tu veux dire que tu penses éliminer Justin depuis longtemps ?

– Bien sûr.

– Rien que ça.

– L'essentiel, c'est que tu aies confiance en moi, Dany. Si je ne te débarrasse pas de Justin, personne d'autre ne le fera. Et ça finira mal. Ton mari ne te donne rien, au contraire, il te pompe ton énergie goutte à goutte. Justin est un vampire. Regarde les choses en face.

– Est-ce que tu es sûr que c'est une proposition équitable pour moi, Marco ?

– Comment ça ?

– Tu m'obliges à prendre une énorme responsabilité. À assumer une décision à laquelle je n'ai même pas eu le temps de me préparer. Tu rejettes ta culpabilité sur moi.

– Mais non…

– Si. C'est ce que tu fais avec Federico. Il fait le sale boulot pour toi. À ta place.

L'étonnement de Ferenczi allait grandissant. Dany en moraliste. C'était joli aussi. Mais un petit fanion d'alarme avait commencé à s'agiter dans sa tête. Il pensa même à toute allure au cri du Christ : « Pourquoi m'as-tu abandonné ? » Et puis, il éteignit cette image avec cet interrupteur mental construit si patiemment. Croire en Dany. À tout prix. Et en même temps, son instinct de survivant lui hurlait dans les oreilles : Marco le raffiné, Marco le demeuré. Il pensa à Federico couché dans son van malgré le froid et qui attendait patiemment son coup de fil. Federico le paysan. Qui était son ange gardien. Dany ! oh Dany !

– Ce n'est pas un sale boulot. On le tue en douceur dans son sommeil factice. Après tout, il aspire à la mort. J'ai toujours pensé que Justin s'emmerdait à mourir sur terre. Personne ne peut plus rien pour le dérider. Pas toi en tout cas. Malgré ta beauté.

– On va réfléchir encore un peu, Marco.

– Tu as tout le temps, Dany.

– Tiens, en attendant, mets-toi sur le ventre. Je vais te masser.

– Maintenant ?

– Oui. C'est une autre manière de faire l'amour. Et j'ai acheté une huile qui sent bon. Elle est dans la salle de bains.

Qu'est-ce que vous vouliez répondre à ça ? Lui voulait à toute force croire en elle. Ah oui vraiment, il le voulait. Il lui obéit, se retourna sur le ventre. Le visage vers elle, il la regarda s'éloigner vers la salle de bains. Quand elle revint, elle avait revêtu l'un des peignoirs blancs, la bouteille d'huile parfumée dépassait d'une poche. Il la sentit bientôt à califourchon sur ses reins, assez lourde, et puis ses cuisses fermes qui enserraient ses flancs. Si on devait la résumer en un trait, on dirait d'elle : Dany l'amazone. Ses doigts agiles lui travaillaient déjà les épaules et la base du cou. Et cette huile sentait bon, c'était vrai. Une odeur de santal. Il se souvint de lui avoir dit qu'il aimait ce parfum ; elle n'oubliait rien.

– Dany, murmura-t-il rien que pour le plaisir de prononcer son prénom.

*Merda, fa un freddo cane !* Un froid humide, détestable. Et pas moyen de faire tourner le moteur, ça serait trop repérable. Federico s'était garé dans l'impasse tranquille qui donnait sur l'arrière de la villa. Il consulta sa montre : 2 h 35. Le silence de Marco s'éternisait. Federico scruta la rue à travers les vitres du van et constata une fois de plus que toutes les lumières étaient éteintes chez les Lepecq. Impossible de savoir si Justin était dans son pieu ou dans cette ridicule crypte en carton-pâte.

Quand Marco allait-il se décider à demander à sa vieille belle si elle voulait qu'il lui tue son mari ? Dany était la seule faiblesse du beau-frère. La seule. Mais de taille. Qu'est-ce que c'était que cette crise de romantisme à quarante-trois ans ? Federico avait entendu dire que ça arrivait à certains hommes passé la quarantaine. Il y a d'abord une période de baisse de la libido et puis ça redémarre. Mais sur le mode affolé. Et ça part dans tous les sens. Tout ça ne serait pas arrivé si le grand-père Marcello n'avait voulu marier la Carle à tous prix. Après ce scandale au lycée. Les bonnes sœurs avaient chassé la Carle parce qu'elles l'avaient surprise en pleine partie de jambes en l'air avec une fille de sa classe. Marcello avait été bien content de caser la Carle, même avec quelqu'un qui n'était pas de leur milieu. Et Federico s'était avoué un peu lâchement, il l'admettait, que tout était bon du moment que Marco restait dans les parages. En le voyant entrer dans leur famille, il s'était senti pousser des ailes.

Federico termina sa bouteille Thermos de café. Puis il se fixa une limite. Il attendrait trente minutes de plus. Ensuite il retournerait rue Oudinot. Pendant cette attente, il se dit que Marco ne lui avait pas donné d'heure après laquelle il pourrait abandonner sa planque. C'était tout simplement parce qu'il pensait, dans le fond, qu'il allait baisser le pouce pour dire : on jette Lepecq aux lions. Ou aux cobras plutôt. Federico mit cette idée en orbite quelques minutes dans sa tête refroidie puis il décida de partir. Sans attendre les trente minutes. Ni même une seule minute de plus. Il ne pouvait pas téléphoner rue Oudinot : Marco débranchait toujours quand il était avec Dany, et si Carla répondait ça ne ferait que remuer le couteau dans la plaie. Federico posa son portable à côté du levier de vitesse. Si Marco appelait en cours de route, il serait toujours temps de rebrousser chemin. Et d'envenimer le grossier.

# 34

Isis qui avait le visage peint en noir embrassa Justin sur la bouche puis elle commença à souffler, à souffler. Un chœur de créatures célestes chantait : « Isis et Justin ne s'embrassent pas, Isis et Justin communient. » Au bout d'un moment, leurs lèvres étaient scellées, leurs bouches étonnamment élargies comme celles de poissons quémandant leur nourriture à la surface de l'eau. C'était bien cela : elle le nourrissait de son souffle, elle le grandissait. En retour, lorsque Justin serait devenu lui aussi un dieu, il nourrirait Isis.

Justin Lepecq ouvrit les yeux. Et éprouva une immense déception. Une déception si grande qu'il en eut les larmes aux yeux. Ce n'était qu'un rêve, ce baiser sacré de la déesse, un rêve.

Il fixa le plafond, l'antique lustre en cristal. Il s'était endormi avec la veilleuse et sa lumière dessinait un large cercle tremblé sur le plafond. Il regarda son réveil : 2 h 56.

Il se redressa et s'assit sur le bord de son lit pour réfléchir mais son cerveau battait la campagne, charriait des tombereaux d'images en vrac, son corps était encore fébrile, la sensation du baiser était trop forte. Il n'avait jamais fait un tel rêve. Il se dit soudain que ce n'en était pas un. Qu'il avait percé un arcane de la connaissance et que les dieux lui parlaient en direct. Et si la drogue l'avait fait muter ?

Il s'efforça de respirer lentement. Souffle, souffle, souffle d'Isis. Le baiser l'avait touché jusqu'au plus profond. Il voulait partir. Partir. En même temps, il voulait que les tombereaux d'images cessent de se déverser à ce rythme. Il voulait que ça se calme un peu. Il essaya encore de maîtriser sa respiration. Et puis les battements de son cœur pendant qu'il y était parce que ça y allait, ça y allait.

Justin Lepecq se concentra sur un fait concret. Le premier venu : Marco dans la Jaguar qui lui conseille de ne pas tenter de nouvelles expériences avant que les flics ne se calment. Justin Lepecq se leva, fit quelques pas dans sa chambre, respirant, respirant.

Un peu plus tard, les images s'étaient calmées. Mais son envie de partir était toujours là. Le conseil de Marco n'avait pas de valeur, se disait-il. Les flics ne vont pas débarquer chez moi à 3 heures du matin. La villa a une alarme qui m'a coûté les yeux de la tête et la Chambre des Morts un code que personne à part Dany ne connaît.

Dany. Il pensa qu'il lui faudrait la réveiller pour qu'elle l'assiste. Sans elle, il n'était jamais *parti*. Mais je ne vais tout de même pas réveiller ma femme à 3 heures du matin. Après tout, elle a toujours été bien avec moi. Patiente, Dany. Ce qu'on appelle à juste titre une compagne.

Il alla à l'armoire et en sortit la djellaba. Il déboutonna son pyjama. Lentement, très lentement parce qu'il hésitait, pensait à Dany endormie. Il n'avait jamais aimé réveiller les gens. C'était un moment où tout un chacun avait le droit qu'on lui foute la paix. Il abandonna son pyjama sur le sol et enfila la djellaba. Puis il sortit dans le couloir et alluma la lumière. La chambre de Dany était à l'étage du dessous. Il descendit, écouta à la porte. Quelquefois, l'été, quand il descendait pour boire un verre d'eau glacé à la cuisine, il entendait Dany ronfler. Pas cette nuit. Pas un bruit. Il hésita, la main sur la poignée. Il pensa qu'elle le désapprouverait. Comme Marco, elle dirait qu'avec la police sur le dos ce n'était pas le moment. Justin n'avait pas envie que sa femme l'imagine perdant le contrôle. Il décida que cette nuit, pour la première fois, il voyagerait seul.

— Je suis retournée discuter avec Gibert de la Financière.

— Ah oui ?

— Je lui ai demandé de vérifier si Coronis achète du venin sur le Net.

— On peut acheter du venin sur le Net, Martine ?

— Oui, c'est ce que m'a dit Rachid Tara de l'Institut Pasteur.

— Tu penses que Coronis utilise illégalement la molécule de Vincent Moria ?

— Je ne sais pas. Peut-être.

— Pourquoi feraient-ils ça ?

Lewine n'eut pas le temps de répondre. Quelqu'un venait de garer une voiture en double file devant l'immeuble des Ferenczi. Le conducteur, vêtu d'un long manteau noir, en sortit, il ne prit pas la peine de verrouiller sa portière et traversa la rue en courant.

— Le beau-frère, dit Bruce. Federico Androvandi.

— Les bacilles commencent à frétiller dans la cuvette.

Bruce lui sourit. Il aimait son ton détaché et le fait qu'elle se soit branchée sur la même longueur d'onde que lui. À vrai dire, il ignorait qu'elle en était capable. C'était bien grâce à ce type d'ambiance que les planques avec Victor étaient si agréables.

Federico composa le code de l'immeuble. Contraste de sa chemise et de son visage clair sur ses sombres vêtements quand il tourna vivement la tête vers la rue. Plus que pressé, il avait l'air préoccupé.

– Tu m'as bien dit qu'il habitait avec les Ferenczi? demanda Lewine.

– Exact, mais pourquoi courir pour rentrer chez soi, surtout à cette heure? Et au volant d'un van, en plus.

– Il y a peut-être du grabuge.

– J'espère bien.


Federico entra avec son trousseau de clés. Une fois la porte refermée, il entendit des voix. Sûrement la télévision. Sans enlever son manteau, il partit directement vers le petit salon vert. Carla y avait installé son vélo d'appartement pour pédaler en suivant les émissions. Mollement. Dans le fond, c'était ça que Federico reprochait à sa sœur. Cette mollesse dans laquelle elle s'enlisait. Sans ça, ils seraient à Rome, Marco, Carla et lui. Et la vie serait toute différente.

Il éteignit le téléviseur et les voix se turent. Une petite lampe restait allumée à côté du canapé où, pour une fois, Carla ne s'était pas endormie. Rose et vert, il se mariait avec les éléments de la pièce qui devait ressembler à un jardin. La Carle avait choisi un papier peint avec treilles et raisins verts. Il y avait toujours des fleurs dans de grands vases et des ficus en pot ajoutaient à l'ambiance. Il aurait mieux valu être à Rome. Prendre le frais sur la terrasse avec vue sur le parc.

Vivre là où c'était bon, simple. Et vrai. Marco se trompait. Il n'y avait rien ni personne à Paris. Dany n'était qu'une vieille belle. À la limite, il aurait fallu l'exporter un temps là-bas. La confronter aux murs chauds, aux piazzas, aux ruines magnifiques, aux cafés joyeux. On aurait vite vu qu'elle ne tenait pas la distance. Ici, il n'y avait que l'illusion du chic. Mortelle comme idée.

Carla avait abandonné une bouteille de champagne au pied du canapé. Il y avait une coupe solitaire et vide sur la table basse. La Carle buvait de plus en plus et c'était une raison supplémentaire de la confier à la tante Gabriella qui savait comment absorber tout un tas d'ennuis pour repartir à zéro. Qu'est-ce qu'on foutait là ? Carla partait mercredi et eux, quand partiraient-ils enfin ? Il prit le plaid qui traînait sur le tapis, le replia et le posa sur le canapé.

Federico sortit et se dirigea vers la chambre de Marco. Il frappa. Silence. Il frappa encore, le cœur en alerte. Il tambourina, cria : « Marco ! » Il ne voulait pas les surprendre en pleine action. Enfin, il entra.

Il lui sembla qu'on lui bourrait une masse amère dans la gorge, ses chevilles lâchèrent sous lui et il fit un effort surhumain pour ne pas tomber. Les larmes arrivèrent d'un seul coup et Federico se surprit à pleurer comme la fois où l'oncle Eugenio l'avait dérouillé au ceinturon. Il avait huit ans... Eugenio était... dingue.

Marco couché sur le ventre, nu. Sa tête tournée vers la porte, ses yeux grands ouverts. Il y avait du sang plein le lit. Federico sortit son arme de son holster et avança. Il vit un couteau suisse à la lame ensanglantée posé sur l'autre oreiller. Non, ce n'était pas un couteau plus suisse qu'autre chose, simplement il était plein de sang, du manche à la lame. Federico s'étonnait de capter tous ces détails comme si un deuxième cerveau avait pris le contrôle. Il vit les lettres sur le dos de Marco. C, O, B le long de la colonne vertébrale. R sur la fesse gauche. A sur la fesse droite. C'était écrit profond dans la chair.

Les larmes ruisselaient sur les joues de Federico et il pensait à l'amour qu'il éprouvait pour Marco. C'était son beau-frère. C'était son frère. C'était la seule personne qu'il avait jamais aimée et crue. Et tout était fini. Il tomba à genoux, posa son visage trempé de larmes sur la plante d'un pied de Marco et l'embrassa en murmurant son prénom.

Un peu plus tard, assis sur le lit et sanglotant, il lut toute l'histoire en une seule ligne. Elle était tellement conne que personne n'y avait cru. Justin Lepecq l'avait montée de toutes pièces. Maintenant que Coronis était bien lancé, il voulait tout pour lui. Et pour Dany. Marco n'avait pas compris qu'il avait affaire à un couple de serpents qui protégeait ses œufs.

Et où était Carla dans tout ça ? Il ne fallait pas que ces salauds lui abîment la Carle. Carla, ma petite sœur ! Federico se leva d'un bond. Il marcha jusqu'à la table de chevet et ouvrit le tiroir. Le Beretta qu'il avait donné à Marco avait disparu.

Il ressortit encore plus vite qu'il était arrivé. À tel point qu'ils ne virent pas l'expression de son visage. Il monta dans le van et démarra.

– Je le suis. Toi, tu vas chez Ferenczi.

Elle quitta la voiture, Alex lui balança le « sac à malices », tous les outils nécessaires à la violation de domicile. Il fit démarrer le moteur, elle le regarda filer sur les traces du van.

Fin de l'intimité factice qu'ils avaient partagée trois nuits de suite. Alex aurait pu planquer avec Danglet et la laisser au Vésinet. C'était avec elle qu'il avait voulu attendre rue Oudinot. Avec elle.

Lewine traversa la rue en fouillant le sac à la recherche du contacteur ; identique à celui que possédaient les facteurs, il ouvrait tous les digicodes de la ville. La loge du gardien était plongée dans l'obscurité, Lewine la dépassa pour éclairer avec sa lampe de poche le panneau fixé à côté des boîtes aux lettres : *Androvandi / Ferenczi, cinquième étage.* Elle se revit se faufilant dans l'immeuble de la vieille salope à Rouen et chassa vite ce souvenir en montant l'escalier. Au deuxième, elle appuya sur l'interrupteur. Tapis de sol rouge et silence qui aurait été total sans le bruit de la minuterie. Arrivée au cinquième, elle colla son oreille contre la haute porte, écouta. Elle sortit son Walther de son étui de ceinture et sonna. Pas de réponse, pas le moindre son, elle sonna trois fois de suite puis tambourina à la porte. Enfin, elle rengaina pour sortir la grosse artillerie, la pompe qui faisait sauter les serrures à grand bruit. Explosion. Lewine entra dans l'appartement, l'arme au poing de nouveau.

Elle suivit le couloir, pénétra dans ce qui devait être un jardin d'hiver. Une fois ses yeux accoutumés au faible éclairage diffusé par une petite lampe, Lewine constata qu'il ne s'agissait que d'un décor. Elle repéra une bouteille sur le parquet. Elle sortit pour faire le tour de l'appartement. Luxueux et désert.

Quand Lewine ouvrit la porte de la chambre, elle resta un instant sur le seuil, immobile. Le visage de Marco Ferenczi était tourné vers elle. À cette distance, le dos semblait avoir été lacéré par un fauve. Tout ce sang.

Lewine joignit Bruce sur son portable :

– Ferenczi est mort. Il y a des ampoules vides dans la salle de bains. Du potassium. Et un couteau à cran d'arrêt abandonné à côté du corps. On a gravé « cobra » sur son dos. Il a dû être assommé avant. Il a un hématome sur la nuque. L'appartement est déserté et la Land Rover de Dany Lepecq toujours garée dans la rue Oudinot.

Elle lui laissa le temps de digérer l'information et ajouta :

– Et de ton côté ?

– Federico Androvandi semble se diriger vers le Vésinet.

À sa voix, elle sentit qu'il était secoué.

– Alex ?

– Oui ?

– Fais gaffe, OK ?

– Oui, maman. Je te laisse le soin d'appeler Sanchez. À plus tard.

« Oui, maman. » Elle n'avait pas aimé ça. Mais aussi quelle idée de dire à un flic de faire gaffe !

Elles montèrent à bord de la Mégane de Carla garée dans le parking privé de l'immeuble. Sortirent doucement et partirent en direction du Vésinet. Une blonde et une brune, dans la nuit. L'une d'elles est le Cobra et l'autre, eh bien, c'est l'Autre.

C'est le Cobra qui conduisait, souplement. Elles roulèrent en silence pendant longtemps. L'Autre avait mis sa ceinture de sécurité, elle fumait fenêtre ouverte. La nuit était glaciale mais peu importait, toutes deux portaient de bons manteaux, luxueux et chauds. L'Autre prit soin d'allumer une autre cigarette pour le Cobra et celui-ci la remercia d'un sourire. Tant de prévenance et toutes ces caresses. Le Cobra admettait qu'il avait aimé ça. Une manière agréable et douce de passer le temps et le plaisir qui jaillissait de manière surprenante. Elle ne se serait jamais crue capable de susciter une telle passion chez l'Autre. Séduire une femme, une autre femme, avait été un des éléments clés de la stratégie et il avait fallu aller jusqu'au bout. Nécessité fait loi. Et nécessité nous apprend que nos limites sont extensibles.

Malgré le silence poli et l'attitude docile, le Cobra sentait l'inquiétude de l'Autre. Encore un boulevard avalé et, sous la pénombre créée par de grands arbres, le Cobra gara la voiture, se tourna vers sa compagne et l'embrassa avec toute la sensualité qu'il était capable de déployer. L'Autre se laissa faire et cajoler et emporter. Ça dura un petit moment. Et on put enfin repartir. Cette fois, les ondes qui se dégageaient de l'Autre étaient de bien meilleure qualité.

# 35

Bruce l'avait vu se garer dans l'impasse derrière la villa. Il rejoignit Danglet et le jeune Morin et tous trois coururent vers le van. Federico Androvandi ouvrait déjà la grille. Bruce cria :

– Bouge plus ! Police.

Temps mort pendant lequel Danglet braqua une lampe sur l'Italien en manteau noir, figé.

– Écarte lentement les bras et jette ton arme derrière toi ! ordonna Bruce. Et tu te retournes mains en l'air.

On entendit le bruit métallique de l'arme qui valdinguait sur le pavé. Encore un temps mort et Federico se retourna. Les trois officiers découvrirent un spectacle inattendu : le visage en pleurs du chef de la sécurité de Coronis. De la sécurité et du nettoyage.

Les lieutenants Danglet et Morin avaient menotté Federico. Assis sur cette petite chaise de cuisine en bois clair, il avait l'air d'un énorme corbeau attaqué par la conjonctivite. Il pleurait toujours mais plus discrètement et par à-coups. En face de lui, Justin Lepecq, vêtu d'une étrange robe blanche à bords dorés, suait à grosses gouttes ; il ne faisait pourtant guère chaud dans cette villa, le chauffage devait être réglé au minimum la nuit.

– Tu fais des heures supplémentaires ? demanda Bruce au sombre Federico.

– Justin m'a appelé parce que quelqu'un lui créait des ennuis.

– Et c'est ça qui te fait pleurer comme un veau ?

– J'ai roulé tellement vite que j'ai failli renverser un piéton.

– Et alors ?

– Alors, j'ai eu peur et mes nerfs ont lâché.

– Il a un bel univers intérieur, dit le lieutenant Danglet.

– Qui vous crée des ennuis, monsieur Lepecq ? demanda Bruce en soupirant.

– Aucune idée. Il y a eu un coup de fil et ensuite on a essayé de rentrer dans la villa.

– C'est curieux, dit Danglet à Morin, lequel, fasciné, regardait alternativement Lepecq en sueur et Federico en pleurs. Les lumières de la villa étaient toutes éteintes quand on est arrivé.

– Vous êtes malade, monsieur Lepecq ? Vous tremblez.

– J'ai la grippe.

– Et toi, tu as un port d'arme pour cet outil ? demanda Bruce à Federico.

– Non.

– Pas bien, ça, dit Danglet.

– C'est pour ça qu'il est tout triste, osa dire le jeune lieutenant Morin.

Le Cobra et l'Autre pénétrèrent dans la maison par la porte du garage et s'arrêtèrent au bas des marches. Avant de le voir, le Cobra visualisa le couloir qui débouchait dans la cuisine. Visualisa la cuisine très blanche, très propre. Visualisa la salle à manger, juste à côté. Mais pas les hommes dont on percevait mal les voix. Le Cobra gravit quelques marches, écouta. La voix de Justin dominait. Et puis il y eut une voix posée, celle du flic aux yeux bleus. Et encore Justin. Qui beuglait :

– Et pourquoi vous m'embarqueriez au milieu de la nuit ?

– Pour une nouvelle garde à vue, répliqua Danglet. On n'a pas beaucoup d'imagination dans la police.

– Et pour une prise de sang, compte tenu de votre état, dit Bruce.

– Je n'ai qu'une grippe et c'est Ferenczi qu'il faut mettre en garde à vue.

– Pourquoi donc ?

– Je manage Coronis. Tous les problèmes de fuite, d'espionnage industriel, c'est Ferenczi qui les gère.

– Qui vous parle d'espionnage industriel ?

– Qu'est-ce que vous voulez que ce soit ? À Coronis, on ne vend pas des savonnettes.

– On en revient à la molécule de Vincent Moria, monsieur Lepecq. C'est à ça que vous faites référence ?

– Mais je vous ai dit cinquante fois que je n'avais rien à voir avec ce type. Voyez avec Ferenczi.

– Il sera toujours temps d'aller chercher Ferenczi. Où est votre femme, au fait ?

– Elle devrait être dans son lit.

– Vous faites chambre à part ?

– Oui.

– Et elle n'est pas dans son lit ?

– Non.

– Ça n'a pas l'air de vous inquiéter.

– Pour l'instant, j'ai d'autres soucis en tête.

– Quels soucis ?

– Ma grippe.

– Vous saviez que votre femme était chez les Ferenczi, rue Oudinot ?

– Qu'est-ce que vous racontez ?

– C'est moi qui pose les questions.

– Je ne vois pas de quoi vous parlez.

– Ça va venir. Bon, Cédric, tu l'accompagnes pour qu'il s'habille.

– Dommage, il est joli avec sa robe, dit le lieutenant Danglet.


Le Cobra et l'Autre attendirent que le bruit des moteurs se dilue dans la nuit puis entrèrent dans la cuisine où elles s'assirent de part et d'autre de la table. Le Cobra n'avait pas allumé la lumière et plissa les yeux pour regarder ses mains. La lune faisait briller la bague. Un beau bijou mais son mari n'y était pour rien, tout était beau chez Cartier. Le Cobra regarda mieux ses mains. Il y avait sûrement des traces de sang sous les ongles, même si le vernis carmin les cachait. Le sang était une substance si particulière. Des années après un crime, ses traces subsistaient, témoignage fantôme à décrypter pour qui saurait. La police scientifique arrivait à faire parler l'invisible maintenant. Les mains du Cobra contenaient toutes les données microscopiques d'une histoire violente et vraie. Mais d'ici, de la tranquillité de cette villa bourgeoise, l'histoire violente et vraie perdait de sa réalité et se mettait à ressembler à un conte. Un conte cruel...

– J'ai soif, dit l'Autre d'un air claqué.

– Sers-toi donc un verre.

– Bonne idée, je vais me chercher une tequila, dit l'Autre. Tu en veux aussi ?

Elle venait de se lever. Les reflets blancs de la lune nimbaient sa chevelure. Ce n'était pas mal. Pourtant le

Cobra tuerait l'Autre comme *les* autres. Tous ces invités du week-end à Rome. Mais c'était dur de purger ce week-end romain, c'était long, il fallait tenir. Le Cobra répondit :

– Pas tout de suite.

– Je suis heureuse de quitter l'Europe. Les États-Unis, ce sera le bout du monde pour toi et moi. On n'en reviendra jamais. Tu es sûre que tu ne veux rien ?

– Non merci, pas pour le moment.

– Tu réfléchis, hein ?

– Oui, pour nous deux.

– On va s'en sortir, n'est-ce pas ?

– Ne t'inquiète pas, j'ai les billets dans mon sac et les faux passeports, mentit le Cobra. On part cette nuit, demain matin au plus tard, je te le promets. Est-ce que tu m'as déjà vue commettre une erreur ? Une seule ?

– Je t'aime, tu sais.

– Moi aussi.

Le Cobra attendit que l'Autre ait quitté la cuisine pour glisser sa main droite dans sa poche afin de sentir la crosse du pistolet trouvé dans la table de chevet de Marco. Celui que Federico lui avait donné parce qu'il s'inquiétait pour sa santé. Une vraie mère poule, Federico, en plus d'être le frère, le beau-frère, le chef de la sécurité, l'homme à tout faire. Le Cobra sortit l'arme de sa poche, la posa sur la table de la cuisine, l'observa et réfléchit encore. Après tout, on pouvait laisser tomber le poison. Il n'y avait guère que les serial killers pour s'obséder sur une méthode.

Federico et Justin allaient être interrogés sans répit pendant des heures. Entre-temps, on les bouclerait. Aurait-elle la possibilité de pénétrer dans les locaux de la Brigade criminelle avec son arme dans la poche et de prétexter une déclaration à faire ? Il faudrait alors attendre d'être confrontée à Justin. Ou à Federico. Mais même si des policiers armés entraient et sortaient toute la journée de leurs bureaux, il n'était pas dit qu'on ne faisait pas passer les visiteurs au détecteur. Et puis, même si elle réussissait à trouver un système pour entrer avec cette arme, elle devrait faire un choix entre Justin et Federico. Et ça, c'était impossible.

Le Cobra pensa que tout ce qu'il avait imaginé pendant ces trois années venait de s'effondrer et sentit une vague de dépression monter. Cette sensation affreuse, le Cobra ne l'avait pas ressentie depuis si longtemps. Depuis sa décision d'entrer dans l'action. Le Cobra remit l'arme dans la poche de son manteau et alla dans le bureau. L'Autre s'y tenait, un verre à la main, penchée vers une photo encadrée. Le Cobra s'approcha de l'Autre pour regarder la photo au-dessus de son épaule.

Helmut Newton, 1971. Une femme nommée Dany Lepecq s'avance dans un espace blanc sans aucun repère géographique. Plus de coins, plus de plafond, il n'y a que ce corps soumis à l'attraction terrestre pour dire le haut et le bas. Quelques traces de pas sur le papier recouvrant le sol. On distingue le détail de tous les muscles de cette femme et son regard est d'une froideur terrible. Difficile pour un photographe d'obtenir un regard de cette qualité-là. Il faut beaucoup de temps et de connivence. Comme entre un metteur en scène et son actrice.

L'Autre se pencha en arrière et quémanda un baiser. Le Cobra lui donna puis s'éloigna vers la fenêtre. Le portique, la piscine recouverte, au-delà la calme vie des gens normaux.

Curieusement, le fait de regarder cette vieille photo avait redonné courage au Cobra. Elle montrait que la puissance est à notre disposition. Il suffisait de mobiliser la colère en un point. Un point précis. Les humeurs se déchiraient, voile de soie noire, il ne restait plus que la pureté de la rage.

Le Cobra alla au bar et se servit un verre de tequila. L'alcool préféré de Vincent. Il n'y avait pas une once de futilité en lui, son intelligence le mettait au-dessus de tout ça. Mais il avait un faible pour la tequila parce qu'elle lui parlait du Mexique. Un endroit où il rêvait d'aller un jour. Sans raison particulière. Un rêve de gamin qui avait passé une grande partie de son enfance le nez dans les bouquins scientifiques. Depuis le plus jeune âge, Vincent s'était intéressé aux comas. Parce qu'un de ses meilleurs amis était mort d'une chute sur la tête dans leur école. En se laissant glisser sur une rampe d'escalier, l'enfant avait chuté de haut. Il était resté inconscient plusieurs jours avant de mourir.

Vincent. Vincent Moria. Elle avait adoré jusqu'à son nom.

Il était impensable que le flic se mette en travers de son chemin. Impensable qu'il soit déjà arrivé là. Impensable qu'il faille cesser le jeu avant la fin. Cet homme à la voix posée et aux yeux bleus était un ennemi. C'est à cause de son obstination qu'on en était arrivé là. Comment avait-il su pour la formule de Vincent ? Marco avait pourtant dit que ni Lucie ni Antonin ne parleraient. Ce flic était si obstiné qu'il l'empêcherait d'aller jusqu'au bout. Alors qu'elle en avait la force. Une telle force que si elle n'était pas employée, elle allait se retourner contre elle.

Soudain, le Cobra pensa au collègue du commandant Bruce. Elle se remémora la discussion à la sortie de l'ascenseur. Une petite comédie bien interprétée par Dany Lepecq et Carla Ferenczi et que le flic avait avalée d'un trait. *Le seul qui ne fiche rien dans la bande, madame, est mon collègue qui a pris une balle dans la peau. Il a gagné le droit de se reposer à l'hôpital.* Quand on lui avait demandé s'il était un ami, le regard qu'il avait eu alors en disait long. *Je suis sincèrement désolée, commandant.* Et comment. Le problème, c'est qu'on ne savait pas où l'ami était hospitalisé.

Le Cobra but une nouvelle gorgée de tequila et pensa à Alexandre Bruce, devenu la cible des médias pour l'affaire Vox. C'était il y a quelques semaines. Elle se souvenait d'avoir entendu à la télé que le dingue avait blessé un flic par balle. L'ami de Bruce était peut-être bien le type en question.

– Qu'est-ce qu'on fait ? demanda l'Autre.

– Du calme. Je cherche une solution.

– Je crois que j'ai peur.

– Tout va bien se passer. Sers-toi un autre verre, chérie, et laisse-moi faire.

Le Cobra se brancha sur le Net et rechercha les comptes-rendus de l'affaire Vox à travers les sites des quotidiens et magazines. Elle mit du temps à trouver ce qu'elle cherchait. Bingo avec *Le Parisien libéré.* Un reporter avait commis un article lacrymal sur la dure vie des flics confrontés aux tueurs de l'extrême. On parlait du capitaine Victor Cheffert, un Parisien de trente-cinq ans, père de deux enfants, hospitalisé dans un état grave. Il devait être dans une unité de soins intensifs. Mais le journaliste ne citait pas l'hôpital. Elle finit sa tequila et attendit encore un peu. Il lui vint une idée. Mais le risque que ça ne marche pas était grand. Elle consulta l'annuaire, fut étonnée de constater qu'il n'y avait que trois Cheffert enregistrés à Paris. Le premier s'appelait Bernard, la deuxième Sophie et le troisième Victor. Elle nota le numéro de téléphone sur un papier qu'elle glissa dans la même poche que celle du pistolet.

Le Cobra alla fouiller les placards et dénicha une robe blanche de type saharienne. Elle rajouterait un gilet beige pour cacher les manches courtes et le tout ferait une tenue d'aide-soignante idéale. Elle se changea, remonta ses cheveux en un chignon sévère. Elle alla prendre deux draps et deux oreillers dans une armoire. Dans un sac en plastique, elle glissa le pistolet et la matraque avec laquelle elle avait assommé Marco. Puis elle alla chercher de nouvelles ampoules de potassium et des seringues neuves et les glissa dans la poche de la saharienne. Le flic hospitalisé aurait droit lui aussi au cocktail Ferenczi.

Elle ordonna à l'Autre de la suivre. Elles descendirent au garage pour sortir par l'arrière de la maison. Dans l'obscurité, alors qu'elles avançaient à tâtons, le Cobra eut une idée. Elle dit à l'Autre de l'attendre dans la voiture et remonta dans le bureau. Elle chercha vainement dans les tiroirs le pistolet que Federico avait fourni tout récemment à Justin. Elle pensa au réflexe de Marco, qui avait peur de mourir dans son sommeil, et trouva bel et bien le second pistolet dans la table de chevet de Justin. Il était plus lourd que le premier et peut-être plus compact. Elle alla à la salle de bains et, au moyen de bandes médicales, fixa l'arme de Justin sur sa cuisse droite.

L'Autre attendait sagement dans la voiture garée plus haut rue Maurice-Ravel. Le Cobra se glissa derrière le volant et, lui balançant les deux oreillers sur les genoux, dit :

– Mets ça sous ta robe !

– Pour quoi faire ?

– Tu es enceinte.

– On va où ?

– Dans un hôpital.

– On ne va pas à l'aéroport ?

– Cesse de poser des questions et fais ce que je te dis. C'est le meilleur moyen de m'aider.

Le Cobra roula vers Paris et le Quai des Orfèvres. Elle avait l'intention de se garer dans le quartier et de passer son coup de fil depuis sa voiture. Pour avoir un temps d'avance sur le commandant Bruce et ses sous-fifres. Le *commandant* Bruce, ça fait plus glamour que commissaire, pensa-t-elle, ça fait penser au commandant Marcos ou au commandant Massoud, et pourtant ce flic n'a rien d'un révolutionnaire.

# 36

Le lieutenant Morin avait demandé timidement s'il pouvait rester et, immobile dans un coin, ne perdait pas une goutte de cet interrogatoire. Alex Bruce tentait la confrontation. Federico Androvandi avait cessé de geindre et de feindre, et la mort de Marco Ferenczi lui emplissait les yeux. Ceux de Lepecq étaient deux fentes troubles dans le visage aux traits de plus en plus tirés. Des vagues de haine sortaient d'Androvandi et répondaient à celles de Lepecq et s'entremêlaient. Elles emplissaient le bureau exigu de Bruce. Pour autant, l'interrogatoire coulait comme une confession. Du moins en ce qui concernait l'Italien, devenu intarissable :

– Marco devait m'appeler dans la soirée mais je n'avais pas de nouvelles. J'étais inquiet. Je suis rentré chez nous. Ma sœur avait disparu et Marco... était mort.

La voix tremblait. Les larmes affleuraient. Il renifla et se reprit :

– C'est vrai ! Il était couché sur le ventre et cette saloperie lui avait gravé « cobra » dans la peau !

– Quelle saloperie ? lâcha Lepecq.

– Dany !

– T'es complètement saccagé là-haut ou quoi ?

Lepecq avait crié. Et du dos de la main frappé l'autre à l'épaule.

— Avec un couteau, cette vieille cinglée !

— Ferme-la, nullard !

Danglet approcha, leur ordonna de se calmer. Bruce dit :

— Votre femme était la maîtresse de Ferenczi, Lepecq. Vous l'ignoriez ?

— Foutaise !

— Eh, tu restes poli, dit Danglet.

— Elle était bien chez les Ferenczi cette nuit, continua Bruce.

— Ils ont monté ça, Justin et elle ! Le cobra, c'est eux ! brailla Federico.

— Mais tu vas la boucler, espèce de tantouze !

— *Stronzo !*

— On vous a dit de mettre un bémol, les gars, dit Danglet.

— Ferenczi a été assommé avant de recevoir une injection mortelle, dit Lewine.

C'était la première fois qu'elle intervenait et sa voix et son assurance tranquille ramenèrent le calme un instant. Federico la détailla avant de dire :

— C'est vrai, j'ai vu quatre ampoules brisées dans le lavabo. En plus, Dany a pris le Beretta.

— Ce type est une catastrophe, dit Lepecq en ricanant. Tu veux pas faire leur boulot à leur place pendant que tu y es ?

— Quel Beretta ? demanda Bruce en regardant Lewine.

— Celui que j'avais donné à Marco pour qu'il puisse se défendre, répondit Federico. Il a dû dire à Dany qu'il était armé. Il lui racontait tout, à cette folle !

— Pincez-moi, je rêve, dit Lepecq.

309

– Elle savait que ma sœur allait se saouler devant la télé. Dany avait tout le temps pour tuer Marco. Personne n'a forcé la serrure. C'est pas Carla et c'est pas moi. Donc, c'est Dany.

– Donne une seule raison pour qu'elle te le tue, ton Marco !

– C'est à toi qu'il faut demander ça, vieux tas !

– Adorables, dit Danglet.

– Le lazaroïde, dit Bruce.

Silence et regard vitreux de Lepecq.

– T'es mal, hein, mon dormeur supérieur ? dit Federico. Ils ont trouvé. Eh oui, il y a des gens plus futés que toi sur cette planète. Et pas qu'un peu.

– Mais tu vas la fermer, ta gueule de niais !

– Vous changez de style tous les deux ou on vous colle au dépôt, dit Danglet.

Bruce fit signe au lieutenant de laisser du mou et Federico continua :

– Qu'est-ce que ça peut me foutre de me taire maintenant ? Tu peux me le dire ?

– Pauvre type ! Tu vois pas que tu joues leur jeu !

– Je t'emmerde !

– Tu oublies que tu as plus à perdre que moi.

– J'en ai plus rien à foutre, dit Federico. (Et, se tournant vers Bruce :) On a tué un type qui s'appelait Vincent Moria. Un chercheur de l'Institut Pasteur.

– Je rêve ! dit Lepecq.

– On le saura, dit Danglet.

– « On », c'est qui ? demanda Bruce.

– Moi. J'ai tué Moria à la demande de Marco qui exécutait un ordre de Lepecq.

– Un *ordre* ? C'est faux, dit Lepecq. Pourquoi est-ce que j'aurais voulu la mort de ce type, hein, pourquoi ?

Federico le dévisagea sans rien dire puis s'adressa à Bruce :

– Un lazaroïde n'était pas rentable pour Coronis. Mais les effets secondaires intéressaient Sa Majesté Lepecq, roi des babas cool.

– Pauvre connard.

– À petites doses, ça aide à sortir du coma. À fortes doses, ça envoie très haut. Avec ça, il s'offrait des voyages. Vous n'avez jamais entendu parler de l'expérience interdite ?

– À part des grossièretés, qu'est-ce que vous répondez à ça, monsieur Lepecq ?

– Que je n'ai rien fait d'illégal puisque cette drogue n'est même pas homologuée. Elle n'existe donc pas officiellement. Essayez donc de me faire tomber avec ça ! Je vous souhaite bien du courage.

– Et l'homicide sur la personne de Vincent Moria ?

– Monsieur Federico Androvandi vient de vous déclarer obligeamment qu'il avait tué ce Vincent Moria.

– Pour toi, fils de pute ! Pour toi.

– Prouve-le. Moi, j'affirme que je ne t'ai jamais rien demandé.

– Marco a invité Vincent Moria à Rome. À la demande de Paul Dark, qui était un de ses amis. Dark savait que Moria tenait à sa découverte et que Pasteur aurait du mal à trouver un partenaire pour la développer. Dark a proposé à Moria un contact direct avec Marco et Justin. Dark n'a jamais cru que ça intéresserait notre labo mais il voulait faire son possible pour son ami. Bien entendu, Lepecq n'a pas trouvé le lazaroïde intéressant. Moria n'a pas insisté mais, ce long week-end au soleil aidant, il a raconté ses expériences. Il avait essayé le bidule sur son frère comateux. Son frère s'en était sorti vite mais il avait eu des hallucinations hors normes. C'est à partir de là que Lepecq a commencé à trouver Moria et son médicament potentiel très intéressants.

– Tu racontes n'importe quoi.

– Marco a voulu te plaire. Il a senti que pour toi, c'était une nouvelle expérience. Tu as fait un essai. Tu as aimé. C'était plus excitant que toutes les cochonneries que tu t'es envoyées dans ta vie de vieux shooté. Tu as dit à Moria vouloir lui acheter son truc pour ton usage personnel. Lui s'attendait à ce qu'en échange tu développes le lazaroïde pour les comateux. Mais toi, tu n'en avais rien à foutre des comateux. Commercialement, c'était le bide assuré.

– Cause toujours.

– Moria a voulu récupérer ses billes et comme il t'enlevait ton joujou, tu as demandé à Paul Dark d'intervenir. Dark n'a pas réussi à convaincre Moria. Alors tu as demandé à Marco de s'en occuper. Et j'ai fait ce qu'il fallait. Et tu as demandé à Patricia Crespy de fabriquer le produit. Et elle a fait ce qu'il fallait.

– Crespy connaissait pourtant bien Moria, dit Bruce.

– Vous savez ça aussi, parfait. Eh bien disons que ni Crespy ni Dark ne se sont rebellés quand ils ont su que Moria était mort carbonisé dans sa voiture. Ils ont même fait semblant de croire à l'accident. Moi, j'appelle ça de la lâcheté.

Le mobile de Bruce sonna. Il ne reconnut pas tout de suite la voix de Catherine Cheffert parce qu'il ne l'avait jamais entendue quand elle était affolée :

– Alex, une femme a appelé il y a dix minutes ! À propos de Victor.

– Pour quoi faire ?

– Pour dire qu'il y avait eu un problème dans la nuit et qu'on allait le transférer au bloc de l'Hôtel-Dieu. Et là je crois que j'ai fait une bêtise.

– Laquelle ?

– Je me suis étonnée qu'il n'y ait pas de bloc opératoire à Saint-Bernard. Elle a répondu que c'était pourtant bien le cas. Elle m'a dit ensuite que tout irait bien. Et elle a raccroché.

– Tu as un nom, quelque chose ?

– Non, rien.

– Comment était sa voix ? Celle de quelqu'un qui a bu ou qui est défoncé ?

– Non, normale. Mais elle avait un léger accent.

– Un accent comment ?

– Italien, je dirais.

– Tu as appelé Saint-Bernard ?

– Tout de suite après, et ils m'ont dit que tout allait bien, qu'il n'était pas question de transférer Victor. Et qu'ils allaient faire attention. J'ai peur, Alex.

– Ne t'inquiète pas. Préviens l'hôpital qu'on arrive.

Bruce raccrocha et dit à Danglet et Morin qu'il devait s'absenter. Il leur demanda d'enregistrer la déposition de Federico Androvandi puis de le mettre au dépôt avec Justin Lepecq. Il fit signe à Lewine de le suivre.

L'Autre faisait une femme enceinte très convaincante. Le Cobra avait passé le portail gardé de l'hôpital sans problème aucun, le bonhomme dans sa guérite leur avait même souri, la Mégane était garée sur le parking. Elles avaient pénétré dans le bâtiment par l'aile B. L'Autre se tenait le ventre en se dandinant. Le Cobra suivait, portant deux draps entre lesquels étaient glissés le pistolet de Marco, la matraque et la bombe lacrymogène. Dans un grand couloir à la peinture décatie et au faible éclairage au néon, elles croisèrent deux internes à la mine exténuée qui les regardèrent d'un œil éteint.

Alex lové contre elle. Dans les virages, son corps suivait le mouvement à la perfection. Il montait à moto comme il dansait. Un homme à la fois cérébral et physique. Elle se souviendrait longtemps de ce court voyage, elle le savait. La Seine illuminée tout le long de la voie express Georges-Pompidou, il fallait la suivre tout droit, remonter en sens contraire de son courant pour lutter contre le temps. La nuit était magnifique. La lune presque pleine brillait derrière un halo roux et le ciel paraissait plus violet que noir. En même temps, Martine Lewine se reprochait de penser à des détails aussi futiles alors que Victor était menacé. Mais elle faisait de son mieux pour rouler aussi bien et aussi vite que possible. Elle brûla un feu puis un autre et un automobiliste klaxonna malgré l'heure très tardive ou fort matinale – pas loin de cinq heures – et Alex lui donna une tape sur le ventre pour lui faire sentir qu'il approuvait.

Le Cobra avait appris bien des choses lors des dîners officieux ou officiels de Coronis. Tous ces médecins, ces toxicologues, tous ces administrateurs du secteur hospitalier étaient loquaces si on savait les questionner. Ainsi le Cobra savait qu'il œuvrait dans le bon créneau : de 3 à 6 heures du matin, le personnel était réduit à son minimum dans les hôpitaux. Le gros des internes était parti se coucher.

D'écriteau en écriteau, le Cobra trouva ce qu'il cherchait. L'unité de soins intensifs se trouvait au quatrième étage. En sortant de l'ascenseur, le Cobra et l'Autre s'orientèrent facilement et arrivèrent devant une porte équipée d'un digicode. Le Cobra dit à l'Autre de l'attendre là et rebroussa chemin. Elle marcha jusqu'à ce qu'elle aperçoive un homme de ménage poussant un chariot. Elle lui dit qu'on l'attendait aux soins intensifs, l'infirmière de garde venait de renverser un produit corrosif. Il haussa les épaules en disant qu'il en venait. Elle insista, dit que ça semblait urgent. Elle déclara avoir affaire ailleurs et fit mine de partir. L'homme poussa son chariot jusqu'à la porte et tapa trois chiffres sur le digicode. La porte s'ouvrit. Le Cobra bondit, frappa l'homme deux fois de toutes ses forces. Il chancela, essaya de protéger sa tête.

– Bloque la porte ! dit le Cobra à l'Autre.

Trois coups de matraque supplémentaires, l'homme s'effondra. Elles le tirèrent à l'intérieur avec son chariot.

Au-delà d'un petit couloir, deux infirmières veillaient au centre d'une pièce en forme de nef, installées derrière une console équipée d'écrans de contrôle. Elles crurent voir avancer une femme enceinte chancelante soutenue par une infirmière. Elle se levèrent toutes deux. La matraque jaillit, le Cobra frappa l'une et l'autre puis encore et encore. La première s'effondra comme un sac. La seconde grogna en s'agrippant aux jambes du Cobra qui frappa encore.

Elle dit à l'Autre d'attacher et de bâillonner les infirmières et l'homme de ménage avec les moyens du bord puis elle alla voir les chambres. Douze en tout. Toutes occupées. Il y avait six femmes, un enfant et trois vieillards. Un homme d'une cinquantaine d'années et un autre qui pouvait avoir entre trente et quarante ans.

Dany alluma la lumière et s'approcha du lit. L'homme, bras au-dessus des draps et visage tourné vers la fenêtre, avait les cheveux bruns. Une multitude de tuyaux lui sortaient de partout mais son visage était paisible. On entendait le son de sa respiration à peine amplifiée par la machine qui le ventilait. Le Cobra repéra la perfusion dans le cou, à gauche. Elle se pencha et observa les deux embouchures en plastique gris dans lesquelles on pouvait ficher directement l'aiguille d'une seringue. Une fois le potassium injecté, cet homme encore jeune mourrait en quelques minutes. Quelques dizaines de secondes supplémentaires et la machine de contrôle se mettrait à sonner. Relayée ici et là, l'alarme se répercuterait et ça sonnerait dans tous les coins. Mais toutes ces secondes accumulées seraient largement suffisantes pour quitter l'hôpital.

À son arrivée, le commandant Bruce trouverait dans cette même chambre l'Autre, suicidée, et l'ami mort. La femme qui avait téléphoné à l'épouse du flic hospitalisé avait un accent italien, rien de plus facile à imiter avec toutes ces années passées à fréquenter Carla, Marco, Federico. Le temps que Bruce et ses collègues réfléchissent à tout ça et le Cobra serait de retour à la Brigade criminelle. Je me suis échappée, j'ai une déclaration à faire à propos du Cobra, où est mon mari ? Il faut absolument que je le voie, je suis morte d'inquiétude. Et ainsi de suite.

Si un détecteur était en fonction, elle y passerait bien volontiers et celui-ci sonnerait. Elle sortirait alors innocemment le pistolet de sa poche et dirait l'avoir trouvé dans la chambre de Marco Ferenczi. Avec un peu de chance, on ne la ferait pas passer une deuxième fois au détecteur. Comment imaginer deux armes sur une seule femme ? Une femme dans son genre, une bourgeoise ? On la laisserait passer. Une fois en présence de Justin et de Federico, elle les abattrait avec la deuxième arme. Ils ne souffriraient pas vraiment. Dommage. Mais depuis la mort horrible de Dark, elle se sentait en partie rétribuée. Dark dans le fond était celui par qui tout avait commencé, en conséquence il avait souffert pour tous les autres. Maintenant, il ne s'agissait plus que de rayer Justin et Federico pour que l'histoire soit close. Ensuite, tous les commandants Bruce de la planète pourraient faire ce qu'ils voudraient du Cobra, l'animal au sang froid.

Elle sortit les ampoules de sa poche, les brisa pour emplir sa seringue de leur contenu. Elle alla vers l'Autre. Celle-ci, penchée au-dessus d'une infirmière, finissait de lui attacher les poignets dans le dos. Le Cobra s'accroupit contre l'Autre comme pour quémander une caresse, lui planta la seringue dans le cœur et injecta. Un sursaut, un cri, l'Autre se retourna, l'incompréhension aux lèvres, mais de l'espoir surnageait encore dans ses yeux. Elle essaya de se redresser. Impossible.

– Qu'est-ce qui… se passe ?

Sa voix était déjà faible. Étonnant.

Le Cobra recula. Le visage de l'Autre devenait gris, se rétrécissait. L'Autre tenta de dire encore quelque chose et s'affaissa, la main sur son cœur troué. Son bras roula bientôt sur le côté, sa tête aussi.

Le Cobra remit le cap vers la chambre du jeune flic. Le *cap*, c'était exactement ça parce que le Cobra se sentait brise-glace de nuit ciblant une banquise qu'il fallait défoncer à tout prix. Il restait très peu de temps. Encore du potassium et elle prépara une nouvelle injection.

Pendant un instant, seringue en main, elle ne bougea pas. Elle savait que le mieux à faire était de tuer vite cet homme et de fuir plus vite encore. Mais elle ne pouvait s'empêcher de détailler son visage. Il n'était pas mal. On lui donnait à peine trente ans, en fait. Il y avait quelque chose dans ce visage de… mystérieux. Puis elle vit une paire de lunettes rondes cerclées de métal posée sur la tablette à côté du lit. Incroyable, on aurait dit celles de Vincent. Il y avait aussi une photo dans un cadre. Le comateux réveillé, ses lunettes sur son nez, souriant ; à ses côtés une jeune femme blonde et deux enfants. Un garçon et une fille. C'est complètement crétin de laisser une photo au chevet d'un homme qui ne peut rien voir, pensa-t-elle en imaginant que la femme du capitaine Cheffert était une dinde. Elle avait été si facile à avoir au téléphone. Mais les gamins avaient une bonne bouille. Surtout le garçonnet, qui portait les mêmes lunettes que son père.

Son mari n'avait jamais voulu d'enfant. Avec Vincent, elle aurait bien aimé en avoir. Des années auparavant, avant Vincent, avant tout, elle avait lu cette histoire d'une Anglaise qui avait eu un bébé à cinquante et un ans. À l'époque, elle avait trouvé ça répulsif. Mais après Vincent, plus du tout.

Mais qu'est-ce qui m'arrive, encore ! Elle se força à se concentrer. Elle prit une grande inspiration et pensa fort à la photo : elle, musclée, souple, le regard dur qu'avait voulu Newton. Qu'avait obtenu Newton. Et tout ce blanc autour d'elle. Ce blanc parfait. Elle expira, inspira. Encore. À fond.

Mais les lunettes pathétiques sur la table de chevet et celles du gamin ne quittaient pas sa tête. Et en alternance, elle voyait même une grosse Anglaise de cinquante et un ans avec un bébé couché sur son ventre flasque. Et de nouveau les lunettes, les lunettes. Les lunettes fragiles de Vincent. Son imagination lui jouait encore des tours. Insensiblement, elle la travaillait pour la pousser à faire quelque chose d'absurde, d'étrange, de poétique. Une voix dans sa tête disait : prends les lunettes, mets-les sur le nez du jeune homme et embrasse-le. Et tu verras, il va y avoir un miracle. Ce jeune homme va se réveiller. Et son premier mot après ce long sommeil sera : « Dany ! » Parce que ce jeune homme, regarde-le bien, regarde-le avec ton cœur, tu ne lui trouves pas une étrange ressemblance avec Vincent ?

# 37

Bruce n'avait pas attendu qu'elle arrête le moteur. Il courait déjà à travers le parking vers la grande porte en verre coulissante et la lumière d'un hall. Du bout de sa botte, Lewine dégagea la béquille pour caler sa moto. Puis elle enleva son casque et scruta le parking. Elle vit un homme monter dans une camionnette de livraison et démarrer. Elle courut vers la lumière. Quelques mètres avant de franchir la porte, elle vit une infirmière sortir par une porte latérale. Elle portait des draps et marcha en direction du parking. Lewine entra dans le hall et se dirigea vers l'accueil et un homme occupé à téléphoner.

Elle pila net. La silhouette de l'infirmière aux draps restait sur sa rétine. Quel intérêt de marcher vers le parking avec des draps alors que des sociétés de nettoyage devaient livrer du linge propre ou embarquer le sale par camion ? Elle fit demi-tour et courut vers les voitures. Rien ne bougeait. L'infirmière s'était volatilisée. Lewine entendit un bruit de moteur et vit une voiture quitter un emplacement. Une silhouette, peut-être féminine, à bord. Lewine courut vers la guérite du planton. Elle la passa, se retourna, dégaina. La voiture arrivait en trombe.

— Qu'est-ce que vous faites ! cria le planton qui venait de sortir.

— Police ! Écartez-vous !

La voiture sur elle. Lewine tira. La balle traversa le pare-brise à deux centimètres de la tête de la femme. Elle ne voulait pas la tuer, mais la stopper. Cette femme a un visage de marbre, se dit Lewine en se jetant sur le côté. La voiture continua, Lewine tira dans le pneu avant droit. La voiture chassa. « C'est une Mégane », se dit Lewine qui tira dans les deux pneus arrière. La Mégane s'encastra dans une voiture garée au bord du trottoir.

La portière s'ouvrit et la femme s'extirpa de l'habitacle. Elle avait l'air à la fois sonnée et déterminée. Bizarre mélange. Cheveux noirs en chignon bouleversé par le choc, yeux sombres, Dany Lepecq, se dit Lewine. Elle ne l'avait aperçue que fugitivement rue Oudinot, mais ça ne pouvait être que Dany. Sa main droite toujours dans le véhicule. Lewine pensa au Beretta disparu.

— Police ! hurla Lewine. Jette ton arme !

Elle pensa qu'elle n'avait jamais tué personne. Elle avait failli. La vieille à Rouen. Le bouquet lancé à la gueule : « C'est pas de la part de ma tante Annie, c'est de la part de Clotilde, ma mère. Elle te l'envoie depuis le pays de la mort ! » C'était marrant, elle avait dit « le pays de la mort » alors qu'elle n'avait pas encore rencontré Antonin. Effarement de la vieille, trente ans de plus au compteur. Lewine ne l'avait pas tuée. Cette frontière, elle ne la franchirait jamais. Depuis Rouen, grâce à Rouen, elle en était sûre.

Elle entendait des voix derrière elle. Du personnel de l'hôpital ou des passants interloqués.

— Faites dégager les gens, hurla Lewine au planton. Vite, elle est armée.

Elle entendit le bonhomme faire à peu près ce qu'il fallait d'une voix affolée. Quelqu'un – un autre homme plus jeune – dit :

– Oh c'est dingue ! t'as vu la fille avec son flingue !

Dany bougea enfin. Elle ramena lentement son bras vers elle, elle tenait un pistolet. Elle avait l'air défoncé.

– Jette ça ! cria Lewine.

Dany la regarda puis regarda le pistolet.

– Jette-le et tout se passera bien. Je te le promets.

La femme lâcha l'arme sur le trottoir, elle tomba tout près de son pied.

– Donne un coup dedans pour l'envoyer vers moi, dit Lewine et elle avança lentement.

La femme attendit quelques secondes et obéit. Elle avait des yeux étranges mais beaux. Alex lui avait dit qu'elle avait cinquante et un ans. C'était exactement l'âge qu'aurait Clotilde aujourd'hui si le cancer avait bien voulu l'ignorer. Et cette femme qui avait l'âge de sa mère avait l'air infiniment triste.

Lewine s'accroupit pour ramasser le pistolet. Un Beretta ? Sans aucun doute. C'était celui de Marco Ferenczi dont avait parlé Federico Androvandi. Elle le coinça dans sa ceinture, au creux de la colonne vertébrale. Elle appela le planton, lui lança sa paire de menottes. Le gars comprit tout de suite ce qu'elle attendait de lui. Il avait une cinquantaine d'années lui aussi et ses mains tremblaient tant qu'il lui fallut un bout de temps avant de passer les menottes à Dany Lepecq. Au lieu de la menotter bras dans le dos, il attacha ses mains devant elle. Lewine se dit que ça n'avait pas d'importance puisqu'on l'avait désarmée. Ensuite elle appela Alex Bruce. Le téléphone sonna trois fois et Lewine eut la sensation que sa gorge, son ventre, ses jambes allaient partir en morceaux. Elle n'osait pas imaginer Victor endormi pour toujours. Et Alex... Alex...

– Allô !

Au son de sa voix, Lewine sut que Victor était vivant. Elle expliqua qu'elle venait d'arrêter Dany Lepecq et qu'il n'y avait pas trop de casse. Deux voitures, seulement. Ça le fit rire. La tension nerveuse. Elle aussi avait envie de rire. Mais quand elle raccrocha, elle vit le visage blanc et grave de Dany Lepecq. Cette femme qui avait dû être une beauté dans sa jeunesse dit :

– Il avait les lunettes de Vincent. Et le même âge.


– Esculape ! ES-CU-LA-PE ! ESCULAPE !

– Qu'est-ce qu'y raconte ? demandait un interne.

– Esculape, Esculape, Alex ! Esculape !

Alex Bruce était penché au-dessus du lit de Victor Cheffert et lui tenait la main. Le capitaine bougeait sa tête de droite à gauche et de gauche à droite sans arrêt. Une grappe de gens s'agitait en arrière-plan. En plus de l'interne, il y avait les deux infirmières assommées par Dany Lepecq mais déjà bien revigorées, le collègue du garçon de salle qui, lui, était toujours inconscient et Catherine Cheffert. Elle venait d'arriver avec ses deux enfants parce qu'elle n'avait trouvé personne pour les faire garder à une heure pareille. Elle avait eu la bonne idée de leur demander de se coucher sur le siège arrière pour que le planton ne les voie pas. Les moins de douze ans étaient interdits de visite, surtout après l'heure légale. Alex Bruce se demandait où elle trouvait encore l'énergie et l'envie de raconter tous ces détails.

– Qu'est-ce qu'y dit, papa ? demanda Cheffert junior.

– ESCULAPE ! ESCULAPE !

– Y dit Esculape, expliqua sa sœur Alix.

– Ça veut dire quoi ?

– Je sais pas.

– Dis-moi ! Dis-moi !

– ESCULAPE !

– C'est un gros mot ?

– Je sais pas.

Le garçon de salle pensa au dieu latin de la Médecine mais, peu sûr de lui, préféra ne pas répondre à ce gamin qui avait une bouille marrante. Et des lunettes recollées avec du sparadrap rouge. Drôle d'idée.

# 38

Dany Lepecq fumait depuis un bon moment à l'arrière de la voiture que Lewine avait fait envoyer du commissariat de l'avenue Daumesnil. Pour cette raison, les deux vitres de la portière droite étaient abaissées. La pluie avait cessé, de toute façon.

– Je recommencerai, dit Dany Lepecq. J'ai tout mon temps.

– Recommencer quoi ? demanda Lewine en se retournant.

Elle était assise à l'avant de la voiture. L'OPJ qui prendrait le volant quand Alex sortirait de Saint-Bernard était parti fumer à l'air libre.

– Je tuerai Justin et Federico. Comme j'ai tué les autres.

– Ceux qui ont assassiné Vincent Moria ?

– C'est Federico qui a tué Vincent. Sur ordre de Marco et de Justin.

– Et Crespy, c'est vous ?

– Oui, le Cobra l'a mordue dans son sommeil.

– Comment êtes-vous entrée chez elle ?

– La première fois, elle a ouvert sa porte à une amie. La seconde, je suis entrée avec des clés.

– Et Dark ?

– J'étais sa maîtresse.

– Et vous saviez que son fils dormait tous les jeudis et vendredis chez sa petite amie.

– Oui.

– Et Félix, pourquoi, au fait ?

– Personne n'était innocent. Tous savaient pour Vincent. Ceux qui ne savaient pas, eh bien c'est parce qu'ils ne voulaient pas savoir. Des singes avec les mains sur les yeux, la bouche et les oreilles. C'est toujours comme ça qu'on laisse faire le pire.

– Vous étiez aussi la maîtresse de Marco Ferenczi.

– Je l'étais.

– Pourquoi choisir le nom du cobra ? Moria avait trouvé le lazaroïde à partir de son venin ?

– Vous avez creusé la question, dites donc.

– Comme vous. Alors, le cobra ?

– C'est effectivement grâce au venin de cobra que Vincent a fait sa découverte. Mais de toute façon « cobra », ça fait un effet plus dramatique que vipère ou crotale. Tout simplement.

– Tout simplement ?

– Oui, et puis on parle du baiser du cobra. Il embrasse et il tue. Ça m'allait comme un gant, une peau de serpent. Mais je peux aussi vous trouver autre chose. J'ai toujours eu une imagination fertile. Le baiser du cobra, c'est l'antithèse de celui du Prince charmant. Le prince réveille, le cobra endort. Pour de bon. Vous voyez, en jouant avec les images, les mythes, en laissant se faire les associations inconscientes, on ne s'ennuie jamais.

– Elle vous est venue quand, cette envie de faire justice ?

– Vous ne me croiriez pas.

– Essayez toujours.

– Non. Je ne vous dirai pas tout. La seule chose que j'ai envie de dire, c'est qu'en sortant de prison je les attendrai et que je les tuerai.

– On va mettre tout ça noir sur blanc, dit Lewine. On aura tout notre temps.

– Tout notre temps. Oui, c'est vrai. Je n'ai pas peur du temps. Enfin, plus maintenant.

Elles s'étaient tues ensuite. Dany Lepecq n'imaginait pas les flics comme ça. Des gens calmes. La mort autour d'eux tout le temps. Et malgré tout, ce calme. Elle pensait, savait qu'il fallait faire un immense travail sur soi pour gagner ce calme. Fermer les écoutilles, serrées, serrées, et mentir, entrer dans le monde du mensonge en sachant que c'était un aller simple. Il fallait jouir sous des hommes qu'on haïssait. Il fallait séparer le plaisir de l'amour. On y arrivait. On jouissait même dix fois plus qu'avant. Du plaisir fou. On devenait fou. Fou et calme.

Cette femme flic était quelqu'un de plutôt bien et pourtant il fallait la tuer. Parce que cette femme, contrairement au sosie de Vincent, elle ne dormait pas. Cette femme faisait barrière de sa peau à Justin et Federico, les deux survivants du week-end à Rome. Il fallait continuer à parler. Bruce, le *commandant* Bruce, allait arriver.

– Vous vous appelez comment ?

– Martine Lewine.

– C'est quoi votre grade ?

– Je suis capitaine.

– Et vous avez quel âge ?

– Trente-six ans.

– Vous faites plus jeune.

– J'ai l'âge d'être votre fille.

327

– Ça m'aurait fait enfanter à… quinze ans ! Pourquoi dites-vous ça ?

– Parce que je n'ai jamais connu ma mère.

– Pour quelle raison ?

– On l'a forcée à m'abandonner.

Dany Lepecq hocha la tête. La femme flic était calme, mais dans son cœur il y avait des tempêtes. Elle voulut lui demander des détails parce qu'elle sentait qu'elle avait envie de parler comme si elle s'était retenue depuis trop longtemps. Comme si elle, Dany la folle, était seule capable d'écouter ce qu'elle avait à dire. C'était une situation triste mais tout devait se jouer.

Dany s'apprêtait à poser une nouvelle question lorsqu'elle vit le profil de Martine Lewine se figer. Le capitaine fixait la guérite du gardien de Saint-Bernard. Dany suivit son regard et vit Alexandre Bruce arriver au loin. Le gardien et le flic en uniforme allèrent à sa rencontre, bravo les deux imbéciles. Dany jeta encore un coup d'œil à Lewine : celle-ci avala sa salive, de cette jolie bouche charnue qu'elle avait. Et ce geste infime était celui du désir. Et du désespoir. Dany sut que la femme flic ne répondrait plus à ses questions. Tant mieux. Le commandant Bruce s'était arrêté et parlait au duo d'idiots.

Pendant sa conversation avec Lewine, Dany avait décollé doucement une partie du sparadrap. Bien qu'entravées par les menottes, ses mains étaient néanmoins posées sur la crosse bien dégagée à présent. Elle arracha le pistolet d'un geste et plaqua son mufle noir contre le cou de Lewine.

– Jette ton arme. Défais mes menottes. Sinon je te tue, et lui après.

La jeune flic tourna les yeux vers elle. Une multitude de sentiments dans son étrange regard liquide.

– Fais-le. Tout doucement. Avec le canon dans ton cou, je ne te raterai pas.

Lewine jeta l'arme qui fit un bruit sourd en tombant sur le tapis de la voiture. Elle se redressa, se pencha au-dessus de son siège et défit les menottes. À cette occasion, Dany lui imprima le canon dans le ventre. Lewine se rassit. Dany maintint le Beretta au niveau de ses cuisses, dirigé vers le siège de Lewine.

– Maintenant, tourne la tête et ne bouge plus.

– Qu'est-ce que tu vas faire ?

– On attend qu'il arrive.

Dany prit une inspiration, elle voulait que Bruce soit le plus près possible de la voiture pour l'atteindre au ventre. Elle ne savait pas tirer, après tout, il ne fallait pas le rater. Ensuite, elle tuerait Lewine. Et le flic en uniforme, il faudrait l'abattre aussi. Le gardien de l'hôpital n'avait pas d'arme, on verrait.

Bruce approchait. Dany entendait Lewine respirer fort et puis dire :

– Laisse-le. Je t'en supplie.

Il y avait énormément d'amour dans cette voix et Dany sut que la femme flic tenterait l'impossible pour Alexandre Bruce. C'était ainsi. Elle avait fait son choix et elle n'avait aucune chance à bout portant, même flic.

Le poing de Lewine, noir devant ses yeux. Hurlement. Rage. Dany sentit son nez éclater, tira. Au centre. Elle poussa aussi, la tête de Lewine cogna le pare-brise. Grognement. Dany tira de nouveau à travers la vitre, vers Bruce. Couché sur le sol, il avait déjà dégainé. Il tira et tira. Douleur.

Des voix d'hommes, des cris, ou Bruce, seul, qui criait. Elle ne savait pas. La souffrance la prenait. Une vague. Différent de… ce qu'elle… avait imaginé… pour une fois.

Mon corps morceau de bois. Je ne sens plus mes bras, plus mes jambes. Mon tronc arrimé à la banquette, c'est… tout… ce que je sens. Ce qui reste de moi me fait un mal… de chien. Mon énergie part en morceaux, mon vêtement… s'imbibe de sang, éponge le sang. Le sang dans ma gorge et mon nez, le sang va me noyer…

Dany entendait mais les voix étaient distordues. Elle voyait un visage au-dessus du sien. C'était ce crétin en uniforme qui la mettait en joue. Plus de membres pour le moment… est-ce qu'on… met en joue un serpent ?

– Martine ! Martine !

C'était le commandant tout proche. Il hurlait.

– Je t'en supplie ! Martine ! Martine ! Tiens le coup !

– Commandant, dit le jeune en uniforme. Elle est…

– Mais cours chercher un médecin, bon Dieu !

Des sanglots dans la voix du commandant. Il allait pleurer à gros râles comme elle avait pleuré pour Vincent. Le commandant souffrait pour la femme flic. La femme flic était morte, oui, sûrement. Dommage. Voilà, il fallait se laisser… glisser maintenant. Jusqu'au prochain toboggan.

Dany Lepecq se revit dans le jardin romain. Ce magnifique pique-nique qui avait réuni tous les membres influents de Coronis. Et leurs conjoints, enfants, amis. Elle avait oublié de s'occuper de Julien Crespy, dans tout ça. Tiens, oui. Ce type était insipide, c'était pour ça, elle l'avait oublié, ce grand chauve.

Reprenons… Et donc à ce magnifique pique-nique, il y avait Dany. Et Carla. Des femmes qui ne travaillent pas. Des femmes qui n'ont pas d'enfant. Des femmes qui pique-niquent. Il y avait de l'asti spumante, du foie gras… du caviar… des glaces italiennes. Il y avait des rires. Il y avait Vincent Moria. Et Vincent Moria ne savait pas qu'il allait mourir. On allait lui prendre son invention, celle qu'il avait trouvée pour son ami, l'enfant mort. Celle qu'il avait essayée sur son frère… pour le sauver. Vincent. Vincent. Vincent. Et tous ces gens riaient, bouffaient, buvaient…

Vincent, c'est lors de ce week-end que nous nous sommes rencontrés, toi et moi. Pendant ce séjour romain, tu as rencontré l'amour et la mort, tout en même temps… c'est vers moi que tu roulais lorsque ta voiture sabotée a explosé… sur la voie express. Je t'ai attendu à Auray dans la maison vide de tes parents toute la nuit. Et au matin, j'étais morte… morte de l'intérieur… Vincent.

Plus tard, je suis retournée à Rome. Pour me souvenir de toi dans ces rues chaudes et belles. Je suis allée dans le jardin où nous avions pique-niqué. Je me suis assise sur un banc et j'ai attendu. Le dieu semblait me fixer… ses yeux de pierre… alors je l'ai regardé à mon tour, j'ai remarqué son caducée et j'ai imaginé que le serpent qui s'enroulait autour de ce bâton me murmurait de tuer ceux qui t'avaient mis à mort Vincent Moria. Et c'est comme ça que je suis devenue… cobra.

Cobra, je le serai toujours. J'attends sous une inflorescence d'agave. La patience est ma vertu. Mon coma n'est qu'une longue attente et la haine est mon venin. Je peux l'inoculer ou le cracher et vous brûler les yeux. Viva… el… cobra…

# 39

Victor Cheffert ouvrit les yeux et la lumière lui fit mal. Alors il les referma. Des voix autour de lui : très distinctes, elles lui demandaient de se réveiller. Cheffert se dit qu'il avait bien le temps. Juste avant qu'on ne l'interrompe, il rêvait de la Mort. C'était un rêve cette fois et pas un cauchemar, pas du tout. La compagnie de la Mort était fort agréable. C'était une belle femme d'un âge indéterminé aux cheveux noirs brillants et à la peau pâle, elle avait un corps d'amazone et parlait d'une voix douce. Elle était attirante et vous marchiez vers elle sans pouvoir faire autrement. Il n'y avait pas vraiment de haine dans son cœur de déesse. Elle vous tuait parce que c'était son métier et qu'il fallait bien que quelqu'un l'exerce. Le monde serait surpeuplé sans Elle et vidé de ses ressources.

La dernière fois qu'il l'avait vue, la Mort se penchait au-dessus de son lit. Elle était taquine : elle lui avait mis ses lunettes sur le nez avant de l'embrasser. Un baiser chaste, sans la langue. Lui, il avait fait mine de continuer à dormir. Et la Mort était partie. Une façon de lui dire : je t'aime bien, Victor, mais ce sera pour une autre fois, toi et moi.

Puisque le rêve était fini et que les voix insistaient, Victor Cheffert décida de faire un effort. Il accepta de se réveiller. Après tout, c'était vrai que tout ça avait assez duré. Cheffert cligna des paupières puis ouvrit les yeux, lutta avec ce qui lui restait d'énergie contre la lumière blanche. Cette fois, dans la vraie vie, c'étaient les visages souriants de l'infirmière et du docteur qui étaient penchés vers lui. Et ces gens aimables lui souhaitaient la bienvenue.

Ils restèrent un bon moment avec lui, le débarrassèrent d'une partie de ses tuyaux, notamment ceux qu'il avait dans la bouche et le nez, firent passer dans son corps un tas de produits utiles, lui parlèrent. Victor Cheffert essaya de leur répondre mais ses tentatives ne donnèrent rien de bon. De vagues syllabes. L'infirmière et le docteur s'en allèrent ; ils allaient revenir de toute façon.

Cheffert tourna la tête à droite et à gauche, lentement à cause des tuyaux qui restaient. Ses lèvres le faisaient souffrir. Combien de temps avaient-elles enserré le tube du respirateur ? Deux jours, un mois, six mois, il ne savait plus. En tout cas, Cheffert était sûr d'être sorti de son rêve cette fois. C'était bel et bien son équipe soignante, sa chambre à Saint-Bernard avec les veilleuses incrustées dans le plafond, les appareillages ronronnants, le lit bizarrement haut placé et les deux pauvres fauteuils bas du cul et minuscules, destinés à décourager les visiteurs plus qu'à les accueillir.

Quand sa femme était-elle venue le voir pour la dernière fois, et Alex ? Et Martine, était-elle venue ? Et Mathieu Delmont, le grand patron ? Il lui avait semblé reconnaître leurs voix au cours de son voyage immobile.

S'ils étaient là, Cheffert leur dirait : « Chers amis, je suis heureux d'être de retour parmi vous. Si vous êtes sages, je vous raconterai tout ce que j'ai fait pendant trois semaines. Ou un mois ou deux jours. Pendant tout ce temps, moi aussi j'ai vécu. J'ai fait un rêve si incroyable que j'ai eu l'impression qu'il était vrai du début à la fin. Et vous étiez tous dedans. La preuve que je ne peux pas me passer de vous. Je crois bien que je vous aime plus que ce que je croyais. Le rêve de la Mort était le dernier rêve, un songe petit format parce que avant lui, j'en ai fait un bien plus beau, un magnifique même. De ceux qui vous font pleurer et rire en même temps. Mais quand même, ça fait du bien quand ça s'arrête. »

Là-dessus, Victor Cheffert essaya de se rappeler tous les détails de ce rêve marathon. Tout commençait par un appel de Mathieu Delmont. Le patron téléphonait à Alex au sujet d'un crime signé Cobra. S'ensuivait une histoire de formule volée, de chercheurs assassinés, d'amours impossibles, de vengeance quasi italienne. Alex s'occupait de tout, bien entendu, mais en même temps, il avait fort à faire avec Martine Lewine dont il venait de se séparer. Elle était très malheureuse. Et celui qui avait la clé de l'énigme, c'était moi, Victor. Mais personne ne m'écoutait puisque j'étais incapable de parler. Quelle salade !

Victor tira, tira sur le rêve pendant longtemps. Il était encore occupé à tirer dessus lorsque la porte s'ouvrit une nouvelle fois.

– Alex !

– Salut, Victor ! Alors on vient de me dire que c'était fini, ce gros dodo ?

– Eh oui, tu vois. Quoi de neuf à la Brigade ?

– Là, tout de suite, pas grand-chose.

Alex avait l'air de se forcer à la gaieté. Victor Cheffert lui trouvait une petite mine. Soudain, une partie du rêve arriva, bout d'iceberg sur un paquebot. La mort de Martine. Une balle dans le ventre et Bruce qui pleurait. Cheffert ressentit un vertige. Il demanda :

– Et Martine ?

– Quoi, Martine ?

– Comment va-t-elle ?

Alex garda le silence un instant. Il finit par dire :

– Elle va te le dire elle-même, elle est partie garer la moto.

– Ah, je suis rassuré. Dans mon rêve, elle… mourait.

Alex eut une sorte de sourire attendri, l'air de penser : « Victor est encore dans le potage. »

– Il faut que je te le raconte, Alex. Ça sera le meilleur moyen de ne pas l'oublier. Pour bien faire, il faudrait même que tu le notes pour moi, c'était quelque chose, tu sais ! Mais assieds-toi parce que ça va prendre du temps.

Bruce eut un autre sourire indulgent et alla s'installer dans le fauteuil pour nain qu'il orienta au mieux afin de faire face à Cheffert dans son lit surélevé.

– Un plumard pareil, ça doit te donner l'impression de dominer la situation, Victor.

Cheffert le considéra un instant en silence et demanda :

– Alex, réponds-moi franchement. Tu aimes la tequila ?

Le commandant Bruce et le capitaine Lewine sortirent de la chambre de Cheffert et marchèrent côte à côte en silence jusqu'à la porte coulissante et la sortie. Ce silence recouvrait leurs pensées comme une bonne couverture qui ne laissait passer aucun filet d'air. Oubliant le pansement qui ceignait son abdomen et lui donnait une démarche guindée, Lewine se disait qu'elle était enfin entrée pour de bon dans le groupe Bruce. Alex Bruce se répétait : « Je suis heureux que nous ne soyons pas morts. »

La discussion qu'ils venaient d'avoir dans cette chambre exiguë était celle de gens soudés travaillant dans la même équipe, se disait Lewine. Alex avait expliqué à Victor qu'elle lui avait sauvé la vie grâce à sa maîtrise du kung-fu. Lewine avait alors imaginé ce que son maître chinois aurait dit s'il avait assisté à la scène dans la voiture : « Tu as failli y passer, Martine, et ça s'est joué à un cheveu, à un centimètre de chair. Tu lui balances un coup sur le nez, elle tire, elle te balance à son tour contre le pare-brise. Si elle ne tire pas une seconde fois sur toi, pauvre de toi allongée sur la banquette dans le cirage, c'est parce qu'elle veut tuer Alex. Elle tire donc bel et bien sur lui. Mais toi tu as fait cadeau à Alex du laps de temps nécessaire pour dégainer. Grâce au ciel, il a su s'en servir et a abattu la femme cobra d'une balle dans le cou. Ça s'est joué à un cheveu, Martine. Tu as bien canalisé, ma fille, mais le kung-fu, tu sais, ces techniques du serpent, de la grue, du cheval et des autres, ça n'a rien à voir avec la magie. Même le grand Bruce Lee est mort un jour. Toi, tu as eu de la chance. » Si ce maître maîtrisait le français aussi bien que le kung-fu, voilà à peu près ce qu'il aurait dit. Oui.

Elle se souvient d'Alex en larmes lorsqu'elle est revenue à elle. Il l'a prise dans ses bras. Il l'a serrée en murmurant son prénom. Elle s'en souvient si bien !

Il n'a aucune dette envers elle. Ils sont quittes. Et ils se sont quittés. Ils travailleront désormais très bien ensemble et leur trio avec Cheffert fonctionnera du tonnerre. Voilà.

Alors qu'ils arrivent au parking, Alex pose une main sur son épaule et serre un peu. Elle se tourne vers lui, il relâche cette légère pression, un peu puis complètement, glisse sa main dans une de ses poches et lui sourit. Dehors, il pleut. Lewine marche vers sa moto et se demande s'il va la laisser là pour prendre le métro ou un taxi ou s'il va chevaucher avec elle la Kawasaki. Pour combler ce vide momentané entre eux, elle dit :

– Gibert de la Financière a trouvé ce qu'on cherchait. Coronis achetait bien du venin de cobra sur le Net, en toute discrétion. On a ce qu'il nous faut pour coincer Lepecq.

– On verra bien ce que le juge en pensera. Tu peux me raccompagner chez moi ?

– Bien sûr, lui dit-elle en enfilant son casque pour cacher son visage, ses émotions au plus vite – tout est possible dans la demande d'Alex, qu'est-ce qu'il entend par là ?

Ils roulent l'un contre l'autre, bien sûr, et elle essaie de savoir si le corps d'Alex se presse contre le sien avec naturel ou avec insistance. Elle ne sait pas. Ils roulent. Elle éprouve une joie presque douloureuse. Elle contrôle au mieux sa machine sur la chaussée mouillée.

# 40

Elle se gara devant le porche de la rue Oberkampf. Elle resta assise, attendit qu'il descende. Il lui sourit. Lui n'avait pas de casque, bien sûr, et ses cheveux étaient tout mouillés. Elle dénoua le foulard qu'elle portait autour du cou et le lui tendit, elle le regarda essuyer ses cheveux qui bouclaient pas mal sous cette pluie insistante. Il empocha le foulard mouillé.

– Viens, je t'offre une tequila, dit-il.

– À trois heures et demie de l'après-midi ?

– Pourquoi pas ?

Elle attendit sans bouger. Alors il défit la bride de cuir sous son cou et lui enleva son casque. Il le garda sous le bras, tourna les talons et marcha vers le porche. Il était vraiment sûr de lui. Est-ce qu'il la récompensait du mieux qu'il pouvait parce qu'elle lui avait sauvé la vie ? Est-ce que c'était autre chose ? Elle réfléchit à toute allure mais ça ne donna rien de bon. Elle monta sa moto sur le trottoir, l'installa sur sa béquille, mit l'antivol et rejoignit Alex qui l'attendait derrière le porche entrouvert. Elle avait les jambes en coton et le cœur qui battait la chamade. Et lui, lui elle le trouvait bien calme.

Il partit devant. Elle se demanda à quoi il pensait, le mouvement de ses hanches, cette démarche si fluide qu'il avait, la rondeur du casque argenté sous son bras nonchalant. Alex ne prit pas l'ascenseur. Il n'avait pas envie de chercher quelque chose à dire dans cet espace clos. Et puis ils étaient dans le mouvement tous les deux, il ne fallait pas d'à-coups. Alex fouilla la poche de son blouson à la recherche de ses clés. Le petit bruit métallique était un supplice, un délice. Dans le mouvement, Alex, sur tes pas, toujours.

En glissant sa clé dans la serrure, Alex Bruce n'eut pas à la faire tourner pour ouvrir sa porte et sut que quelqu'un l'attendait chez lui. Il soupira en évitant de regarder Martine et passa vaillamment la porte. Bruce voyait déjà le visage trop bronzé de Frédéric Guedj ; c'était de sa faute, il avait oublié une fois de plus d'enlever le double des clés posé au-dessus du compteur à gaz du palier. Les inconvénients de la fidélité en amitié n'étaient pas minces. Fred Guedj choisissait bien mal son moment.

Mais comment Fred pouvait-il imaginer le trouver chez lui à pareille heure ? Et comment pouvait-il savoir qu'on vivait un jour spécial ? Un jour hors des horaires de visite de Saint-Bernard, celui où on sortait enfin Victor de son coma. Il n'avait rien confié à Guedj à ce sujet, rien. Bruce se figea. Puis se tourna vers Martine, lui fit signe de rester sur place, il y avait *quelqu'un* dans l'appartement. Lewine dégaina en souplesse.

Venant de la chambre, ils entendirent un bruit léger. Un mouvement d'étoffe. La masse de la couette qu'on bougeait sur le lit. Alex Bruce dégaina à son tour et avança vers la chambre à la porte entrouverte, l'ouvrit d'un coup.

Les stores étaient tirés, les deux lampes de chevet allumées. Elle était couchée au milieu du lit. Ses épaules mouchetées dépassaient de la housse blanche. Quand elle se redressa, la lampe l'éclaira de dos et sa chevelure parut à Bruce plus volumineuse que dans son souvenir et bien plus flamboyante.

– Victoire !

– Qu'est-ce qui se passe ? demanda Lewine en entrant.

Le sourire de la fille ocelot s'effondra d'entrée de jeu. Dans l'espace clos de la chambre, tous se turent quelques secondes jusqu'à ce que Victoire dise :

– Ce qu'il y a d'embêtant avec mon prénom, c'est qu'on le confond à tort avec un cri de joie.

Bruce rengaina en soupirant. Mince ! si elles se mettaient toutes à ironiser…

Il se tourna vers Martine, il fallait bien. Elle était immobile, illisible, silencieuse. Elle finit par bouger mais ce fut pour rengainer son arme à son tour.

– Je vois que la dame est une de tes collègues et vous avez sûrement du travail, continua Victoire. Je te demande pardon…

Là, il n'y avait pas d'ironie dans la voix de la jeune fille. À cause du Walther, elle pensait vraiment que Martine n'était qu'une collègue…

– Je travaille avec lui mais ça ne l'a pas empêché de m'inviter aussi dans son lit.

– Ah.

– Eh oui. En plus, c'est pas une bonne idée de lui demander pardon, mademoiselle. Bienvenue au club, en tout cas.

Il eut envie de dire qu'il ne lui avait jamais rien promis et que Victoire s'était invitée toute seule, et ce malgré le peu d'entrain qu'il lui avait témoigné au téléphone. Il eut envie de dire aussi que si elle était retournée attendre dans le salon ou sur le palier qu'il raccompagne le mouton ocelot au lieu de monter sur ses grands chevaux, tout aurait tourné différemment. Mais c'était un peu vache et c'était trop tard et au lieu de cela, mouton ocelot chevaux et vache, il dit :

– Je te soupçonnais d'avoir le sens de l'humour mais je n'en étais pas tout à fait sûr, Martine.

– Moi non plus, je n'étais sûre de rien.

Elle lui colla son doigt sur la poitrine et ajouta :

– Peut-être que tu pourrais aussi soupçonner Victoire. Qu'est-ce que tu en penses, Alex ? Le sens de l'humour, c'est indispensable pour te fréquenter.

Il hocha la tête, l'air de ne pas y croire. Lewine souriait franchement, Victoire hésitait puis s'y mettait aussi, ragaillardie par ce soutien inattendu.

Bruce fouilla sa poche, prit la main droite de Martine entre les siennes, la serra un peu puis y abandonna ses clés. Il partit vers la porte restée ouverte et, avant de la refermer sur lui, dit :

– Vous avez plein de blagues à vous raconter, les filles, je vous laisse. Quant à moi, je crois qu'il faut que je déménage. Salut !

Et il sortit de chez lui.

Debout devant son immeuble, Alex Bruce se demanda quel allait être son prochain mouvement. Aller directement voir une agence immobilière ? Retourner à Saint-Bernard parler des femmes avec Victor ? Peine perdue, le problème était du genre insoluble même sous la pluie.

Il avança au hasard, c'est-à-dire par réflexe dans la direction habituelle, celle du métro le plus proche. Ce chemin passait par le Café Charbon. Il dépassa l'établissement, tête droite. Il continua de marcher, plissant les yeux sous la pluie, descendit du même pas élastique dans la bouche du métro Parmentier. Il passa le sas métallique, descendit, descendit et avança sur le quai. Il fouilla sa poche à la recherche d'un Kleenex, ne trouva que le foulard de Martine qu'il avait oublié. Il s'essuya une nouvelle fois les cheveux et le visage. L'odeur citronnée toute simple. Toute simple, tu parles.

En attendant la rame, lui vint une idée.

Je vais aller lire *La Belle au bois dormant* aux petits Cheffert, se dit-il. Catherine est déjà rentrée de Saint-Bernard, c'est à peu près l'heure de la sortie de l'école, avec ce temps pourri elle n'emmènera pas Alix et Blaise au square. Elle me fera un thé ou un café et la conversation. Une conversation bien banale, pas dangereuse pour un sou. Pas une once de dérision, pas une once de séduction, rien que du basique. Et puis, j'ouvrirai le livre et les deux enfants seront tout ouïe. Et je commencerai ma lecture et ce sera comme ça – parce que le début du conte, je le connais par cœur :

*« Il y avait autrefois un roi et une reine qui disaient chaque jour : "Ah que ne pouvons-nous avoir un enfant !" et jamais il ne leur en venait. Or un jour que la reine était au bain… »*

Baka !
*Viviane Hamy, 1995 et 2007*
*et « Points Policier », n° P2158*

Sœurs de sang
*Viviane Hamy, 1997 et 2012*
*et « Points Policier », n° P2408*

Travestis
*Viviane Hamy, 1998*

Techno Bobo
*Viviane Hamy, 1999*

Vox
*prix Sang d'encre 2000*
*Viviane Hamy, 2000*
*et « Points Thriller », n° P2943*

Strad
*prix Michel-Lebrun 2001*
*Viviane Hamy, 2001*

Passage du Désir
*Grand Prix des lectrices de « Elle » 2005*
*Viviane Hamy, 2004*
*et « Points Policier », n° P2057*

Les Passeurs de l'étoile d'or
*(photographies de Stéphanie Léonard)*
*Autrement, 2004*

La Fille du Samouraï
*Viviane Hamy, 2005*
*et « Points Policier », n° P2292*

Mon Brooklyn de quatre sous
*Après la Lune, 2006*

Manta Corridor
*Viviane Hamy, 2006*
*et « Points Policier », n° P2526*

L'Absence de l'ogre
*Viviane Hamy, 2007*
*et « Points Policier », n° P2058*

Régals du Japon et d'ailleurs
*Nil, 2008*

La Nuit de Geronimo
*Viviane Hamy, 2009*
*et « Points Policier », n° P2811*

Guerre sale
*Viviane Hamy, 2011*

Le Roi lézard
*Viviane Hamy, 2012*

RÉALISATION : IGS-CP À L'ISLE-D'ESPAGNAC
IMPRESSION : CPI BRODARD ET TAUPIN À LA FLÈCHE
DÉPÔT LÉGAL : JANVIER 2013. N° 98998 (70587)
IMPRIMÉ EN FRANCE

# Éditions Points

Le catalogue complet de nos collections est sur
Le Cercle Points, ainsi que des interviews de vos
auteurs préférés, des jeux-concours, des conseils
de lecture, des extraits en avant-première…

www.lecerclepoints.com

# Collection Points Thriller

# Éditions Points

Le catalogue complet de nos collections est sur Le Cercle Points, ainsi que des interviews de vos auteurs préférés, des jeux-concours, des conseils de lecture, des extraits en avant-première…

**www.lecerclepoints.com**

## Collection Points Policier